无言浪花彩虹情

林华 著

海峡出版发行集团 | 海峡文艺出版社

图书在版编目(CIP)数据

无言浪花彩虹情/林华著. --福州:海峡文艺出版社,2020.12(2024.3 重印)
ISBN 978-7-5550-2498-9

Ⅰ.①无… Ⅱ.①林… Ⅲ.①散文集－中国－当代②诗集－中国－当代 Ⅳ.①I217.2

中国版本图书馆 CIP 数据核字(2020)第 220510 号

无言浪花彩虹情

林　华　著

出 版 人　林　滨
责任编辑　余明建
出版发行　海峡文艺出版社
经　　销　福建新华发行(集团)有限责任公司
社　　址　福州市东水路 76 号 14 层
发 行 部　0591－87536797
印　　刷　三河市兴博印务有限公司
厂　　址　河北省廊坊市三河市杨庄镇大窝头村西
开　　本　787 毫米×1092 毫米　1/16
字　　数　194 千字
印　　张　17　　　　　　　　　　插页　2
版　　次　2020 年 12 月第 1 版
印　　次　2024 年 3 月第 2 次印刷
书　　号　ISBN 978-7-5550-2498-9
定　　价　86.00 元

如发现印装质量问题,请寄承印厂调换

2016 年 11 月 29 日，《年轮圈圈道道情》出版发行座谈会暨赠书仪式在冰心文学馆举行，应邀与会领导嘉宾和文友共 100 多人。

2017 年 4 月 1 日，美国福建同乡联合会创会主席陈荣华（中）作主题报告时和福州市作家协会副主席、长乐市作家协会主席林秉杰（左一）及作者（右一）合影。

2018 年 5 月 13 日，在福建省长乐一中"双梦楼张诗剑、陈娟文学馆"（是年 8 月 25 日竣工落成正式开放），张诗剑（右一）、陈娟（中）伉俪和作者（左一）合影。

2018 年 12 月 22 日，《留住时光的脚步——福建省长乐师范学校的记忆》首发式在国惠大酒店举行，应邀出席的领导嘉宾和"长师人"共 500 多人。

人间正道是沧桑

陈时儆

　　彩虹，是气象中的一种光学现象。事实上，彩虹不止有七色，而是有无数种细分颜色。表现在林华同学身上，表现在他的书里，"彩虹"则是处处映像着他的多姿多彩的生活风采，所以"无言浪花彩虹情"这个书名对他来说，就恰如其分了。

　　林华的书，突出的特点是"情"。无论是他上一本书《年轮圈圈道道情》，还是现在的这一本书《无言浪花彩虹情》，以"情"为纽带，把他对人生百态的理解和愿景，通过字里行间都勾画出来，最终升华为体现人在构建和谐社会和践行核心价值观中的重要性。

　　林华的书，突出的特点是"感恩之情"。通过记叙与同事之间、与同窗之间、与名人之间、与朋友之间、与家人之间等一件件一桩桩的平常往来之事，以朴素语言升华成为助他成长的无限感恩之情。

　　林华的书，突出的特点是"溢美之情"。如通过游历江左猴屿、古街区、平潭岛，通过探访为公益事业作出贡献的人和事，通过创作歌词歌曲，把对祖国、故乡深情的依恋，对大好河山的赞美，对热心社会工作的人的敬佩，毫无保留地跃然纸上，弘扬正能量，讴歌新时代。

我与林华小学是同班同学，还是小学、中学的校排球队队员，曾一起征战长乐县、莆田地区的中小学生排球赛场，为学校和长乐县争光。如今，他在工作之余，爱好扬梦，坚持文学创作，我为他锲而不舍的精神感到高兴，为他不断写作屡出成果而感到骄傲。我真诚期望他强化功底，持续作为，勤奋耕耘，再出新书，创作更多为老百姓所喜闻乐见的好作品。

是为序。

己亥年季秋于融侨锦江

注：陈时儆，现任福建省政府投资项目评审中心党组成员、副主任。毕业于厦门大学经济学院，获得"经济学学士"和"工商管理硕士"学位，曾任国家发展和改革委员会西部开发司副司长。

妙笔圆梦雕龙心

陈　娟

　　林华继《年轮圈圈道道情》文集之后，今年又出版新书《无言浪花彩虹情》，令我十分欣慰。

　　林华是长乐一中 1979 届高中生，英武帅气，运动健将，乃福建师范大学体育系高材生。我曾教过长乐一中 1979 届高中语文，长乐一中历届高考，语文成绩名列前茅。我总感到其他专业的同学其语文程度不亚于读中文系的，许多作家并不诞生于中文系。

　　林华是体育老师，但喜爱文学、音乐等，在 20 年的副校长职位上，不忘执笔撰文，佳作迭出，加入了福建省作家协会等文化艺术社团，实现文学的理想，可算跨界的精英。

　　林华精力充沛，富有责任感，组织能力特别强。最令我钦佩的是，为纪念长乐一中 1979 届高中毕业 30 周年，他领衔组织全年段 14 个班级同学和任课老师几百人聚会，让外地归来的师生入住五星级饭店，设宴招待，晚会联欢，并亲自创作主题歌《同学 你好》和编辑图文并茂的纪念画册，一切都安排得有条不紊，众口称赞。

林华主编《侨中情·思贤心》和《留住时光的脚步——福建省长乐师范学校的记忆》，编审《诚信那些事》，深受好评。去年底，我应邀参加《留住时光的脚步》首发式，倍感荣幸。当时，500多位宾朋在国宴厅欢聚一堂，共同追忆福建省长乐师范学校……首发式之盛大之隆重，文艺演出之精彩，令我十分感动。

我浏览了林华发来的《无言浪花彩虹情》的大部分文章，深感内容丰富，择其中印象比较深刻的两篇评说一二。

《"诚"也思贤 "信"也思贤》，林华高度表彰了郑存汉、高学香等人长期以来对长乐华侨中学成长的关爱，让我进一步加深对郑存汉、高学香等人爱心善举的了解和认识。郑存汉、高学香在香港发动成立"香港思贤教育基金会"，设立"存汉教学奖"和"香港思贤奖"，奖教奖学助学，为促进长乐华侨中学创建"福建省一级达标高中"发挥了重要作用。

《走进"卧佛"》，林华则用另一种笔法，一股敬仰深情从胸中涌出。他细致叙描被访者，突显两位企业家陈建明、姜星栋大度善举，为家乡公益事业尽心竭力，影响和推进当地美丽乡村建设。他还入微刻画法王寺主持普度法师宏大愿景，以及他精心构思和运作雕刻卧佛的专注。

林华写作撰文，笔法多变，各异其趣。只有贴近心灵的创作，才有令人深刻的感动，他的作品是用心血熬出来的。

英雄总多情，在林华的《无言浪花彩虹情》文集中充溢着纯情爱意，有天地情，山水情，长师情，同窗情，公益情，歌声情，等等。他的诗文激情奔放，文思泉涌，富有灵性，充满对生命的感悟。

诗兄张诗剑诗赞林华曰：

无言浪花彩虹情，文集美名铸诗韵，

健身立马跨艺界，妙笔圆梦雕龙心。

写于 2019 年 12 月

注①：陈娟，原名陈秀娟，现任香港中华文化总会副理事长，香港《文学报》副总编辑。毕业于福建师范大学中文系，著名作家（代表作长篇小说《昙花梦》），美国 ACU 东方传统医学文化研究博士，香港注册中医师。

注②：张诗剑，原名张思鉴，现任香港中华文化总会创会会长，香港作家联会副会长，国际诗人笔会主席，香港《文学报》总编辑。厦门大学中文系毕业，博士，著名诗人（代表作长诗《香妃梦回》），系中国作家协会会员、香港市政局文学艺术顾问、香港回归筹委会 800 名委员之一。

有心·有恒·有情

翁祖兴

　　林华校长即将出版《无言浪花彩虹情》，嘱我写几个字，我惊喜感动且忐忑。惊喜于他短时间内又一文集问世，似乎文集《留住时光的脚步——福建省长乐师范学校的记忆》首发式的余韵还在回响，却又见浪花辉映彩虹，这节奏真有点意外；感动之余又有点忐忑，一是以我的"名气"和功力绝不是写"序"的料，二是还没看过全部作品，更别说细细品味，似乎无从下笔。好在看了发来的目录，约有一半先前曾欣赏过，也有些感慨可发，聊以遵嘱吧！

　　作为跨界闯入文坛的一匹黑马，林华除了爱好以至情有独钟外，还醉心于生活的细致体察，做一个体味社会风云际会、人生酸甜苦辣的有心人。诸如从他写企业、写"卧佛"的洋洋洒洒的细腻笔端以至许多细节，若不是敏感地对生活的本来随时随地地有心拾取，许多细微处是难以探及的；从他作品内容的涉及面也可以看出他是经常跳出所服务的教育范畴而关注各行各业，随时撷取生活的七彩浪花。作为一个体育人，似乎在放步奔跑的途中还能够细心地欣赏美景并记录下来，一个健硕勇猛的体育人，一个情思细腻的文人，串位了！

那年一起上庐山，他提起意欲给谢幕的福建省长乐师范学校出版一本文集《留住时光的脚步》，我觉得挺难的，一是组稿，二是经费……但后来精彩的首发式和厚厚的上下两册图书告诉我，有志者事竟成，苟有恒理想可放飞。他不惑出道，笔耕不辍，持之以恒，硕果累出，这种执着，这种狠劲，这种恒心，也是拍打于我心头的一朵浪花。只能说感佩！

诚然，文集一以贯之的灵魂是一个大写的"情"字，因为感动自己，自然感染别人；因为至真至纯，当然引起共鸣。这一点，早在他女儿的婚礼上，我就感受到了，他创作的《女儿出嫁呐》中的"小棉袄"歌词，让人泪目。文学的"人性"应该是最亮丽的浪花，在情感的抒发上，不愠不火的分寸拿捏，作者是本真的，值得称道。

有心，有恒，有情，过若干年以后，作者将真正步入"有闲"的年华，一定会激起更多、更有底蕴、更为老辣的文学浪花——以他现在的激情与节奏，一定的！

写于 2019 年 12 月

注：翁祖兴，退休前曾任福建省长乐师范学校教务处主任、高级语文讲师，福建省长乐高级中学副校长、高级语文教师。

情似彩虹 根植大地

张善应

少年时，跑道、球场、泳池……凡是体能可以施展的运动场馆，常有他的身影；青年时，命运果然安排他成为一个体育教育工作者。这个他叫林华。

林华经历了半生的弹跳腾挪，手里捧着体坛的一些奖状、奖杯，但腰里缠的却是文学爱好的深厚浓情，而且腾云驾雾般地把那深厚浓情幻装成七彩靓丽的一弯彩虹，撒播在原本植根的大地之上。有人会诧异：情似彩虹，意在高空悬挂的一种美丽，可望及，不可触之，只能一现，难得久存，为什么却说根植大地，这不自相矛盾吗？不，一点也不。

林华把生活与工作中朴实有根的种种情，用恰如其分的文字组绘成一幅幅不同色彩，相同主题的画面，让真实的生活与平凡的感悟幻化成一弯悬在文学世界上空的美丽"彩虹"。那"彩虹"下拱的根垂向大地，采撷的是自然的光暗明亮，吸收的是大地的雨露营养，吐纳的是生活的春风气息。《无言浪花彩虹情》都是一些很生活、很现实、很真诚的经历与过程。生活是平凡的，平凡中蕴涵着真诚、美丽与向往。文学作品是平凡的生活经过凝炼、组装与修饰而幻化的美丽艺术品。这不是根植于大地的彩虹之情吗?

翻开《天地情》、《山水情》、《长师情》、《同窗情》、《公益情》和《歌声情》……耐心阅读,犹如雨后天晴初开窗,一扇一扇迎面来;细心品味,仿如阳光初射七彩虹,一道一道胜彩桥。看他情天情地,情山情水,情人情物,情歌情语……句句篇篇总关情,情到深处可根寻!

我乃一个无名之人,被邀为省作家协会会员的文集写"序",不知林华看上我是什么缘故?我并不想去追根究底。我最大的愿望:让作者与读者都能认同我这一番不算赘长的表述,尤其期待《无言浪花彩虹情》真真正正地深藏在读者的心里……

2019 年 12 月于玖世居

注:张善应,系福建省长乐师范学校首届(77 级)文科(2)班毕业生,退休前任长乐市教育工会主席。

浪花朵朵情依依

吴忠平

题记：欣闻原福建省长乐师范学校副校长、福建省长乐华侨中学副校长、高级体育教师、福建省太极拳协会秘书长、福建省作家协会会员林华出版第二本个人文集《无言浪花彩虹情》，聊寄七绝七首，以申一祝。

一、情似彩虹

窗映玉梅门映霞，池生春草笔生花。

著书立说梦无限，融入林君长乐家。

二、情感天地

神州有色山川秀，日月同辉故里明。

鸟语花香生眷恋，人间温暖海河清。

三、情生山水

一轮明月水中悬，万里祥云山外妍。

海角天涯新变化，古城胜景入豪笺。

四、情缘长师

古柏覆庭阶渐碧，寒梅抱阁尚留香。

谁言往事如烟去？聚首闲谈韵味长。

五、情真同窗

碧桃丹桂春秋结，翠柏苍松故旧心。

几度重逢何感慨，犹言青涩少年音。

六、情注公益

于无声处渐闻名，近水远山皆有程。

君子兰开多绚烂，仁人志士赤心诚。

七、情满歌声

高山流水荡长空，吹笛弄箫绕殿中。

新曲作词泉涌起，讴歌时代主人翁。

写于 2019 年 12 月

注：吴忠平，现为一级数学教师、福清市作家协会会员、福清市融光诗社社员。系原福建省长乐师范学校 80 届毕业，福州教育学院 2008 年大专毕业。

目录

长师情

同窗情

公益情

歌声情

附录

后记

天地情

神州有色山川秀，日月同辉故里明。

鸟语花香生眷恋，人间温暖海河清。

是通讯报道 但又不完全是

——文集《年轮圈圈道道情》出版发行花絮

我的文集《年轮圈圈道道情》，从文稿整理校对，到自行编辑排版，再到付梓出版发行，历时近八个月时间，件件往事历历在目……

一

2016 年春节过后，我就着手文集《年轮圈圈道道情》的出版准备工作。首先花了近两个月的时间整理校对文稿，然后好像是 4 月份的一天，长乐市作家协会与福建省长乐师范学校附属小学联合举办福州市作家协会副主席哈雷老师关于诗歌的讲座，我到场聆听。午餐时遇到福建美术出版社的陈艳，当知道陈艳是我校（长乐华侨中学）的校友后，我与他的关系好像一下子拉近了很多，于是，我乘机向陈艳打探文集出版的有关事宜，并向陈艳全盘托出出版文集的计划，陈艳则有问必答。我心中有数后，立马抓紧时间自行编辑排版文集。

5 月底，我拿着编辑排版好的文集《年轮圈圈道道情》初稿，到福州与陈艳商谈文集出版的具体事项。时过不久，我就与福建美术出版社签订了出版文集的合同。福建美术出版社的陈艳和张小芹负责文集编审，其中陈艳还为文集精心设计了封面。

7月份，我把精简的文集初稿正式提交给福建美术出版社，接着编审校对来回近十次，真是慢工出细活，因为每来回一次，文集的品质都明显提高。

10月底，文集《年轮圈圈道道情》终于印好，我十分欢欣地筹备出版首发式，得到了长乐市作家协会和香港思贤教育基金会的大力支持。

11月11日，长乐热线微信公众号率先分四期品读我的文集《年轮圈圈道道情》，第一期刊登我写的后记《岁月无情人有情》和林德冠写的代序《心灵的乐章》，第二期刊登陈震旦的《情文并茂 絮语人生》、林俊成的《灼灼其华翰墨林》和邵永裕的《怀想也是一种敬意》，第三期刊登林秉杰的《真情汉子 文学情怀》、许文华的《遥远的呼唤》和郑师恩的《至情言语即无声》，第四期刊登陈萍的《以一颗诗心烛照人生》、陈武英的《道是无情却有情》和潘云贵的《圈圈道道皆芳华》。

11月16日，《吴航乡情报》文化专栏整版介绍我的文集《年轮圈圈道道情》，由于篇幅的原因，所以节选刊登林德冠撰写的序言和陈震旦等九位领导名流好友撰写的评论文章。

二

11月19日上午，长乐市作家协会和香港思贤教育基金会在冰心文学馆举行"林华文集《年轮圈圈道道情》出版发行座谈会暨赠书仪式"。出席座谈会暨赠书仪式的有福建省文联原党组书记、副主席林德冠，福建省作家协会副主席朱谷忠，福建美术出版社社长助理陈艳，福州市作家协会副主席哈雷、李玉平，福州市作家协会原主席黄安榕；专程从香港而来的香港思贤教育基金会会长郑存汉，副会长陈忠晃以及郑德诚先生；长乐市委宣传部副部长林俊成，长乐市文联主席郑黎明，福州市作家协会副主席、长乐市作家协会主席林秉杰，长乐市政协原副主席、长乐市诚信促进会会长、长乐市文化艺术交流协会会长林道维，长乐市人大常委会委员、长乐市老年人大学常务副校长魏存诚；为文集《年轮圈圈道道情》撰写评论文章的原福建省长乐师范学校党总支书记兼校长、原长乐市文学协会会长陈震旦，永泰县作家协会主席许文华等；我的母校代表福建省长乐师范附属小学林英祥校长、长乐第一中学校长郑其强、福建师范大学体育科学学院党委副书记张承东；我曾经工作过的单位代表长乐高级中学（前身是福建省长乐师范学校）校长李勤庚和现在工作单位代表长乐华侨中学校长陈碧云，以及我的老师、同学、同事、好友代表等80多人。座谈会暨赠书仪式由长乐市作家协会副主席兼秘书长郑师恩主持。座谈会之前举行赠书仪式，我向三个母校和香港思贤教育基金会、长乐高级中学、长乐华侨中学赠书。

座谈会上，我以《岁月长 事无常 心放下 情温暖》为题，介绍了出版文集《年轮圈圈道道情》的心路，感谢大家的鼓励、支持和帮助——

尊敬的林德冠书记、朱谷忠主席、郑存汉会长，尊敬的各位来宾：

我非常欢迎和感谢大家出席我的文集《年轮圈圈道道情》出版发行座谈会暨赠书仪式，非常感谢新闻媒体关于我的文集《年轮圈圈道道情》出版发行的报道。

人的一生都在做着各种各样的梦。小时候，听中央人民广播电台实况转播体育比赛，便逐渐有了想当运动员的梦。上学了，在知识的摇篮里，五花八门的梦在碰撞，但是有一个梦在脑际时隐时现，与我相伴如今，直到今天，我才十分清楚地明白，那个梦就是文学梦。

少小时代，文学梦并不是很清晰，到了大学，文学梦油然而生，于是便去中文系旁听李联明教授的《文学概论》课，从此文学梦的风筝开始放飞，但仅仅是游戏而已。

如果说福建省长乐师范学校是我青春花朵绚丽绽放的地方，那么长乐华侨中学便是我文学情趣复苏的沃土。我于 2010 年 9 月底调任长乐华侨中学副校长，便写下《回眸来路 笑傲人生》，而后在好友、长乐市作家协会副会长兼秘书长、时任长乐华侨中学副校长郑师恩的一再怂恿撺掇下，一本正经地开始静下心来写点东西，从此，我与心灵有了一个约定：在校刊《太阳风》每期至少发表一篇文章。就这样由开始的一篇短文一两千字，到后来的两篇三篇每篇三五千字甚至上万字，一发不可收……

时光匆匆，我心依旧。承蒙众多名流好友的热情鼓励和鼎力帮助，今天，我的文集《年轮圈圈道道情》终于面世了！我在后记《岁月无情人有情》中写道："把人生那'一朵朵别样浪花'，集结成一束生命的"礼花"，献给第 55 个生日。"其实这本文集原计划是要在五年前出版的，一则献给第 50 个生日，二则为了践行当年的承诺——参加长乐市作家协会，但计划没有变化快，父亲猝然长逝，我心乱了方寸，于是把出版文集的计划束之高阁，把参加长乐市作家协会的念头打住。时过一年，好友——长乐市作家协会副会长兼秘书长郑师恩又一次力邀我参加长乐市作家协会，我终于答应了！

"世事一场大梦，人生几度新凉？"五年时光转眼即逝，岁月的风景抚慰着心灵的伤痛，我渐渐地从丧父的悲痛中走出来。又一个人生重要的时间节点——第 55 个生日就要来临，出版文集的想法再次浮上我的心头，目的只有一个，那就是把五年前想做的事做了，把一个梦圆了且圆得美丽一些！

春夏秋冬，周而复始。55 载人生旅程，一路风尘仆仆。文集《年轮圈圈道道情》是对人生的回望，把陈年旧事都付笑谈中，文集中的那些文章是我的人生经历折射出来的一些心声而已，是我对那已经远去的如歌岁月、如梦往事的怀念而已……在准备出版文集的过程中，得到了众多名流好友的真挚点赞和悉心指导，在此我谢谢你们，向你们鞠躬敬礼！我要借今天的机会，感谢一路走来给了我美丽记忆的至亲至爱的家人、至尊至敬的老师和领导、情同手足的同学和同事以及朋友。尤其要感谢福建省长乐师范学校林祥彬、刘宜勇、陈震旦、许宝同等领导，让我舞动青春、梦飞蓝天；尤其要感谢长乐华侨中学以魏存诚为首的一班人，让我成就了文集《年轮圈圈道道情》；还要感谢郑存汉先生以及香港思贤教育基金会的其他爱心人士，十分热情赞助文集《年轮圈圈道道情》的出版发行，并专程从香港来参加今天我的文集出版发行座谈会暨赠书仪式；还要感谢福建美术出版社陈艳、张小芹等人严格把关，辛勤付出，让我的文集清新靓丽地面世；还要感谢冰心文学馆馆长刘东方为我的文集出版发行座谈会暨赠书仪式提供绝佳的场所，让我的文集沾光不少；还要特别感谢林德冠书记和省市各级的作家协会的领导以及文学前辈今天莅临现场指导，让我的文集增色许多。

"天行健，君子以自强不息。"我将继续保持对文学的喜爱，写多点，多写点，用彩笔描写人性的光辉、人生的故事，用真情实感述说人生的感悟。

岁月长，事无常，心放下，情温暖！最后祝大家健康平安，吉祥如意！

接着与会领导嘉宾林德冠、朱谷忠、郑存汉、林俊成、哈雷、林道维、魏存诚、陈震旦、许文华等先后发言，除了肺腑之言的评点，更多的是肯定、鼓励和期望的金玉良言，但那么多的"肺腑之言"和"金玉良言"，却因为现场摄像和录音被误删而深感遗憾！

福州市作家协会原主席黄安榕有备而来，她特意撰写了讲话稿《情感真挚文笔细腻》，字里行间充分体现了文坛前辈对文学新人的爱护和关怀——

各位领导、各位来宾：

上午好！今天应邀参加长乐市文坛新秀、长乐华侨中学副校长林华的文集

《年轮圈圈道道情》出版发行座谈会，我心中感到非常高兴！认识林华同志是在 2001 年 3 月，福州市作家协会为时任福建省长乐师范学校党总支书记兼校长陈震旦的作品举行研讨会，当时只见他忙里忙外地做了许多具体的工作，却没有想到 15 年后，他能够拿出 22 万字的沉甸甸文集出现在我的面前，令人刮目相看！

林华同志毕业于福建师范大学体育系，并获得"教育学士"学位。按他自己在后记《岁月无情人有情》中所说，这本文集既是对 55 年人生经历的回望，也是对那些不相信一个学体育的人也可以自如地从文的回应。更何况书中有不少篇章，如《猝然长逝 梦想终止》、《往事依依 历历在目》等，都写得情景交融，催人泪下；又如《九寨沟 我来了》、《骑行健身正当时》、《女儿上大学了》、《爱 从春天出发》以及"学堂情缘"、"师苑情梦"、"侨中情结"栏目中的文章，亦感情真挚，文笔细腻，生活气息扑面而来，让人随着他那山水情、亲友情、师生情感悟人生，也使我深切地体会到冰心老人所说的"有了爱就有了一切"的至理名言。

林华同志从教 33 年从政 30 年，其中担任副校长 18 年，可想而知他的日常工作是多么的忙碌，但由于他对文学殿堂的执着追求，硬是在长期繁忙琐碎的工作中挤出业余时间来创作，这种勤奋写作的精神是十分可贵的，值得我们学习，值得我们点赞。

文艺是时代前进的号角，最能代表一个时代的风貌，最能引领一个时代的风采。2014 年 10 月 15 日，习近平总书记在文艺工作座谈会上指出："追求真善美是文学的永恒价值。艺术的最高境界就是让人动心，让人们的灵魂经受洗礼，让人们发现自然的美、生活的美。"的确，自古以来文艺沟通人的心灵，文艺构建礼仪之邦，文艺促进邦国之交，文艺的作用是巨大的。在《年轮圈圈道道情》这本书里，作者把他的所见所闻所思所感跃然纸上，立意高远，动人心弦，使读者获得较高层次的精神享受和思想启迪，达到了追求文学作品的最高境界，体现了追求真善美的永恒价值，也说明了作者在文学殿堂里已经迈出了坚实、成功的第一步，确实可喜可贺！

记得刚拿到林华同志寄赠给我的这本书时，见扉页上有"快乐来自心情，心情自己做主"这么一句话，我还觉得莫名其妙，直至看完文集中的序言、后记、评论文章及精彩篇章后，我才明白了其中的深沉含意。原来正因为他始终把握自己的心情投入艰苦的创作，所以才能够拿出这么一本洋洋大观的文集呈现在世人面前。想到在我认识的许多前辈中，有两位世纪老人冰心和赵家欣，他们都坚持写作到90岁，而林华同志今年才55岁，往后的日子还很长，相信他在文坛崭露头角的基础上，今后一定还会继续奋力前行，抒写出更多更美的篇章奉献给党和人民！

长乐市多家新闻媒体的记者莅临座谈会暨赠书仪式，长乐热线当晚就以头条新闻报道座谈会暨赠书仪式情况；长乐新闻网于11月21日以《林华文集年轮圈圈道道情》为题，详细地报道了"林华文集《年轮圈圈道道情》出版发行座谈会暨赠书仪式"；长乐市广播电视台记者现场采访我和福州市作家协会副主席、长乐市作家协会主席林秉杰，并于11月23日晚上在长乐新闻栏目播出；《吴航乡情报》于11月23日刊登了以"市作协举办林华文集出版座谈会"为题的报道文章。

三

在我的文集《年轮圈圈道道情》出版发行座谈会前一天，即2016年11月18日晚上，我的小学(2)班同学因为旅居海外的一个同学返乡而聚会。赶早不如赶巧，我向每一位同学赠书签名，同学们惊讶之余甚是高兴。第二天，董敬知（时任马尾造船股份有限公司董事长）去广西南宁出差，傍晚，他发微信给我，说他在飞机上已经看了半本《年轮圈圈道道情》，眼睛都湿润了，我知道书中的有些故事触动了他的心弦，但却故意回微信与他"答非所问"地调侃一番……又过了一天，他再发微信给我，说他在宾馆连夜把《年轮圈圈道道情》看完了，而且还说他从来没有这样用心看一本书，哪怕在大学读书都没有这么夜以继日地快速看完一本书。

我的小学(2)班同学陈时儆（时任国家发展和改革委员会西部开发司副司长）得知我出版文集《年轮圈圈道道情》，要我邮寄一本给他。他在忙碌完中央经济工作会议有关事务后，就展阅我的文集，并撰写了《情暖我心——致林华同学》——

书已收到多日并展阅，但公务缠身，前段在准备经济工作会议、思考着明年"一带一路"的工作思路以及年终总结等。今天，这些事已告一个段落，我又迫不及待地拿出《年轮圈圈道道情》，"把心放下"，融合在学友暖暖的情谊中，放飞在笔耕的田野里……

有心成正果，衷心祝贺你出书！书名《年轮圈圈道道情》很贴切，每篇文章的选择精心精力，每张照片很有时代和人文的气息。

对你字里行间所表达出来的心情、班情、友情、亲情，我深受感动。你对学业、师业、教业的孜孜不倦的探索，我感到钦佩。在你朴实的笔耕中，我已感到了你率真的情愫、对美好人生的热爱、奉献青春的生命之歌。

书中，你让我回到了那激情燃烧的岁月，至今还如此。这种岁月，每个人都有过，但你已把你的岁月深深地刻在了书中的"年轮"。

书中，你沉浸在《诚惶诚恐地"入伙"了》的喜悦，我为你骄傲；

书中，我陶醉在《爱从春天出发》的意境中；

书中，我仿佛听到了《一个声音在亲切呼唤》；

书中，我眼前映现出笑傲而又《独领风骚的一群人》；

书中，我还感受到《日出江花红胜火》的思贤情怀；

书中，我也深刻体验到浓浓的大爱心弦。

相由心生，境由心转，意随心现。你的精神境界，我共鸣了。

精诚所至，金石为开，贞心不寐。你的真诚和朴实，我理解了。

真心地希望你在今后的征程中，继续写出展示你的朴实而又精彩的人生乐章，以飨读者。

真心地希望你能坚守初心，砥砺前行，绘画人生，不断创作，编织和实现你心中的文学梦、中国梦。

仅以此笺共勉之。

陈时做于燕都 丙申年仲冬

我的同事陈海柱（原福建省长乐师范学校总务处副主任）拿到文集《年轮圈圈道道情》后不久，就撰写读后感《倾情》寄予我——

亲情爱情世间情，山情水情心灵晴。

性情真情汇文集，体育达人智悟勤。

写于 2016 年 12 月

《香港文学报》报社的张诗剑和陈娟两位老师欣闻我的文集出版发行，在收到并看过我的文集后，陈娟老师特意从香港打电话给我，和我通了一个多小时的电话，她对我的文集进行了全面的评点，我受益匪浅，他们还在《香港文学报》安排专版介绍我的文集。

新闻媒体的报道宣传，在社会上产生很大的影响，许多国内外同学和友人，纷纷点赞祝贺，并且希望能早日看到书，还有不少友人或到单位要书或打电话要书，我全部满足他们的要求，并对他们的热情关注、点赞祝贺表示感谢。

四

我出书了，又圆了一个梦！文集《年轮圈圈道道情》终于成功出版发行，我感谢一路引领、相伴、支持和帮助的所有人，是你们给予我写作的力量，是你们的大爱光芒照耀我前行的道路。我没有理由不把我的所见所闻付诸笔端，歌颂大千世界的真善美，歌颂大地山川的壮丽多娇；我没有理由不把我的所思所悟跃然纸上，让瞬间灵感留下永恒的记忆，让有感而发成为时代的记录！

写于 2016 年 11 月，收笔于 2017 年底

冰心文学馆

海外游子中国心

三月的北京风和日丽，到处是热烈祥和的景象，天安门广场花团锦簇，赏心悦目。雄伟庄严的人民大会堂东门前，一个身材魁梧穿着青蓝色西装的男人，脸上洋溢着喜悦和豪情，胸前挂着"全国政协十二届五次会议列席代表证"，左手握着文件袋，留影纪念历史性的时刻。他，一个浪迹天涯的海外游子，做梦都没有想到自己会有参加国家盛会参政议政的荣幸；他，凝望人民大会堂浮想联翩，拾阶而上深感肩负的重任……他是陈荣华先生，来自海峡西岸的一个"侨乡"——福建省长乐市猴屿乡象屿村；他是爱国诗人、书法家；他是美国福建同乡联合会首届主席，现任荣誉主席；他于2009年9月如愿以偿成功组织美国首都第一次升中国国旗仪式，并亲手将五星红旗升起在白宫前的大草坪上，各国新闻媒体第一时间争相报道。

我初次知道你，是在去年深秋长乐市诚信促进会组织的"猴屿故事书画创作采风"行。我走进猴屿华侨文化馆，感受海外游子祖国在心中的大爱，可惜你那张在白宫前升国旗的相片不是很清晰，没有给我强烈的视觉冲击和心灵震撼，也许还有停电用手电筒照着观看的原因，但你的故事已经留在我的心中。

我再次关注你，是在今年春天，微信传来你出席全国"两会"的消息，海外190多个国家特邀华侨代表38位，而你是其中之一。走近你、探究你的念头油然而生，想不到时隔半月余，天遂人愿。

你从人民大会堂荣归故里，应邀作客长乐市诚信促进会，我有幸与你隔桌相对，凝望你那"庐山真面目"，倾听你那发自心灵的深情诉说。

你那率真朴实的开场白，把大家带入热切的期待中，你在白宫前的大草坪上首升五星红旗的传奇故事，令人赞赏，赢得热烈的掌声。

你认为美国的政治体制已经过时，多党轮流执政其实只是四年投票一次的"民主"，更多的是互相掣肘、互相揭短、互相拆台，结果是一个总统一个调，国家政策如儿戏；你认为中国现有的政治制度非常符合国情，保证了国家政策的连续性和社会的安定稳定；你说祖国正在崛起，发生了翻天覆地的变化，创造了人类奇迹，坚持中国共产党领导，一定能实现中华民族的伟大复兴。你以自己旅居美国27年的经历，评论美国政治经济军事以及台海形势，有力地颠覆了"美国的月亮比中国的圆"的偏见，不禁让我再一次想起并感悟电视剧《北京人在纽约》的片头语：如果你爱他，就把他送到纽约去，因为那里是天堂；如果你恨他，就把他送到纽约去，因为那里是地狱。

你说祖国日益繁荣昌盛，国际影响力不断提高，海外游子扬眉吐气。你一再称赞长乐人，说长乐乡亲真的最爱国，没有长乐乡亲的鼎力相助，五星红旗在白宫前的大草坪上空高高飘扬的梦想，不知道何时才能实现。你用"智"和"心"两个字道出长乐人的聪明和血性，不忘炎黄子孙的中华根脉，勇敢捍卫祖国的尊严。你十分自豪地告诉美国记者，在美国旅居谋生的长乐人身上有三大宝：爱国爱乡的情怀，吃苦耐劳的毅力和团结互助的风格。

你是一个与祖国荣辱与共的侨领，你倡议"与祖国母亲共患难"。你说每当祖国遇到危难的时候，长乐人总是一呼百应，众志成城，冲锋在前。你深有感触地说，身在异国他乡旗帜鲜明地热爱祖国真的不容易，要付出很大的代价，但你义无反顾，无怨无悔。

你说你的爱国情怀，源自于养母从小的朴素家教以及学生时代的学校教育，懂得"有国才有家"的道理。当年日寇铁蹄踏遍东南亚，养母一家四人从香港逃难回故里，养母的父亲在广州一个码头被日寇残杀并抛尸江中，养母的弟弟饥寒交迫途经南平市时病死，你的养母家仇国恨心中怒火烧。抗日烽火在燃烧，妻子送郎上战场！"养父"发誓报仇雪恨杀日寇，新婚数日别养母，横渡马江当海军，从此杳无音信没有把家还。

你说你是弃婴，三易家庭，至今不知道亲生父母。好心的江家人在路旁把你抱回家，藏在你衣服内的字条写着你的出生年月。江家人养育你到两岁，由于家里原来已经有八个孩子，生活困难所迫，实在无奈，只好把你转送给陈府，陈府养母含辛茹苦把你抚育成人。不寻常的家史身世，刻骨铭心的痛，令你发奋图强立志报效家国。

你高中毕业隐瞒身世和年龄，1975年不惜年少，16岁辞家到军营，江西九江成为幸运的福地。时来运转好事多多，你投身军营五个月，先是百里挑一，被选拔担任营部通讯员，后又千军万马中头筹，荣任师部机要员……风云变幻难预料，梦想破碎很无奈。你服役期满，1977年退伍返乡，回到"日出而耕日落而息"的起点。你忘不了那一场梦，那一份情，挑灯写诗，以诗寄愁，以诗抒怀，排遣伤感和失落。1981年，你参加长乐县首届诗歌征文比赛，荣获一等奖而被伯乐相中，在公社（乡镇的前身）工作了八年，并多次被评为"优秀共产党员"，因为是"农村户口"而转正无望，一切努力再次如滔滔江水东流而去。山不转水转，一个念头在脑海闪现，你终于忍痛决定漂洋过海，浪迹天涯。在异国他邦，一切从零开始，你倍感游子的辛酸，生活的艰难。恩怨爱恨有缘故，感念祖国情满怀，"不管怎样也改变不了我的中国心"，你不改初衷，仍然执着地深爱着祖国。

你于 1989 年随着"出国潮"背井离乡，1990 年在纽约落脚，除夕之夜，孤单惆怅，青灯残壁，"独在异乡为异客，每逢佳节倍思亲"。你面朝东方虔诚跪拜，祝福远方的祖国和家人。你感慨万千即兴挥毫泼墨写下春联，上联：三杯冷水贺新岁，下联：一腔热血怀故国，横批：过年。你为了慰藉孤独的心，游走在雪花纷飞的夜色中。店铺关门，街上冷冷清清，你在联合国总部前蓦然停住脚步，因为一个异样的感觉涌上心头，一个想法令你激动和振奋不已。你面对 190 多根旗杆，在五颜六色的旗帜中认真寻找，仰望雪夜中高高飘扬的五星红旗，泪珠像断线的珍珠倾泻而下。你对国旗许下一个心愿：一定要在生活的地方将你升起。

你因为从军而萌生"将军梦"，并因此对五星红旗有了特殊的感情。你一诺千金，怀揣崇高的梦想，勇敢前行，不达到目的誓不罢休。1999 年祖国 50 华诞之际，在纽约侨界庆祝盛典上，你与常驻联合国代表秦华孙一起升起五星红旗。你 2000 年移居华盛顿，每年参加侨界筹备祖国国庆活动时，极力提议在美国首都举行升旗仪式，并坚持以个人的名义向美国国家公园管理局提出申请，屡次遭到否决但都不言放弃。当律师问你，要绿卡还是要升旗？你毫无犹豫地回答："要升旗！"善飞能舞世人敬，皇天不负有心人。经过九年波折和坚持，在白宫前举行升旗仪式的申请终获美国国家公园管理局批准。2009 年祖国 60 华诞前夕，在美国白宫南面的大草坪上，《歌唱祖国》的歌声响彻云霄，2000 多炎黄子孙欢呼雀跃，豪情冲天。你终于亲手把五星红旗冉冉升起高高飘扬，雄壮的《义勇军进行曲》强烈地敲打着游子的心门，"祖国万岁"的高呼声此起彼伏……历史已经永远记住这一光辉事件：2009 年 9 月 20 日，中国五星红旗在美国首都白宫前第一次十分隆重升起并高高飘扬。

你面对《世界日报》记者"看似简单"的发问"中国好还是美国好"，不假思索发自内心深处充满智慧地回答道："我在美国谋生，美国只是我的老板，而中国养育了我，她永远是我的母亲。"你的肺腑之言被《光明日报》评为"2009年四大名言"之一，广为流传，时任全国人大常委会副委员长彭佩云给予高度赞扬。"流在心里的血，澎湃着中华的声音"，你奋笔疾书讨伐台独，坚决捍卫祖国领土完整，坚定维护祖国尊严，赤诚渴望中华民族的伟大复兴，时任外交部部长李肇星在赞许之余，亲笔题词："荣华先生，让中国为你骄傲！"你热心社会公益事务并具有忘我奉献精神，担任美国福建同乡联合会主席四年，为南方冰灾、汶川地震和玉树地震募捐八万多美元，先后为六位遇难乡亲妥善处理后事，为38户困境中的乡亲排忧解难。2011年美国总统奥巴马签署嘉奖令，授予你"总统义工奖"。

你是一个"文学青年"，1983年长乐县青年文学协会成立，被选为秘书长，并因此有了"文学梦"。你一路走来，几度梦起几度梦落，世事沧桑曾经怨恨，但痛定思痛从头越，毅然决然地选择了诗和远方，矢志不移地让"文学梦"和"中华情·中国梦"相伴而行……你先后创作发表100多首爱国诗篇，为香港回归创作的诗歌《归心》手稿被国家博物馆收藏，为"汶川大地震"写下的诗歌《汶川 不泯的土地》发表在《人民日报》上并被各大报刊争相转载，为北京奥运创作的诗歌《心与祖国同在》受到中央人民政府网的高度赞扬；为60周年国庆创作的诗歌《向祖国问好》，《人民日报》称赞"热情洋溢，气势磅礴"；书法作品《中华雄风》入选"亲情中华——世界华侨华人美术书法展"，并被中国华侨历史博物馆收藏。

你那"有国才有家"的人生故事，跌宕起伏，感天动地。"山知道我，江河知道我，祖国不会忘记我！"2009年，国庆60周年盛大庆典，你被列为特邀代表，后因为你没有"绿卡"无法回国而作罢，但在国庆60周年盛大庆典即将开始前那千金难买的时刻，中央电视台与你越洋现场电话连线，请你向电视机前的全国观众和全球华侨说几句话，你在感到十分突然出乎意料之余，激动兴奋地说道："今天是祖国母亲 60 大寿，而我与祖国远隔万水千山，无论我身在何处，无论岁月变迁、人世沧桑，我的心永远与祖国同在，隔着万里重洋，荣华拜谢祖国母亲养育之恩！"2014 年人民日报出版社出版《梦想·正能量》一书，将你列为海外百位爱国名人之首；2015 年，"纪念中国人民抗日战争暨世界反法西斯战争胜利 70 周年大会"隆重举行，你成为北京天安门观礼台上的嘉宾；2016 年，你应邀出席人民大会堂国庆招待会。你多次受到党和国家领导人的亲切接见，如今，你荣幸应邀参加全国"两会"，肩负光荣使命，为国家献策，为华侨请命，继续谱写"我的中国心"的新传奇。

你以军人的忠诚热血捍卫，你以文人的骨气坚忍不拔，你以孝子的胸襟感恩戴德，你以赤子的情怀无限眷恋。你的人生传奇故事已经通过《中国梦》、《梦想·正能量》等书籍和《他乡中国情》、《天涯海角福建人》等电视片，传扬四海。你追忆悲欢往事，潸然泪下，令人动容。我在你声情并茂的叙说中，接受着心灵的撞击和灵魂的洗礼，几次感动至深，热泪盈眶。男儿有泪不轻弹，只是未到感动时。

你那执着追梦的故事在传扬，你那掷地有声的话语在回荡……"我是中国人，誓让五星红旗在生活的地方高高飘扬！"

写于 2017 年 3 月

高考彩虹 40 年

高考彩虹当空挂，寒窗学子脚步急；

蓦然回首来时路，当年豪情依然旧。

如果说 1977 年是恢复高考具有里程碑意义的"时间节点"，那么 2017 年就是恢复高考 40 周年值得纪念的"时间节点"。在特别的"时间节点"，回眸往事是那么的温馨快意！

高考恢复伊始，1977 年全国统一命题，一直持续到 2003 年。2004 年开始，福建高考自主命题，但时过 12 年，即 2016 年又回归全国统一命题。历史绕了一个圈，又回到原点。

在高考恢复 40 周年之际，今年的高考作文全国卷三："请以'我的高考'或'我看高考'为副标题，写一篇文章"，强烈地掀起我记忆的浪涛，当年那刻骨铭心的高考故事仍历历在目，那"登科及第"的豪情一直在心头洋溢至今……

高考战车 蹒跚前行

1977 年，一个伟人毅然启动了停歇十年的高考战车的按钮！高考战车终于重新上路，虽然是蹒跚前行，但却给人以巨大的鼓舞，被禁锢的"大学梦"终于可以展翅高飞，中国进入了梦想激扬的时代……许多人渴望通过高考改变命运。

1977 年 12 月 7 至 9 日那场十分仓促的高考，给 570 多万考生留下深刻的"冬日记忆"，给 27 多万考生留下美丽的"春天故事"。那年报名参加高考的考生大都来自各行各业，年龄最大 37 岁，最小 13 岁，那些大龄考生很多是"老三届"，仅复习个把月就参加高考。历史开了一个大玩笑，让年龄相差颇多的考生站在同一个起跑线上，于是不少丈夫与妻子、父母与子女、老师与学生"同场竞技"。两个月后，570 多万考生中仅有 27 多万考生，接到录取通知书，录取比例 21：1，录取率不到 5%。来年的春天，那不到 5% 的考生如愿以偿地走进了梦寐以求的大学殿堂……

1978 年高考如火如荼地进行，但依然还是显得很仓促。那些没有被录取的大龄考生继续复习几个月后，再次意气风发地与应届高中毕业生一起奔向夏日高考的"沙场"……考生 610 万，录取率虽然有所提高，但也只有 7%。

1977 年高考大学录取率不到 5%，1978 年高考大学录取率也只有 7%，我耳闻目睹大学录取率如此之低，不免对自己能否决胜高考的"沙场"，思虑多多，忧心忡忡，因为一年后，我也要参加高考。

我曾经十分担心的"知识青年上山下乡"风暴，因为高考战车的开动而戛然停止了！我倍感庆幸，自己不要像师兄师姐那样，到农村战天斗地，接受贫下中农再教育！

高考首次 名落孙山

1979 年是我终身难忘的一年！一、我国南疆发生战事；二、我被批准加入中国共产主义青年团，被评为"三好学生"，担任理科重点(2)班的班长兼团支部书记；三、我参加高考出乎意料地名落孙山。

"文革"前，长乐一中因为连续几届高考成绩优异而声名鹊起，为了重塑昔日的声誉，备战 1979 年高考，学校决定搞"重点班"。1978 年 6 月底，学校在我这一届 14 个班级中，搞了两个理科重点班和一个文科重点班，并配备了最好的师资。我因学习成绩挺好而被选拔编入理科重点(2)班，从此梦想的阳光照进我的心头。紧接着学校安排两个理科重点班和一个文科重点班暑期 8 月份集中补习和上课一个月，但我因为要集训代表长乐县参加莆田地区第 3 届运动会排球项目的比赛不得已而缺席。

高二学年开学了。从赛场归来的我全力以赴，一边尽快把暑期补习和上课一个月缺席落下的课程补上，一边紧跟老师的指挥棒学好新课程……转眼到了 1979 年新年元旦，承蒙班主任陈孝铭老师、年段长杨金朝老师的厚爱和一再争取，我终于被批准加入中国共产主义青年团，一月份上学期结束，高二的课程提前教完，也因为成绩优秀终于被评为"三好学生"。

元宵节过后，新学期开学，但没几天就爆发南疆战事，高考战车是否会因此而停止前行？我心里不免担忧起来，还好没有关于高考的负面消息。不久，一切又复归正常。

4 月底进行报考大学和中专的分流，学校根据同学们报考大学和中专的志愿进行最后一次班级调整，(1)至(4)班（理科班）和(6)班（文科班）为报考大学班，剩下的为报考中专、技工班。我仍然在理科重点(2)班，被班主任杨开基老师指定担任班长兼团支部书记。

5月份，我参加体育专业高考，因为考试掉以轻心，致使临场发挥不好，成绩不佳。7月份，我参加理科文化考试，虽然成绩接近理科录取线，但最后还是竹篮打水一场空，结果名落孙山，原来的"脚踏两条船的美梦"成为泡影。那一年高考全国统一命题，文考各科题目都很难，总分430分，福建省大学录取线不到300分，好像是291分，全国参加高考人数是468万，被录取仅有28万，录取率是6%，我校报考大学被录取的同学不多，记得一个大家公认读书最好的男同学被中国科技大学录取，另外一个男同学被厦门大学录取、一个女同学被中山大学录取。

高考再次　梦想成真

高中毕业，有的人梦圆大学，有的人投笔从戎，有的人去父母单位"补员"，有的人不轻言放弃，继续学海行舟。我思考一番，决心再搏一次，复读一年再考大学，如果再不成功那就从军，争当一个"好士兵"。

1979年8月底，鉴于高考不少学生发挥不正常，我的母校决定为那些高考成绩比较接近大学录取线的学生办两个复读班，理科文科各一个班。因为应届有八个班（这是普高招生改革后，母校第一次面向全县招收初中生，其中(1)至(4)班是乡下学生，(5)至(8)班是城区学生），所以两个复读班分别被编为(9)班和(10)班。理科复读班班主任是陈孝铭老师，由于知根知底，我被指定担任班长兼团支部书记，就这样我带着第一次高考的失意继续着大学梦……一晃又到了1980年4月报考季，复读班的成绩令母校领导高兴，我和陈国华、唐航鹰等同学听从班主任陈孝铭老师的劝导报考大学，被调整到(5)班，班主任王锦钗老师指定我担任班长兼团支部书记，而(5)班报考中专的同学则被调整到(9)班。我的79届高中毕业证书被换成80届高中毕业证书，以应届高中毕业生的身份参加高考。

我怀揣志在必得的决心，勤奋刻苦地备战1980年高考。我仍然决意报考体育专业，因为文化成绩根本没有问题，所以日常训练侧重体能素质和专项技能提高。功夫不负有心人，体育专业测试5月下旬在莆田县（莆田地区所在地，当时长乐县隶属莆田地区管辖）体育场进行，我的两项素质测试成绩是：100米项目（煤炭渣跑道）11秒6，原地摸高（通俗叫"弹跳"）82厘米，这在当时算是优秀成绩；我的专项排球测试成绩80多分，也算是优秀成绩。有志者事竟成，我终于如愿以偿地被福建师范大学体育系优先录取，荣幸地成为福建师范大体育系80级90位学生之一（因为文考成绩较好，入学之初接受学校安排，转到生物系学习一个月后回归体育系），从此长安山情缘与我相伴一生。

是年福建省内大学本科体育专业招生仅有福建师范大学体育系90人，福建体育学院体育系和运动系各60人合计120人，体育系以培养中学教师为主，运动系以培养体育学校教练为主。

高考彩虹 山水艳羡

高考成为一道改变人生命运的绚丽彩虹，考上大学也就成为莘莘学子梦寐以求的愿望。高考非常刚性且相对公平地改变了一部分人的命运，20世纪80、90年代毕业的绝大部分大学生不仅都拥有了"铁饭碗"，而且还是各行各业的"香饽饽"。

我成为那年高考录取8%的幸运儿，以"时代骄子"的自豪，沐浴着阳光雨露的恩泽。每月学校发给35斤粮票和25.5元生活费以及白糖供应票、布票等，无论是粮票还是生活费，体育系学生都比其他系学生（粮票28斤、生活费18.5元）多发。当年我的父母亲月薪才四五十元，居民户凭供应证每人每月 23 斤粮食，许多东西都是凭证购买，于是便有了供应物品的"平价"和"自由市场"购买物品的"高价"之说。那个年代考入大学，真是名利双收，不仅让邻里乡亲羡慕不已，而且极大地减轻了家庭的经济负担，自己也开始了独立生活的人生。

我班级的一个同学连续四年参加高考，终于考上福建农学院，他那"不达目的誓不罢休"的精神，至今仍然感动着我们班的每一个同学。还有一个同学第一年和第二年报考中专都没有考上，第三年报考大学居然考上并被福州大学录取。

1977 年，参加高考 570 万人，录取 27 万人，录取率只有 5%；1978 年，参加高考 610 万人，录取 40.2 万人，录取率只有 7%；1979 年，参加高考 468 万人，录取 28 万人，录取率只有 6%；1980 年，参加高考 333 万人，录取 28 万，录取率只有 8%；1981 年，参加高考 259 万人，录取 28 万，录取率只有 11%；1982 年，参加高考 187 万人，录取 32 万，录取率只有 17%……至此出现了史上大学本科（指四年制大学）五届同堂的奇葩。其原因就是 1978 年有两批学生入学，1977 年高考被录取的学生在春季入学，1978 年高考被录取的学生在夏季入学，一年先后两批学生入学，都称"大一"，似乎不妥，于是便有高人别具匠心地创意以入学年份称呼这两届学生，即"77 级"、"78 级"，从此这种以入学年份作为"级别"的称呼沿用至今。

高考蜕变 光环逊色

四十年转眼间，高考在蜕变，大学在蜕变。从前"沙场秋点兵"的荣耀黯然失色，罩在大学生身上的光环已经不再那么的耀眼夺目。如今大学已经从"精英教育"蜕变为"大众教育"，上大学不再是一件很困难的事。当年的大学生国家每月发给生活费，而且毕业了不愁就业。如今的大学生读完本科四年，学费、生活费等起码要十万元，而且毕业证书仅仅是报考公职的入场券而已。

2014年夏天，大学毕业30周年聚会，我漫步母校仓山旧校区和大学城新校区，以教育工作者的视野，探寻母校在校学生数量。当年留校任教的同学告诉我说，母校在校本科生21000多人，研究生6000多人，合计近30000人。当年我在校时五届同堂本科生仅有5000多人，可如今母校在校研究生人数还比当年我在校时的本科生人数多1000多人，难怪现在本科生毕业找工作难！

2005年研究生录取31万人，已接近1982年高考录取32万人，现在研究生录取人数还呈逐年上升趋势，2013年是53.9万人，2014年是57万人，2015年是63万人。还有2015年，参加高考942万人，录取698万人，录取率74.3%；2016年，参加高考940万人，录取772万人，录取率高达82.15%。高校使劲发展，已成产业化之势，大学的门槛很低，高考总分750分，有的大学录取线低至300多分，以致大学生的素质参差不齐。

现在每年有那么多的大学生涌向社会……借用一句套话：一根竹杠从天空掉下来，在大街上会砸到好几个大学生。如潮的大学生，梦在何方？

40年了，高考彩虹依然挂在天空，"沙场"决战的狼烟仍然在腾涌，但是当年大学生那"时代骄子"的风景已经远去，我的高考故事也已经化作天空的云朵，成为同学聚会的聊天笑谈……每当谈论高考的今昔，我几多自豪，几多感慨！

写于2017年8月

再见 爱丽舍

题记：2018年春，在家人的一再强烈要求下，我依依不舍地和东风雪铁龙"爱丽舍"说再见。东风雪铁龙"爱丽舍"和我相依相伴了十三载多……

那一年，梦断金秋，笑傲现实。那个梦想被现实无情地撞得支离破碎！转轨办学，虎落平阳，几多郁闷，几多遗憾。天有阴晴，月有圆缺，天意也好，人为也罢，梦乡醒来，微笑面对……我轻轻地走了，正如我轻轻地来！重新思考，重新定位，重新选择，重新出发，改弦易辙走天涯！

那一年，把心放下，笑傲人生。你强劲闯进我的梦里头！鬼使神差，友人牵引，我毅然走进车市。众览群车，情有独钟，我心唯你，可那是绝对的超前拥有，超前消费，因为偌大的校园和小区中，你形单影只。我与你相依相伴，你让我郁闷的情感得到缓解，你让我驿动的心灵求得安宁，我学着把心放下，学着解放思想……超脱，超脱，再超脱！

那一年，休闲度日，享受生活。你陪我走进新的天地！我"玩世不恭"，无事可为，有的是空闲时间。我与你一起兜风，体验着从未有过的快感。在二环路、高速路上自以为是，视力超好、反应超快、路面超平成为理由，加速，加速，再加速！一切都呼啸而过，啊！蓝天白云，青山绿水，咋这么清新美丽，从前怠慢你们了！

……

十三载多，退求其次，海阔天高。你见证我人生的转折！从走进长乐华侨中学，到学校搬迁；从"50周年校庆"，到"省一级达标高中庆典"，诸多好事、难办的事，亲力亲为，追求至善至美，我似乎又找回从前的自己；从执笔写作，成为作家协会会员，到出版个人文集《年轮圈圈道道情》，我无意中圆了学生时代的文学梦，是跨界，是蜕变，一言难尽！

十三载多，车来车往，步行甚少。你为我遮阳挡风阻雨！我终日自驾上班出行，一天步行不到 200 米，日常鲜于运动，没有流汗成为常态，运动能力日渐退化，体质指数明显下降，身体健康危机四伏。我曾经想一周骑一两次自行车上班，但没能坚持下来；曾经想每天下午专业体锻一小时，但事务会议繁多而难以经常。

十三载多，遇见同行，患难与共。你我遇见同行似乎命中注定！我与你结对成双是福分，同风雨共进退是缘分。你我一起潇洒走南闯北，八闽大地，一程山水一路情。在白湖亭转弯并道时，因为疏忽造成险情，你舍身为我挡住货车；在下洋岭上坡时，因为疲劳驾驶神志迷糊，让你迎头撞上道路隔离栏杆……虽然每每都化险为夷，但心有余悸却留在了记忆里。

十三载多，相依相伴，难说再见。你让我欢喜让我忧！我想请你陪我慢慢变老，但岁月不饶你。跨过十载，你小病时患，大病偶患，状况一年不如一年。"换车，换车！"家人好友的劝导声不绝于耳，但我一直无动于衷，也许这就是俗语所言"人非草木，熟能无情"！你是我的至交，相依相伴毕竟不是一两年。我想小心翼翼和你婵娟到退休，但家人关怀还是占了上风，我不得已与你说再见。

再见了，爱丽舍！谢谢你与我相依相伴，谢谢你陪我开始新的人生，我会怀念那一段美好的时光，但愿分别后，你我一切都能安好，安好，永远安好！

再见了，爱丽舍！与你再见，似有失恋的酸楚；与你再见，似有嫁女的失落；与你再见……

写于 2018 年 3 月

2005 年于长乐华侨中学

风筝牵着梦想飞

学生时代，我有两个清晰的梦想，参加工作以后又新添了一个清晰的梦想。五彩的风筝牵着我的三个梦想，随着岁月的风云，在蓝天交替飞翔，留下一道绚丽的人生彩虹……57载人生，35载从教，20载副校长，如今两个梦想已经"无言独上西楼，月如钩"，而另一个梦想还在激情飞翔！

学习体育为哪般

自从我2016年出版文集《年轮圈圈道道情》以后，许多人好奇地问我，为什么当年去学体育，而没有学中文？回答这个问题，说来话长。

小时候经常听中央人民广播电台的体育比赛现场实况转播，每当听到中国队取得冠军以及升国旗奏国歌的时候，我心情非常激动，潜移默化之中萌生了体育梦，于是便有了暑假在外婆家与小伙伴关于"长大后干什么"的对话，留下了初生牛犊的豪言壮志："长大后当世界冠军"、"长大后当教练，培养世界冠军"，也许就因为这几句童言戏语的PK，让我驷马难追。

萌生梦想容易，但飞翔梦想却不是那么容易。天时地利人和，对于梦想的飞翔，缺一不可。无巧不成书。我家的邻居郑又春老师（后在长乐市政协任职）虽然毕业于福建师范大学美术系，但家里却有不少体育器材，如篮球、羽毛球、哑铃、扩胸器等。郑又春老师的儿子郑锋和我同龄，小学和我同班，于是我和郑锋就自然而然地结伴而行，平时经常一起玩耍。课余和假期，郑又春老师不仅教我们打篮球、羽毛球，夏天还带我们到奎桥水闸处内河教学游泳……我的体育梦在体育运动强身健体的快乐中开始飞翔。

小学毕业的那一年，我和郑锋居然都成为学校排球队的主力队员，我是主二传手和副攻手，郑锋是副攻手，潘革生老师（后担任闽侯县人大常委会主任）成为向我传授排球技术的启蒙老师。我们不仅代表学校参加长乐县小学生排球比赛获得冠军，还代表长乐县参加莆田地区（管辖莆田县、仙游县、福清县、长乐县、闽侯县、闽清县、永泰县和平潭县）小学生排球比赛获得第三名，从此我对体育运动的兴趣日渐强烈，直至一发不可收。

初中和高中，我的体育梦依然在热情飞翔，每年都代表长乐县参加莆田地区中学生排球比赛。1977年底高考恢复，教育的春天突然到来，这让许多人始料未及，于是很快就出现了千军万马备战高考的壮阔景象，读书上大学成为社会热潮……此时，我的高一上学期即将结束！

望子成龙，这是天下所有父母的热切心愿。鉴于我学习成绩优良，父母亲苦口婆心地劝说，希望我专心文化课学习，甚至不让我清晨到学校进行体育训练，但是父母亲没有能阻止我奔向运动场的脚步。高一的班主任廖榕芳（教数学，后担任福建省水利水电勘测设计研究院党委副书记、副院长）和高二的班主任陈孝铭（教数学）、杨开基（教物理）等老师先后劝导，也没能让我回心转意专攻文化课学习。高二根据学习成绩，我被编到理科重点(2)班，就是到了高考前两个月，进行大学和中专报考分流编班时，我仍然被编到理科重点(2)班并担任班长兼团支部书记，许多老师又劝我不应该去报考体育专业，可惜我还是不听劝说，继续做着体育梦，不假思索地驰骋在运动场上……现在回想，我感觉自己头脑一根筋，真有点"头脑简单"！

1980 年 8 月上旬的一天傍晚，一个女排球友的母亲非常高兴地来到我家报喜，说我和她的女儿已经被福建师范大学体育系录取，录取通知书过几天才能收到。天大的好事，因为福建师范大学体育系向全省仅招收 90 名，而我成为其中之一。我的父母异常喜悦，很快把喜讯分享给邻居和亲戚，但我不敢高兴得太早，不敢向老师和同学报告被福建师范大学体育系录取的消息，因为毕竟录取通知书还未到手。

我热切地期待着……终于如愿了！我手捧福建师范大学体育系录取通知书，感觉是在做梦。正当我沉浸在"天之骄子"的喜悦之中，憧憬着美好未来的时候，福建师范大学体育系一封电报传来："你是否愿意转到生物系学习？请回电或电话联系。"于是是否转系学习，居然成为我大学生涯的第一个故事。

福建师范大学体育系在征求转系学习的意见时，给我的说法是向各个系输送体育骨干，以促进群众性体育运动的开展，提高公共体育竞技的抗衡水平。我知道转系学习的缘由后，就去学校向几位班主任请教，廖榕芳老师非常高兴地告诉我一个令人振奋的信息，福建师范大学生物系全国闻名，系主任是我们学校陈永丽老师的父亲，在全国生物学界很有权威，在国际生物学界也很有名气。对体育运动的喜爱让我犹豫不决了一天，在几位班主任极力鼓励和劝导下，我坚定了去生物系学习的想法，并很快就给福建师范大学体育系回电，说自己愿意转到生物系学习。就这样，我等 20 多人未曾谋面，就因为被体育系优先录取且高考文化成绩比较优异而分别转到其他各系学习，成为"体育特长生"。

1980 年，高考刚恢复不久，福建师范大学还百废待兴，特别是学生宿舍十分紧张，因此新生报到普遍推迟。我于 9 月 28 日上午前往生物系报到，而体育系等其他系的新生是 10 月 10 日才报到。福建师范大学有十几个系，分散在仓山区两个地方，生物系单门独户地处程埔路，其他系都在上三路，两个地方相距走路要 20 多分钟。

那年，生物系仅招收一个班 40 人，我在生物系快乐地学习生活着……谁知还不到一个月，辅导员周亚萍老师（后担任福建师范大学党委统战部部长）通知我说，学校要我于 10 月底之前回归体育系学习。我十分纳闷地向周亚萍老师问询缘由，她回答不明就里。回归体育系后，我曾经问辅导员余小芬老师，她给了我一个比较牵强的说法（略）。30 多年后同学聚会谈起往事，曾经转到中文系学习的一位同学告诉我另一个说法（略），我以为比较接近真相。

有的月余，有的半月，转到其他各系学习的 20 多人，大多数是不知缘由地回归体育系学习。众多学生一次性转系学习又回归，这在福建高校乃至全国高校历史上是绝无仅有的。天意？人愿？还是缘分？20 多人最终缘定体育系。世事也许就是这样阴差阳错，命运似乎注定我非学体育不可！

文学种子谁播撒

我在小学时代非常喜欢看小人书和电影。那个时候，电影院差不多一周就放映一部电影，而我几乎是每部都看。那个时候，还盛行"革命样板戏"，如《红灯记》、《智取威虎山》、《沙家浜》、《海港》、《奇袭白虎团》、《红色娘子军》、《白毛女》、《沙家浜》等，我全部看过，而且还不只看一遍。那个时候，我家就在长乐县闽剧团旁边，因此，我偶尔也会去看长乐县闽剧团的排练和演出，尽管闽剧给人的感觉是节奏慢，太拖拉……小人书、电影、"革命样板戏"和闽剧等如春风雨露潜移默化地滋润我着的心田。

小学二年级，我已经认识了许多字，便开始喜欢看小人书。我在放学后，隔三差五跑到新华书店用节约下来的零花钱购买小人书。到了小学四年级，我自己动手制作了一个小木箱用来装小人书，还买了一个号码机，将小人书一一编号登记造册。小学毕业时，小木箱几乎装满了小人书，好像有七八十本。小人书不仅有直观画面感，而且在画面下有两三行简明扼要的文字，特别是那两三行简明扼要的文字，潜移默化地让我对文学产生兴趣……后来购买文学书籍和订阅文学期刊也就成为我的一种嗜好。

我的文学心门被打开应该是在小学五年级毕业班的时候，班主任语文老师高祯秋完全颠覆了我对语文课不冷不热的态度，我开始喜欢上语文课。特别到了毕业前两个月，我调到(5)班就更加喜欢上语文课。当时，长乐县城关小学（1980 年更名为"福建省长乐师范学校附属小学"）的男女排球队双双被确定代表长乐县参加莆田地区小学生排球比赛。学校领导非常重视排球队的训练工作，为了有利于排球队准时训练，决定把分散在八个班的排球队队员集中到一个班，男生集中到(5)班，女生集中到(2)班，这样我就从(2)班调到(5)班。

(5)班的班主任是何长民老师，他教语文，上课非常生动风趣，时常旁征博引，同学们都全神贯注地听他讲课，至今我还记得他在课堂上教我们写诗的情景。他说诗要押韵，才能朗朗上口，易读易记，并举例一首七绝进行教学讲解，如第二、四两句最后一个字一定要押韵，第一句有时押韵，有时不押韵，还要注意平仄，等等。他还在课堂上教我们福州民间传统曲艺"三句半"的写作和表演技巧，因此初中时，我和其他三位同学在学校的文艺汇演中，上台表演了"三句半"。现在每每和何长民老师聚首说起往事，我还心有遗憾，遗憾当年仅有两个月时间感受何长民老师绘声绘色的语文教学，遗憾当年没有跟何长民老师完全学会诗歌的写作技巧。

进入中学，初中的林茂启和陈圣德两位语文老师，进一步激发了我对语文的兴趣，尤其在课堂上肯定我的作文，还让我参加学校的作文比赛，因此，我开始喜欢看小说、阅读文学书籍，收集美文，摘抄精彩的句子段落。高中的郑敏银、方航仙、林玉能三位语文老师对我作文的指导和肯定以及给予高分成绩，更加激励我对文学的爱好，尽管高二毕业班备考十分紧张，但我仍然坚持每个月甚至每周要看一本小说的习惯。

当年，我接到福建师范大学体育系征求转系学习意见的电报时，曾经有过转到中文系学习的想法并进行了咨询，但因为我是报考理科而未能如愿。我从生物系回归体育系后，文学梦随之飞翔，因为去中文系旁听李联明教授的《文学概论》等课程更加方便，体育系到中文系走路仅需几分钟，还有三天两头到图书馆和阅览室借阅各种书籍也更加便利。大学四年，每当中文系有文学讲座，我必定早早到场，唯恐没有座位。许多的周末和晚自修时间，我经常流连忘返于图书馆和阅览室，如饥似渴地博览群书，在宿舍床头更是堆放着各种的书刊，以便睡觉前随手阅览。

阳光路上新梦想

1984年7月，我福建师范大学体育系本科毕业，并获得"教育学学士"学位，由于学习成绩优异而被直接分配到福建省长乐师范学校（以下简称"长乐师范"或"长师"）任教。是年底，我还拿到了国家二级篮球裁判员证书和国家二级排球裁判员证书。大学毕业的时候，我想去体育系统任教，但经打听师范毕业生只能先分配到教育系统，以后才可择机调动去体育系统。

1985年9月，我担任体育组组长，还兼任85级(5)班的班主任。这一学年，我在努力做好班主任工作的同时，积极推进学校体育场地建设，组织学生肩挑手运锄头挖，终于把山坡夷为平地，建成200米的田径运动场。1986年5月，我被批准加入中国共产党。1986年7月，我带领长乐师范田径代表队参加福建省中等师范学校（20多所）田径运动会，取得团体总分第八名和男子团体总分第五名的成绩。鉴于比赛成绩不是很好,我向学校领导建议办"体育班",没想到学校领导很快就采纳了我的建议。1986年9月,我不再担任85级(5)班的班主任,而改任85级"体育班"(30位学生)的班主任,但很遗憾一个学期后,"体育班"因故停办……

1987年6月,我被任命担任政治处副主任……我真的没有想到自己会这么快就得到提拔重用,大学毕业后第三年就开始从事学校管理。我深感肩负的重任,唯有勤奋工作,才不会辜负领导的期望,于是我一心专注于学校管理工作,倾力尽快建立和健全各项管理制度,追求依规依章科学治校,还力求一年推出一个新举措,以突显管理工作的活力……就这样,我在阳光路上飞翔新梦想,而把"体育梦"和"文学梦"束之高阁。

云卷云舒,花开花落,从教漫道脚步疾,飞翔梦想尽风流。我在各级领导的厚爱和培养以及同事的支持下,1999年8月,非常幸运地走上长乐师范副校长的岗位……2001年8月,兼任长乐高级中学副校长……2005年9月,调任长乐华侨中学副校长……

写于2019年9月

我的生日 别有情趣

过生日，《祝你生日快乐》是最温馨动听的心声，"寿比南山，福如东海"是最美好的祝福。

每当生日，我总会收到许多祝福……如朋友发来的生日祝福，学校工会准时发送的生日蛋糕和祝福，多家银行适时发来的生日祝福……但最珍贵的还是妻子、女儿和女婿的生日祝福。妻子总是在我上班出门之前，为我煮了一碗双太平的寿面；女儿和女婿总是在旭日东升的时刻发来红包并道上心语祈愿："爸爸生日快乐！"还约定为我过生日的时间。

长乐风俗：过生日往后挪，寿命会更长久。这个风俗比较符合时宜和人愿，我和妻子以及女儿女婿都是公职人员，非周末时间比较紧张，因此，我们家所有人过生日一般都是推迟安排在周末，就图个随俗吉祥，轻松快乐。

秋高气爽的一个周末，我的女儿女婿按惯例为我过生日，他们提前告诉我，我的生日宴将安排在仓山区阿弥陀佛大饭店，我想这与我的亲家母不无关系。我的亲家母是一个十分虔诚的佛教信众，这可以从她平时的话语、吃素程度和特别日子赶赴庙宇圣堂拜佛烧香的匆匆脚步中看得出来。

女儿在福建师范大学就读四年，我时常在周末开车送她上学、接她回家，途经浦上大道，看到路旁的一座高楼大厦——阿弥陀佛大饭店，潜意识那是一家佛教素菜饭店。我是唯物主义者，不信佛不信教，对宗教敬而远之，但我很尊重佛教文化，很尊重佛教信众。没想到今年因为生日，我走进了阿弥陀佛大饭店。

车到阿弥陀佛大饭店，扑面而来的是服务生深度鞠躬"阿弥陀佛"的问候。"阿弥陀佛"这四个字是因为《少林寺》电影而深刻地留在我的脑海，以我对佛教文化的了解，认为"阿弥陀佛"这四个字的含义"无量的智慧，无量的光"，是佛教对世人最好的祝福。

阿弥陀佛大饭店古香古色，素雅宁静，充满浓郁的佛教气氛，大堂、走廊以及包厢回响着似有若无的"阿弥陀佛"吟念声，墙壁上张挂着赵朴初等许多佛教名家题写的"佛语"，无不彰显佛教文化的博大精深，给人到了佛教圣地的感觉。

阿弥陀佛大饭店以素菜著称。素菜宴，我曾品尝过几次，或在民间礼堂或在庙宇圣堂。阿弥陀佛大饭店的素菜宴，别有一番风味。虽然是素菜宴，但并不缺五花八门仿荤的"鱼"、"虾"、"肉"等原素美味佳肴。每一盘素菜都十分精致，就是仿荤菜，用面筋等食材模仿鱼虾、红烧肉、烤鸭等，也惟妙惟肖，令人不想动筷子而是先拿手机拍照，我为厨师用心烹制的高超技艺点赞，因为那是佛教文化衍生出来的一种非常独特的菜系。

"关爱"包厢灯光突然暗淡，《佛化生日歌》响起，大门洞开，客户经理带领"财神"和"南极星翁"款款走来，服务员推着生日蛋糕车跟随其后，喜气福意立即腾逸弥漫，我的外孙女手舞足蹈，雀跃叫喊……吹蜡烛、切蛋糕没有什么特别之处，但后续的环节却独树一帜！

女儿现捞"长寿孝心面"，并敬奉父亲……客户经理代表酒店赠送一份礼袋，内有《寿康宝鉴》、木制头梳和生日贺卡……女儿手执木制头梳为父亲梳头，客户经理笑声喝彩："五梳六梳，梳个长命百岁，祝福爸爸身心安康，福慧增长！"……客户经理打开生日贺卡热情洋溢致贺辞："在这特别的日子里，愿大海承载着佛陀的慈悲，苍穹闪烁着菩萨的智慧，愿佛前的缕缕香烟伴随幽幽的梵音，给您送去无限的祝福与祈愿：吉祥平安，顺意安康！佛光普照，生辰快乐！"

哦！我度过一个别样舒心快乐的生日，有的是喜悦、感动和幸福！一场生日宴居然在生日文化、佛教文化、饮食文化的汇聚中，给予我莫大心灵的震撼和洗涤！

告别阿弥陀佛大饭店，"阿弥陀佛"的吟念声还在脑际萦绕，思想的浪花奔腾不息——

思想的浪花一：虽然只是一场生日宴，但我感受到"百善孝为先"的中华优秀传统文化已内化为我的女儿女婿的道德品行。为人父为人母，深感父母养儿育女的艰辛，为父母过生日，让父母品味上等的素菜宴，何尝只是儿女的一片孝心？

思想的浪花二："有了爱，就有了一切！"人生就是如此，爱出者爱返，福往者福来。接爱纳福，福慧圆满！

思想的浪花三：饭店经营不仅需要智慧，需要文化，还需要讲究策略，讲究细节。文以载道，润物无声。高度决定格局，极致彰显品质。

写于 2019 年 11 月

致敬！某部长乐籍"80年兵"群体

20世纪90年代末，他成为我的同事，因此我认识了他的许多战友，也就走进了一个退伍转业军人的群体。他们虽然是1979年冬入伍，但按部队习惯称呼，他们是"80年兵"。

廿五载魂牵梦萦

那年冬天，长乐县有50多位英俊青年穿上绿军装，佩戴大红花，有的从城区去，有的从农村往，精神抖擞地奔赴福建漳州和溪，成为中国人民解放军某部的战士，开始"我是一个兵"的军旅岁月……

弹指一挥间，从军已25年，但军营和战友的记忆始终没有尘封，经常是魂牵梦萦，于是他和几个战友共同发起某部长乐籍"80年兵"战友联谊活动，我应邀怀着崇敬的心情抒写了《我的战友，你现在还好吗——纪念从军25周年战友联谊活动倡议书》——

25年前，我们以赤子之心，热血之情，走进了男子汉的天地——军营。

咱是当兵的人！我们因为有当兵的历史而骄傲，人生因为有当兵的历史而精彩。

当年，我们是初生牛犊，敢想、敢说、敢干，有战天斗地的大无畏气概；我们在军营里，朝夕相处，生死与共，一同走过激情燃烧岁月；我们在军队这个大熔炉里，血肉身躯得到了锻造，思想意志得到了磨练，人生理念得到了升华；我们从军退伍，虽然来也匆匆，去也匆匆，但军营时光却难以忘怀……

"铁打的营盘，流水的兵。"当兵的感觉真好，当兵的故事真多，当兵的收获真大！我们依依不舍地告别军营，告别战友，带着军人的风采，满怀军人的豪情，保持军人的本色，投身改革开放的大潮……

光阴似箭，时光飞逝。我们蓦然回首，惊叹自己从军已经25年，人生能有几个25年？我们这一代人，时代的烙印太多太多，值得回味的事情很多很多……历经了苦辣酸甜，世态沧桑，才会倍感人生如梦，生命珍贵，情义无价。如今我们都已成家立业，此时此刻，我们十分想念战友，十分渴望能与战友相聚。真的好想你啊，我的战友，你现在还好吗？

分别不易，相聚更难。战友相聚，我们期待已久。行动起来吧，我的战友，思念战友、牵挂战友的情怀，是我们相约聚首的强大动力，任何困难都不能阻挡我们当兵人的前行步伐。

来吧，战友们，让我们都热情地伸出军人的豪迈之手，再次紧紧相握！

来吧，战友们，让我们诚挚再聚首，一起尽情回忆过去、叙说现在和畅想未来！

……

他和几位战友带着《倡议书》，经过几个月的百般打听，四处寻找，终于联系上某部长乐籍"80年兵"50多位战友……《倡议书》深深地感动了"军心"！

从不约而同参军，到先后告别军营……虽然军旅岁月已经远去，但战友情、手足心却终身难忘,渴望战友聚首成为共同的心声。

2005年新春,某部长乐籍"80年兵"50多位战友终于实现了从军25年后的首次聚会!那一天,他们迈着军人特有的步伐,雄起起气昂昂地欢聚"新欢乐"娱乐城,回眸情同手足的当兵日子,共叙不是兄弟胜似兄弟的战友情……从此战友聚会幻化如一幅美丽的画卷。

四十载自豪梦醉

2020年新春即将来临,从军40周年的情结,荡漾起记忆的秋千,拨动着驿动的心弦……我再次应邀走进某部长乐籍"80年兵"群体,感受"兵哥哥"的军人本色,平添此生没有当兵历史的遗憾。

"十八岁,我参军到部队。"那一年,南疆战事的硝烟仍然在弥漫,《再见吧 妈妈》的歌声激情回荡,他们怀揣着"军官梦"和"英雄梦",背着从军的行装,挥手与妈妈说"再见"。那时战争的阴影还笼罩着多娇的河山,军号还在嘹亮吹响,他们立下以身许国的誓言:"看山茶含苞欲放,决不让豺狼践踏。"

"一颗红星头上戴,革命红旗挂两边。"闪亮的红星引领他们坚强地成长,鲜红的领章映照他们从军的年华。他们成为战友,情同手足;他们朝夕相处,亲密无间;他们有福同享,有难同当。他们是血气方刚的中华男儿,唱着歌曲《打靶归来》,勤学苦练保家卫国的本领;他们令行禁止,恪守"服从命令是军人的天职"的准则;他们深知"养兵千日用兵一时"的道理,时刻准备着报效国家。

"我们都穿着朴实的军装,都是青春的年华,都是热血儿郎",他们把青春留给了心爱的连队,连队给了他们勇敢和智慧。那雄壮的号令歌声,老兵对新兵的训导，训练场上的摸爬滚打……军旅生涯造就他们特殊的品质，让他们浑身是兵味，当兵历史令他们自豪梦醉，歌曲《咱当兵的人》成为他们的最爱，他们为自己当年选择从军当兵高呼万岁！

缘分难得倍珍惜，千金难买战友情！走进某部长乐籍"80年兵"群体，参与纪念从军 40 周年战友聚会的策划筹备工作，那些可歌可泣的军人故事，让我的心中洋溢着满满的感动和敬意！

写于 2019 年 12 月

山水情

一轮明月水中悬，万里祥云山外妍。
海角天涯新变化，古城胜景入豪笺。

猴屿印象

金秋时节的一天，在《吴航乡情报》上，看到关于"发现猴屿"的征文启事，不知咋地，我的脑海怦然闪现抽空再去猴屿走走的念头……时过不久，长乐市文化艺术交流协会组织"猴屿故事书画创作采风"活动，我接到通知便欣然答应参加，并同意林道维会长的安排，向所有参加活动的人赠送新近出版的《年轮圈圈道道情》文集。

天公不作美。那天上午天色阴暗，树枝摇曳，时而中雨，时而小雨，风雨扑面，寒意袭人，但我们一行二十几个人仍然按照计划准时集中，在林道维会长的率领下，分乘几辆小轿车冒雨前往猴屿，开展"猴屿故事书画创作采风"活动。

"猴屿印象"最初在我的大脑中仅有非常简单和模糊的两点，即猴屿岩（又称洞天岩）和"番客"多。

我第一次踏上猴屿那片充满传奇故事的土地，好像是在参加工作后的第二年，即1986年的秋天，是冲着猴屿岩而去。那时，福建省长乐师范学校组织老师游览猴屿岩，由于很多老师是外地的，就是本地的不少老师对猴屿岩的了解也是极其有限，因此老师们都兴致勃勃地参加，我也不例外。那时，交通十分落后，一辆客车载着 30 多个人沿着闽江口南岸那条并不平坦且相当窄小的土路，颠簸摇晃低速行进。路上鲜见其他车辆，看到的风景都是原生态的，可以说是山清水秀空气好。因为路边没有设置猴屿岩的明显标志，所以我们几经问询当地人，才寻得猴屿岩的入口处。第一次游览猴屿岩，登山钻洞观景眺望闽江皆匆匆，虽然已经过去 30 年，但"猴屿岩"三个字却留在我的记忆里，特别是"一岩两树，同根并茂"的奇观永远地印在我的脑际。后来，我又去了几次猴屿岩，但多半是与人一起溜达聊天，感受大自然的清新和满山的翠绿，让疲惫的身心得到歇息和放松。

世态沧桑，岁月磨砺，"猴屿印象"在我的记忆里时隐时现。20 世纪 90 年代，我不断听到关于猴屿"番客"的传说，但一直没有机会走进猴屿接触猴屿人……真正让我的"猴屿印象"开始丰富和清晰起来，那是在 21 世纪初，闽江口南岸开发为旅游风景区以后，当年的那条土路变成了平坦且宽敞的水泥路，沿路的诸多景点，如琴江满族村、月亮湾、绿色明珠、郑和广场、郑振铎公园、吴航书院、金刚腿、猴屿岩等，吸引人们前往旅游览胜。2005 年秋，我调到长乐华侨中学工作，有幸认识猴屿乡的"番客"郑存汉先生，但我与郑存汉先生的接触非常有限，一年就两三次，且每一次时间都不长，彼此间交谈甚少，我对他的了解也是非常有限的。2008 年，我负责组织策划筹备长乐华侨中学 50 周年校庆，为了挖掘整理郑存汉先生等猴屿"番客""情系侨中，乐育英才"的史料，时任长乐市委统战部部长刘品增应邀与我一起走进猴屿访问有关人士……从此后，"猴屿印象"在我的脑际进一步地突显和深刻起来。

天空还在下着小雨，我们一行 20 多人在猴屿乡党委副书记陈忠棋的引导下，参观"猴屿华侨文化馆"。无巧不成书，由于供电线路检修停电，馆内一片漆黑，但我们的兴致并没有受到很大的影响，仍然打着手电筒仔细参观。陈忠棋副书记、林道维会长和陈彩满社长（长乐市汾阳溪诗社）三个人轮番上阵对着墙上的展览指指点点，向我们介绍猴屿乡最著名的 22 位"番客"，其中我比较熟悉的有郑存汉和张天安两位先生，因为他们是香港思贤教育基金会的会长和副会长，在我调到长乐华侨中学工作的十几年间，每逢教师节，他们都会专程而来与长乐华侨中学的老师共度节日，并送上"存汉教学奖"和"思贤奖"等奖金或慰问品，由此我对他们的了解逐年加深。关于郑存汉先生从 1985 年开始与长乐华侨中学结缘至今、以郑存汉先生为会长的香港思贤教育基金会从 2000 年开始与长乐华侨中学同行至今的传奇佳话，我主编了《侨中情·思贤心》一书，并撰写了《情有独钟　思贤兴学》《情暖侨中　爱传神州》和《日出江花红胜火》等文章，以颂扬郑存汉和张天安两位先生以及香港思贤教育基金会其他爱心人士"情系教育、乐育英才"的大爱情怀。

我耳闻目睹"猴屿华侨文化馆"的一切，感受着猴屿乡华侨著名人士爱国爱乡、热心公益事业的高尚情操，步行于十分清洁干净的乡间道路上，呼吸着"美丽乡村"的清新气息，遐想着猴屿乡创建"幸福家园"的美丽愿景。陈忠棋副书记介绍说，继创建"美丽乡村"之后，福州市开展创建"幸福家园"活动，猴屿乡被长乐市政府作为向福州市推荐的唯一乡镇。谈笑间，我们来到"番客故事"民居。"番客故事"民居是猴屿乡政府在创建"幸福家园"活动中，推出的一个颇具特色的旅游项目，以"番客"的五座旧民居为主体，通过住民居、吃土味、看山水以及果园采摘等方式，让游客在休闲旅游中感受猴屿乡的"华侨文化"和原生态的风景。"番客故事"民居正在装修中，民间自筹 40 多万元，猴屿乡政府拨款十万元加以推进。从"猴屿华侨文化馆"到"番客故事"民居，可以说策划独具匠心，创意别具一格。"华侨文化"通过"猴屿华侨文化馆"和"番客故事"民居这两个载体，得到很好的沉淀和传承。

我们来到"猴屿故事书画创作采风"座谈会的地方——猴屿华侨书画馆。80 多岁高龄的"番客"郑忠财老先生在座谈会上，讲述了他年轻时下南洋"走船"带领乡亲到海外创业的经历，虽然话语很简单但却使我油然而生强烈的探究念头：猴屿是怎么成为"番客"之乡的？于是从猴屿回来，我便认真翻看"长乐乡土文化丛书"之《猴屿》（林秉杰主编）一书。我从《猴屿华侨史略》（郑德诚先生撰写）等文章中，找到了猴屿之所以成为"番客"之乡的答案：靠海吃海闯天下。

猴屿地处闽江口南岸出海口，依山临江，地理环境决定了猴屿居民大多以捕鱼为生，宽阔的闽江和无垠的海洋很自然地成为猴屿人绝佳的饭碗。社会变迁，风云变幻，特别是郑和舟师七下西洋，每次往返都有部分船只停泊猴屿并且就地招募水手，极大地陶冶了猴屿人的海洋胸怀。猴屿人以海洋为依托，梦在海洋的彼岸，于是青壮年不畏艰难纷纷漂洋过海，奔向海洋的彼岸，首先是下南洋到香港当海员，或到东南亚新加坡、印尼、缅甸、泰国等国家打工，因此便有了"番客"之说；然后面对美国日益崛起的态势，择机一拨一拨地迁徙美国，特别是改革开放以后，移民美国等发达国家之风日盛。如今猴屿的居民侨属占了98%，在海外的人口大大地超过了在家乡的人口，"空巢"现象比比皆是，闲置的房子数不胜数。

从旅居海外人口这个层面上说，猴屿成为"侨乡"理所当然，但成为福州市乃至福建省的著名侨乡之一，离不开众多"番客"的舍得奉献的慈善义举，更离不开最著名的22位"番客"的引领担当。从许许多多的资料中，可以看到旅居海外的猴屿"番客"身在异乡，艰苦创业，闯出一片天地，但始终胸怀中国心，澎湃中华情，不忘桑梓，爱国爱乡。每当祖国、家乡需要的时候，猴屿"番客"都是一呼百应，凝心聚力，众志成城，爱我中华，踊跃助力，谱写了一曲又一曲感人肺腑的大爱赞歌，从而声名鹊起，多次受到福建省政府、福州市政府的表彰，饮誉八闽大地。

雨过天晴，站在猴屿岩上，凝望奔流不息的闽江水，我仿佛看到古代"海上丝绸之路"商贸往来"涨海声中万国商"的繁荣景象，依稀听到古代"海上丝绸之路"不同文化的交流碰撞声……由此我联想到国务院发布的《推动共建丝绸之路经济带和 21 世纪海上丝绸之路的愿景与行动》中提出的利用海峡西岸等经济区开放程度高、经济实力强、辐射带动作用大的优势，支持福建建设 21 世纪海上丝绸之路核心区等宏大愿景，历史再一次让福建成为"海上丝绸之路"的前沿……

如今再一次走进猴屿，我从前那"非常简单和模糊"的"猴屿印象"被彻底地颠覆了……猴屿岩被誉为长乐市的"四大名岩"之一，是闽江口南岸主要旅游景点之一；猴屿人为了梦想，前赴后继"直挂云帆济沧海"，成为"海上丝绸之路"能拼会赢的"番客"。

猴屿，走进你，美丽乡村映入眼帘；走进你，幸福家园愿景如画。猴屿，因为你有得天独厚的"洞天岩"以及"一岩两树，同根并茂"的奇观，令人慕名而至一睹为快；因为你有独特的华侨文化和众多的著名"番客"，驰名海内外成为著名的侨乡。

猴屿岩，清纯自然，山青林翠，岩奇石怪，景色万千，引人入胜，节假日游客蜂拥而至；猴屿"番客"，走南闯北，志在四方，成就事业，心系桑梓，热忱为家乡的各项公益事业捐款助力。

猴屿印象，在我的脑海里已不再是仅有"猴屿岩"和"番客"，更多的是充满"华侨文化"浓郁氛围的"美丽乡村"和"幸福家园"！

写于 2016 年 11 月

梅江潮鸣　壶江回声

午夜时分，照例浏览微信，我看到"长乐文学"微信群中，一则关于报名参加连江县壶江村采风的通知。"壶江"二字令我遐想冥思，自然也就激发我报名参加采风的兴致，因为"壶江"二字让我想到"黄河奇观"——壶口瀑布。

那天上午八点许，我们一行十几个人分乘几辆轿车，沿着闽江南岸东行，在琅岐大桥南桥头，与负责带路陪同的长乐区梅花镇林位宫理事会的老张等人会合。我们穿过琅岐大桥和琅岐岛便到达海边一个小码头，老张介绍说对岸两三百米远就是连江县壶江村。

哦！出乎我们意料，连江县壶江村是在一个小岛上，而且与琅岐岛近在咫尺。放眼而望，壶江岛上的现代房子清晰可见，其中有一幢高楼特别显眼，给人以直冲云霄的感觉；岸边停靠着一溜大小不一的渔船，给人以鲜明强烈的渔村印象。

通过交谈，我知道了连江县壶江村采风之行的大概缘由。长乐区梅花镇林位宫理事会和梅花镇历史文化研究会，为了庆贺抗倭民族英雄林位将军诞辰490周年，拟编撰《梅江轶话》，特邀请长乐区作家协会主席组织采风活动。

连江县壶江村因为与长乐区梅花镇有千丝万缕的关系，因此也就被列为《梅江轶话》采风行程之一。

梅花镇又称梅江，给我的初浅印象：古镇悠久、渔业发达、虾油美味、人到其地界就立即闻到十分浓烈的腥味……特别是"九户十一姓"令人称奇，人口不到两万，竟有一百多个姓氏，简直是姓氏联合国。

大海云帆培养了梅花人豁达刚毅的秉性，梅江风水哺育了梅花人崇尚文化的品质，乡贤雅士对古镇文化膜拜崇敬，先后出版了《梅江风情》和《梅花》等。前几天，我有幸阅览刚出版的《文化梅花》创刊号，新创歌曲《相约梅花》娓娓动听，探访千年古镇的念头又一次涌上脑际……

渡船靠岸，我的思绪被拉了回来。老张和等候迎接的连江县壶江村党支部书记、村主任等村干部，互称"依舅依姈"，其亲热状令我十分纳闷，他们是亲戚？

登上码头，扑面而来的是浓郁的传统文化风，首先映入我眼帘的是雄伟壮观的"壶江"牌坊，以及左右对称的两个亭子，左边六角亭叫"怀乡亭"，右边四角亭叫"碑亭"，接着便是"壶江妈祖广场"……

壶江村党支部书记、村主任等村干部十分热情，我们吃着热气腾腾的连江特产"鱼丸"和太平蛋，心里暖烘烘的，没有了寒冬腊月的感觉。

在壶江妈祖文化中心座谈，党支部书记、村主任等村干部以及几位老者特别是那位80多岁老人的侃侃而谈，让壶江村和梅花镇的渊源云烟动人心魄地浮现翩翩……

梅花镇与壶江村分别处于闽江入海口的南北岸。梅花镇依山傍水，古代因为山上多种植梅花得名，而壶江岛则四面环海，面积近一平方公里，形状似壶故名。

梅花、壶江两地村民互称"依舅"有悠久的历史，他们因为一起赶海而结下了不是亲戚胜似亲戚的独特亲情关系。相传清朝康熙年间，梅花、壶江两地村民同在马祖渔场捕捞作业，渔汛丰收祭神联庆，夜间突遭倭寇袭扰，梅花、壶江两地村民便以"依舅"作为联络暗语，同仇敌忾击退倭寇，从此梅花、壶江两地村民结下手足情谊，互称"依舅"成为根植于骨子里的意念，让人感受到非同寻常的兄弟般的"天下第一情"。原来此称呼"依舅"不是我们平时外甥叫依舅的彼称呼，而是流传几百年的"双关语"，即一是尊称二是暗语。

历史在延伸，星斗在转动。患难与共的生死之交，让梅花、壶江两地村民亲如一家。1997年仲夏，梅花集资在壶江壶椿公园兴建的"壶梅友谊牌坊"顺利落成。2002年正月，壶江聚资百万元在梅花将军山公园兴建的"梅壶友谊楼"也顺利落成。在"梅壶友谊楼"落成庆典那一天，50多辆客车载着壶江1000余村民"走亲戚"，可谓盛况空前。梅花人家家户户敞开大门喜迎宾客，以最高的礼仪招待"壶江依舅"。梅花、壶江两地村民3000多人欢聚一堂，品尝沧桑岁月的美酒佳肴，举行声势浩大的"接亲"踩街活动，传承延续几百年的舅缘文化，赞颂先贤同抗倭寇共耕海疆的民族气节，讴歌祖祖辈辈赶海人的乡愁情怀，让舅缘世泽永远闪耀生生不息的光芒。

脍炙人口的舅缘故事世代传说，独特互称的亲情呼号响彻神州，唇齿相依的手足情谊源远流长，屹立海边的"壶梅友谊牌坊"和矗立山顶的"梅壶友谊楼"遥遥相望，无不彰显梅花、壶江两地村民情同手足的友谊，与山海同在，与日月同辉。

聆听舅缘世泽的动人故事，感受大海胸襟的"梅壶精神"；走进"壶江民俗馆"，感知赶海人的乡土风情；凝视"古碑亭"，驻足"先贤堂"，感悟伟大的民族精神；拾阶登上观日台，眺望闽江大海，竟然想到唐朝王之涣的诗《登鹳雀楼》："白日依山尽，黄河入海流。欲穷千里目，更上一层楼。"我的情感在跌宕起伏，时而联想，时而穿越……

壶江岛所谓的街，仅百来米长，但很热闹，因为有市场有店铺。一米多宽的古巷纵横交错，清代的木结构房子和现代的砖混结构房子交相辉映，吟唱着时代变迁之歌……行走古巷，我看到"盐仓衕一弄1号"的房子门牌，自然回想起刚才一位老者讲的"海盐与城墙"的轶事——

嘉靖三十八年（1559年），倭寇来犯，壶江村民齐心协力，抓了倭寇几十人，送到福建巡抚衙门，获得300两白金的奖励。村民利用这300两白金在北面建造了大约1500米至2000米城墙，以抵御倭寇进犯。1629年前后，壶江发生了海盐紧缺致多人死亡的群体事件。村民以为是城墙惹的祸，决意要拆城墙。恰巧又来了一个风水先生，也认为是城墙破坏了风水，就这样城墙被拆了，其实海盐紧缺是被不法之人操纵所致。如今壶江的古城墙仅剩下不显眼的一点遗迹，而梅花当年林位将军发动百姓一起修筑的相类似的城墙，至今还保存完好，也因此成为闻名遐迩的"千年古镇"。

漫步壶江岛，满目是美丽乡村和幸福家园的景色，不少墙壁涂抹一新，五颜六色的彩绘在话说着"中国梦壶江梦"……说笑间，我们来到了海边一个奇异洞穴——龙宫岩洞。据介绍此洞冬暖夏凉，夏日无蚊，地不潮湿，坐洞听潮，如雷轰鸣。相传明朝首辅叶向高、工部侍郎兼理盐政董应举、四川道监察御史林汝翥少年时，曾经结伴在龙宫岩洞中，苦读诗书，求取功名。龙宫岩洞内，一块硕大的岩石断面上，四个通红大字"潮鸣空谷"苍劲有力，熠熠生辉，引人注目。照相留影自不必说，我观赏许久，摩岩上的一行小字道出了题刻的作者，原来是明朝的林汝翥功成名就重游龙宫岩洞时，见到洞内还留有当年的石桌、石椅等旧物，听到洞外传来的海潮声，随即挥毫题写，后人刻石纪念。

壶江岛钟灵毓秀,鸿儒豪杰彪炳史册。我的思绪随着大海的浪涛声回到"先贤堂",穿越历史时空,仿佛看到那些先贤曾经在壶江岛留下的壮举:明朝郑和下西洋,曾经率领舟师在壶江岛祭拜海神,祈报妈祖,伺风扬帆开洋;郑成功在收复台湾前,曾经在壶江岛操练水师;清朝林则徐曾经在壶江岛屯兵驻防,建造炮台,等等。

站在海边,寒风吹拂,望着浪潮一波高过一波地涌向岸边,我凝神体验"潮鸣空谷"的意境,静心倾听壶江回声。那远古渔歌还在欢声传唱,那海丝之路还在云帆高挂,那海上怒潮还在汹涌咆哮,那亲切呼号还在深情叫唤……真可谓:梅江潮鸣声声,壶江回声殷殷!

写于 2018 年 1 月

连江县琯头镇壶江村

古城渔镇梅花情

你梅花飘香，香了天地，香了海洋，香来了赶海人。赶海人从四面八方不断云集波涛绵延的海滩，依山建房和睦而居。渐渐地渔火遍布山野，一个渔村出现了，于是你的姓氏文化、梅花文化和海洋文化应运而生。你如今人口才15500多，姓氏竟有108个，"九户十一姓"是奇特写照。

你崇尚文化，辽阔海洋哺育了赶海人特有的品质。你的许多乡贤雅士承先启后，把收集到的大量诗文出版发行，如《梅花志》、《梅花》、《梅江风情》以及新近刚创刊的《文化梅花》等等，让具有千年古镇深厚底蕴的文化似梅花弥香远溢。

学生时代，关于你的传说就时有耳闻，但什么"梅花出美女"、"梅城弄笛"等，都是云里雾里，一知半解。后来曾走近你，或检查工作或应酬陪伴，大都是来去匆匆，没有把你好好端详，但在快闪中还是对你有了些许的了解，并有了别样的好感。

因为《梅江轶话》的采风活动，我与你有了接二连三的亲密接触。你临海筑城，抗击倭寇，千帆竞发，耕海牧渔，留下许多脍炙人口的美丽传说。漫步你的古巷石板道，寻梅听笛，流连忘返；捧读你的历史文化，心潮难平，书不释手。

你因为远古满山遍野的梅花而得名，但那诗意和花香已经久违许多年。乡愁涌动，文化复兴，2014 年将军山开辟了"古韵梅园"。春节前后，我三次前往"古韵梅园"观赏梅花，红梅、宫粉梅、绿萼梅、白梅寒冬傲雪争相吐艳。梅花不畏严寒迎春绽放，艳丽而不妖，高洁而秀雅，清香而幽淡。梅林繁花满枝头，凌寒报春尽风流，我想起元代诗人杨维帧的千古名句："万花敢向雪中出，一树独先天下春。"信步赏花扑鼻香，人生能有几回闻，我耳畔响起《梅花三弄》的歌声：若非一番寒彻骨，哪得梅花扑鼻香？观梅赏花者络绎不绝，那诗意和花香沁人心扉，洋溢在男女老少的脸上……

古城围绕将军山依山势而建，三面临海。房屋石块砌垒，既错落有致又紧依相邻，如龙盘虎踞，开门见海，水天一色，尽收眼前。城内一米多宽的巷子纵横交错，蜿蜒起伏，极易让人迷失方向，找不到出口。当年军民踞此守城，同仇敌忾，居高临下，奋勇御敌，拼杀倭寇。那些残缺破损的石碑，仿佛还辉映着筑城抗击倭寇的刀光剑影；那尚存的古城门以及斑驳的古城墙，仿佛还无声胜有声地传颂着腥风血雨中永生的伟大民族精神；那大草鞋吓退倭寇的机智和调兵遣将、巧妙布阵歼灭倭寇的神勇，后人肃然起敬，世代供奉。

看似没有什么的"梅城弄笛"能成为吴航十二景之一，自有其独到之处，其传说虚实相辅，妙趣横生，意韵无穷，但不知有多少人真正听到了梅城的笛声？倒是"梅花出美女"的赞语，令不少文人墨客慕名前来，陶醉于"美女"那"白牡丹"般的风韵，而且还感叹不已地写下悦心的评论，以致那些人文学者专家怦然心动，要身临其境探访考究。

登上"梅壶友谊楼"，我放眼远眺，大海波光粼粼，耕海作业的小渔船星罗棋布，此起彼伏的浪花绵延不绝，如白色绸带一条一条地飘向海滩；我极目遥望，隐约看到壶江岛，那临海而立的"友谊牌坊"闪现眼前。互相赠建的"梅

壶友谊楼"和"友谊牌坊"遥相呼应，传承了共同抗倭寇、危难见真情的铁血
舅缘。

一方水土养育一方人。那古城古巷古屋古井古石板道，无不弥漫梅花情韵；
那赶海弄潮的渔歌唱晚，无不展现梅花情怀；那患难与共的舅缘世泽，无不彰
显梅花情义。如果说海洋文化滋养了赶海人，那么梅花文化则陶冶了赶海人的
情操。

日新月异，古城渔镇已经不能承载赶海人的梦想。过去赶海人因为梅花飘
香而云聚睦居，现在赶海人怀揣梅花情结而出走创业，有的外出经商办企业，
有的漂洋过海去异国他乡涅槃重生……重视文化教育的赶海人得到回报，他们
的下一代"学而优则士"，考取公职成为城市人。古城继续赶海捕捞的人越来
越少，而出走创业圆梦的人越来越多，渔镇没有了往日的那般喧闹。

沧海桑田，古城渔镇正经历着社会大发展所引发的蜕变，尽管康庄大道已
经铺就到家门口，海丝云帆高挂已起航，但还是拴不住赶海人另辟蹊径的心，
因为赶海人有长风踏浪的胸襟，有志存高远的信念，还有梅花乡愁——诗和远
方的梦想！

写于 2018 年 2 月

胜景·古街区·师苑

六平山的胜景

从来没有这般流连忘返，从来没有这般静心聆听，一位鹤发仙翁把我带进了六平山、汾阳溪以及古街区遐想无限的意境……秋高气爽的周末，86岁高龄的长乐民俗专家郑义润先生引领我们作家协会的十几个人攀登六平山揽胜，为"长乐和平街特色历史文化街区"建设撰文立说。

六平山层峦叠翠，汾阳溪蜿蜒不息，历史名胜星罗棋布。古桥榕荫、方池映月、古堞斜阳、虎涧听泉、初有钟声、燕月沉溪、龙湫观瀑、岩狮迎旭、石萝烟月、东溪精舍……许多传说在闽越文化和海洋文化的碰撞中，融合为神韵万千的吴航文化，经久不衰地绽放着灿烂的历史光芒。

说来惭愧，我有幸在六平山麓和平街一隅工作了22年，虽然时而急行奔走古街小巷，时而悠然漫步古桥石道，时而健步攀登六平山，但却只是匆匆过客，没有留下些许"江山如此多娇"的文字。当年，我风华正茂专注于"立业"，而无暇顾及近水楼台的"月亮"，时过境迁，知天命倍感人生的意义不仅仅在于"立业"，于是便开始赏读秀丽美妙的山水风光，也就有了今天深度探究"六平胜景"的机会，一路倾听布谷鸟撩拨心弦的鸣唱。

　　我的思绪随着郑义润先生的热情讲述，穿过"古桥榕荫"的时空漫道，想到了郑和舟师七下西洋，驻泊太平港伺风开洋的浩大场面；想到了黄河浪的《故乡的榕树》被编入教科书，成为不朽的散文佳作世代朗读。

　　郑义润先生对"古堞斜阳"绘声绘色的深情描述，打开我尘封已久的童年记忆，莫名其妙，隐隐约约，耳畔回响起《走在乡间的小路上》的歌声，眼前浮现牧童牵着老牛踏着夕阳在古城墙下归返的绝美画面……"古堞斜阳"的风景已经远去成为美丽的传说，而"古堞"旁的"方池映月"仍然在见证着岁月的沧桑，郑义润先生有感而发，题写了楹联"历劫景犹存方池映月、探幽今不见古堞斜阳"，挂于"种芝宫"中"方池映月"后的两根柱子上，令人无限感慨和好奇探究。

　　我信步仰望六平山门坊，仔细欣赏彭冲题写的横额"六平胜景"，以及两幅独具匠心的楹联，其中一幅楹联"鹿屏山麓英才必钟灵气、汾阳溪畔桃李正绽芳菲"，道出了六平山和汾阳溪的灵性和气度。

　　"六平山石刻"据说有 58 处，大多数在山路旁。岩石嶙峋，石刻醒目，有楹联，有诗歌，有独句，横书竖写，千姿百态，是一道非常靓丽的风景，令登山游玩者驻足观赏品读。众多石刻中，不乏陈省父子题写，但要数朱熹题写的"石萝烟月"最有情调，"石萝烟月"四个字与其说是他观赏月夜朦胧景色的情感流露，倒不如说是他触景生情感觉前程迷茫的心灵告白。穿过"第一小有洞天"便看到了明朝刑部侍郎郑世威题写的四个字"洞天山斗"特别大，气势恢宏，独占鳌头。

　　我们终于登上狮子岩，走进"北涧寺"！从"北涧寺"后墙的石碑上，我粗略地知道了"北涧寺"的演变史。"北涧寺"从当初的"天地四方字"，到"六平书室"，再到"东溪精舍"、"介全寺"，最后到"北涧寺"，历经一百多年。我们看见"北涧寺"供奉的是"五灵公",禁不住想知道个究竟。此时已经是 11 点多,攀登山路已经三个多小时,但郑义润先生毫无倦意,仍然笑容可掬滔滔不绝地讲述"五灵公"舍身取义的感人传说。哦!龙门村"平安清醮文化节"就来自"五灵公"舍身取义的感人传说。我曾几次应邀去龙门村参加隆重而盛大的"平安清醮文化节",但每每都是来去匆匆,没有花时间去了解来龙去脉,对"平安清醮文化节"的来历知之甚少,今天竟豁然贯通了。

我站在"北涧寺"前,凭栏眺望长山乐水,心旷神怡地感叹吴航的巨大变迁,十几年没有攀登六平山远眺,原先"巴掌大的城区",如今不知扩大了几倍,目光所及尽是一片连着一片的高楼大厦,千年古邑已经展开滨海城市的新画卷!

郑义润先生指着山下的一个小山丘娓娓说道,那是芝山,前面突起的地方很像金鱼的水泡眼,再看中间和尾巴,整个形状非常像水泡眼金鱼,游向太平港,游向大海。我顺着郑义润先生的话语,环顾芝山的地理,感觉芝山是风水宝地。芝山坐北朝南,背靠六平山,左右傍溪,龙虎臂相当匀称,水泡眼金鱼状的山体南北走向正好落在龙虎臂的中轴线上。难怪清朝武官衙门操场会选址于芝山南麓!

我的目光向前移动,看到了芝山南麓的一个田径运动场,亲切温馨的情感油然而生。那是长乐高级中学,其前身是福建省长乐师范学校,是我工作 22 年(1984 至 2005 年)的地方。

芝山南麓的古街区

长乐设县时,在六平山麓就有一个繁华而热闹的街区,东至岭口,西至"下橹桥",长约五华里,据记载有千年历史。

如今岭口至东门兜分两段分别叫新街和东关街，东关街以西至"下橹桥"叫和平街。芝山南麓的一段和平街仅几百米，即东关街以西至"太平桥"。这一段和平街两旁，从前是明清朝代以及民国时期的达官名儒富商的集聚居住区，众多的深宅大院鳞次栉比，与沿街两旁整齐划一的砖木结构的房子形成鲜明的对比。

春秋岁月，风水轮转。上世纪 20 至 70 年代，由于长乐的商贸中心移至河下街，所以和平街日渐衰弱，风光不在，没有了往日的繁华和热闹，百年店铺无可奈何只好改成居室。和平街在风雨沧桑中，逐渐地成为了古街区，但古街区中的许多不同时代的古民居建筑，特别是那些石板古道、多进院落依然闪烁着独特的历史魅力，如明代兵部侍郎陈省故居"司马第"，有 420 多年的历史；清代文学侍从林云泰的住所"翰林院"，有 140 多年的历史；民国时期，陈鸿洲辞职返乡，向陈省的后人购得一座院子，改建成近代西洋风格的"寄园"，也有八九十年的历史，此外还有"清朝武官衙门操场"遗址等，皆可与福州的三坊七巷相媲美。抗美援朝时期，朝鲜人民军协奏团曾来长乐，在"吴航公园"也就是以前的"清朝武官衙门操场"进行慰问演出，高唱中朝人民友谊之歌，我的父辈们说起当年念小学时前往观看演出的情景，还记忆犹新，津津乐道。

古街区中的师苑

1977 年，解放思想，改革开放，春潮涌动，高考恢复。鉴于长乐县小学教师严重缺乏，长乐县委和县政府向莆田地委以及教育局申请创办"莆田地区师范学校长乐分校"，考虑到和平街悠久的历史渊源和深厚的人文底蕴，时任长乐县委书记延国和和教育局张诗椿、陈和锬等领导颇有历史眼光，毅然决定选址于芝山南麓的"吴航公园"。

　　1978年4月，"莆田地区师范学校长乐分校"挂牌准备招生。8月，省革命委员会批准"莆田地区师范学校长乐分校"正式更名为"福建省长乐师范学校"（以下简称"长乐师范"），从此和平街多了一个国务院备案、省管的专门培养小学教师的"师苑"，长乐县有了第一所省属的处级中专学校。

　　长乐师范应运而生，蹒跚起步，这是当时长乐县委书记延国和和教育局张诗椿、陈和锬等领导不畏困难努力争取的结果。长乐师范实行省、地（市）、县共管，省教育厅师范教育处负责办学业务指导，莆田地区（后来是福州市）负责办学经费划拨和校级领导任命，长乐县（市）负责学校建设征地，教师调配则由地市县（市）两级教育局共同负责。长乐师范走过艰辛起步、发展崛起、成就辉煌的三个阶段，于2003年随着最后一届毕业生的离去而完全退出历史，蜕变为长乐高级中学。

　　如今长乐师范已经荣耀谢幕15年，她办学25年（1978至2003年），为福州地区培养6000多名合格小学教师的历史，已经成为风干的记忆。长乐师范如烟飘逝，渐行渐远，但留下的历史记忆却辉映千秋。为了铭记这一段不寻常的历史，我于去年7月发起了《留住时光的脚步——福建省长乐师范学校的记忆》征文活动，各方积极响应，历时一年，收到138篇诗文，80多位作者从不同年代不同视角，依依述说长乐师范的峥嵘岁月，切切怀念六平山、汾阳溪以及太平桥古街悠久的历史文化给予的思想滋养，有的作者（当年的老师和学生）还描述了长乐师范办学初期，租用陈省故居等古民居的深宅大院的厅堂上课的情景。

　　福建省教育厅原师范教育处和师资管理处处长、福建信息职业技术学院原党委书记苏文锦为《留住时光的脚步——福建省长乐师范学校的记忆》作序，在《中师教育 青史可鉴》一文中写道：长乐师范学校是1978年创办的，并在上个世纪80、90年代与福建中师一起快速成长壮大，也与百年福建中师一起落下帷幕。长乐师范努力探索并按照中师教育特点和规律办学，坚持德育为首，育人为本，培养的学生得到省会福州市小学教育界和社会的高度赞誉，学校跨入了"福建省文明学校"先进行列，入编国家年鉴，列选原国家教委副主任柳斌主编的《百年百校》，中央教育电视台采访并拍摄《一片丹心许未来》的专题片向全国展播。

《留住时光的脚步——福建省长乐师范学校的记忆》征文，虽然已经完美收官，而且即将正式出版发行，让长乐师范永远闪耀在历史的天空，但关于建造"师苑亭"以示纪念的愿景还没有着落。

时光匆匆，往事悠悠。20世纪90年代中期，由于长乐师范标准化建设需要扩大校园面积的缘故，我听说了长乐市有关部门关于和平街拆迁并建设成为"特色历史文化街区"的设想，但"设想"却由于各种原因而搁浅尘封20多年。如今"长乐和平街特色历史文化街区"建设终于启动，这是长乐又一次传承历史文化的杰作，曾经的"设想"就要美丽地展现在六平山麓、汾阳溪畔，但遗憾的是长乐师范已经不复存在，成为吴航古邑历史天空的一个星点。

天空的璀璨是由五花八门的星点装扮的，但愿"长乐师范"这个历史星点在"长乐和平街特色历史文化街区"，也能和其他的历史遗迹一样绽放灿烂的文化光芒！

写于2018年10月

古城魅力大美 汀江白鹤亮翅

踏上"红色土地"

深秋的一个周末，省太极拳协会会长携我们三人应邀前往观摩"2018年福建省全民健身运动会（长汀赛区）'盼盼杯'太极拳邀请赛"。

经过四个多小时的"和谐号"搭乘，夜幕降临时分，我们一行四人走出动车站，迎面映入眼帘的是一块巨石上的八个遒劲飘逸的大字："客家首府 大美汀州"。哦！长汀是福建客家的发源地？出发前没有网搜做好"功课"，"客家"、"首府"、"汀州"三个词令我顿生好奇之意！

长汀在我的记忆中既亲切又生疏。亲切是因为福建省长汀师范学校的缘故，生疏是因为未曾到过长汀。"全省中师是兄弟"的口号曾经十分亲切地回响于八闽大地。我在福建省长乐师范学校任职20年，全省26所中等师范学校（包括幼儿师范），仅有边远的几所未能前往参观考察学习，福建省长汀师范学校便是其中一所，因此对长汀了解甚少，但学生时代从课本毛泽东的《清平乐·蒋桂战争》中，知道长汀是中国革命的红土地。我曾经计划走遍福建中师各所学校，领略八闽风土人情，但"风云突变"，没能如愿。如今中等师范学校已经淡出历史15年，我有幸以另外一个名义踏上了长汀这一块红土地。

夜游"古城名街"

长汀是"中国十大最具人文底蕴古城古镇",可以与湖南的凤凰城相媲美。"没有去过店头街,就不算到过长汀!"长汀的太极拳友如是说。我们酒足饭饱,略有醉意,兴致勃勃地夜游长汀城。

我们走出盼盼食品有限公司,沿着汀江北岸东行,陪同夜游长汀城的客家拳友陈教导主任极尽自豪地介绍长汀的历史变迁、客家文化、红色风云、名优特产和美食小吃等。太极拳友王副局长也特意抽空陪同我们并充当导游。

长汀县和长乐区一样,也是千年古邑,从古称"汀州"便可以感受到其久远厚重的历史。史记:长汀,汉代置县,唐开元二十四年置汀州,成为福建五大州之一。汀州为福建省七闽地、八闽府之一,是客家人聚居的第一座府治城市,被誉为"客家首府"。

哦!长汀也有"太平桥",而且要比长乐的"太平桥"壮观美丽许多。长汀的"太平桥"百来米长,中间露天四车道车水马龙,两边一米多宽的廊桥行人络绎不绝。廊桥顶上如练灯光,斑斓闪烁,似彩虹飞架南北两岸;北岸的古建筑和南岸的仿古建筑灯火通明,五彩缤纷……辉映江中的倒影不知迷醉多少游人?

北桥头东侧的一个四角亭上挂着一个"登科"的牌匾,在灯光照射下,熠熠生辉,令人驻足观赏。我们穿亭而过,漫步于江边古道和古城墙上,那古建筑的典雅清秀,那古城墙边奇异的上千年参天大树,无不彰显汀州悠久的灿烂历史和深厚的人文底蕴。看过雄伟的城门,走下古城墙,我们便进入红色灯笼高高挂的"中国历史文化名街——店头街"。店头街石板道给人以远古的感觉,两边清一色的木结构店屋给人以古朴的印象,那意境绝不亚于"乌镇"的小街。天色已晚,仍在营业的店铺不多,有一家店铺专门卖长汀的特产食品,品种五花八门，琳琅满目，令"吃货们"垂涎欲滴。

站在"太平廊桥"，穿越"登科亭"，登上"古城墙"，漫步"店头街"，满目是历史的云烟，心海荡漾起阵阵涟漪！

探究"红色风云"

"红旗越过汀江，直下龙岩上杭。收拾金瓯一片，分田分地真忙。"尽管学生时代已经过去几十年，但从前语文老师课堂上教的伟人诗句仍印象深刻。学校的红色教育让"长在红旗下"的我们这一代人对中国革命有特别的情怀，尤其表现为崇拜伟人、崇拜英雄，也就更想现场探究那些可歌可泣的红色风云。

太极拳友王副局长淋漓尽致地展现了客家人热情好客的秉性，他和我们一拍即合。第二天上午，他开车陪同我们参观红九军团长征二万五千里"零公里处"，暨红九军团长征出发地——"松毛岭战役指挥部旧址"。

我们在王副局长的引导下，到达长汀县南山镇钟屋村"红军桥"，与王副局长事先联系的钟讲解员会合。钟讲解员声音洪亮，头头是道，话语生动极具感染力，很快就把我们带进腥风血雨的战争岁月……

"红军桥"上陈列着"最没鸟用的人"的感人事迹。钟屋村17位热血青年一起报名参加红军，仅有钟根基一个人活着，于1952年从抗美援朝战场归返故里，那时他已经是正团级军官，全村人以他为骄傲，认为钟屋村有靠山了。但出乎人们意料，为了20年前17人的跪地誓言：谁活着回来，谁就要为其他人的父母尽孝！他毅然拒绝组织对他的工作安排，坚决要求留在村里务农，要替当年一起参加革命的那些生死与共的兄弟尽孝。村里许多人不明事理，大失所望，认为他脑袋进水，是"最没鸟用的人"。

在松毛岭战役指挥部旧址，我看到"长征从这里开始"的展览，钟屋村、松毛岭在血与火的洗礼中成为中国革命的红色圣地。红九军团和红24师以及苏区地方武装与数倍的国民党军队鏖战七天七夜，以伤亡 6000 多名红军的惨烈代价，为中央红军赢得宝贵的集结和转移的时间，之后红九军团便从钟屋村开始二万五千里长征。这个历史被美国著名作家埃德加·斯诺写到《西行漫记》书中："从福建的最远的地方开始，一直到遥远的陕西北道路的尽头为止。"

一身戎装的钟讲解员深情铿锵地说，钟屋村是万里长征的起点，被誉为"红军长征第一村"。南山镇有 700 多人参加红军长征，到达陕北仅有 10 人，新中国成立时仅有 7 人还活着。杨成武，长汀县张屋铺（今宣成乡）下畲村人，是闽西苏区——长汀县走出去的一代名将，在松毛岭战斗时任红一军团二师四团政委。苏区人民踊跃参加红军，英勇作战，为中国革命谱写了壮丽诗篇。

松毛岭的硝烟虽然已经远去，但长征的史诗还在吟诵……我们谈论四渡赤水的奇兵、飞夺泸定桥的神勇和爬雪山过草地的无畏，想到了毛泽东的《七律·长征》：红军不怕远征难，万水千山只等闲……

观摩"白鹤亮翅"

雄壮的运动员进行曲激荡人心，体育馆看台上坐着许多观众，14 支太极拳代表队穿着不同颜色不同款式的服装，精神抖擞地踩着音乐旋律节奏入场……我的思绪穿越到学生时代，想到学习武术的往事。

当年，我在长乐一中就读初中，化学老师陈齐春组织课外武术班，我报名参加，但不知何故，两个月后武术班就解散了，有点遗憾。福建师范大学四年武术普修半年，刘景秋老师不仅教我 24 式简化太极拳，还教我长拳、剑术等，至今记忆犹新的是他教好一招一式后，详细讲解示范每个动作的攻防实战运用，充分体现"学以致用"的教学理念……我虽然是大学本科体育专业毕业，但由于过早忙于从事学校行政管理而日渐少于参加体育界的事务，没有坚持对武术的钟爱，偶尔健身打 24 式简化太极拳，已做不到当年刘景秋老师所言"行云流水，绵延不断；似静非静，似动非动"。如今即将船到码头车到站，我承蒙省太极拳协会会长之抬爱，应邀参加省太极拳协会的工作，居然有了回归体育届的意念！

主持人陈教导主任的精彩解说把我从回想中拉回现场。2018年福建省全民健身运动会（长汀赛区）"盼盼杯"太极拳邀请赛，参赛区域之广、队伍之多、规模之大，都足以说明当地领导十分重视全民健身工作，有力地促进太极拳的推广和普及。应邀参赛的14支太极拳代表队是盼盼食品集团长汀分公司代表队、长汀县南赛代表队、长汀县客家剧院代表队、长汀县母亲园代表队、长汀县火车站代表队、长汀县金碧花园代表队、长汀县罗汉岭代表队、长汀县黄屋代表队、长汀县老体协代表队、连城县太极拳协会代表队、上杭县太极拳协会代表队、武平县太极拳协会代表队、新罗区太极拳协会代表队、永定区太极拳协会代表队，比赛突出"重在参与"的体育精神，长汀县罗汉岭代表队等九个队获得"优胜奖"，长汀县母亲园代表队等五个队获得"优秀奖"，省太极拳协会会长陈金夏、长汀县文化和体育局局长范元丰等领导为获奖的代表队颁奖。通过现场展示，互相观摩学习，互相切磋交流，专家评奖领导颁奖，太极拳友学习的积极性得到进一步提高，从而为全民健身学习太极拳起到示范引领作用。

客家首府的古城魅力独特而大美，令人流连忘返；汀州江畔的白鹤亮翅漂亮而唯美，令人摩拳擦掌。

注："白鹤亮翅"是太极拳的招式之一。

写于2018年12月

岚岛 日新月异

"岚岛"是平潭的简称，平潭还俗称"海坛岛"，是我国大陆距离台湾岛最近的地方，因此小有名气。1996年台海风云骤起，岚岛屯兵几十万，举世瞩目。2009年9月，正式设立福州（平潭）综合实验区；2012年2月，福州（平潭）综合实验区更名为福建省平潭综合实验区，成为福建省计划单列正厅级机构，越发的红火而闻名遐迩。

我登上岚岛已经好几次，但对岚岛刮目相看还是从"平潭海峡大桥"通车开始……2011年正月，我专程自驾去通车不久的"平潭海峡大桥"上溜达，感受平潭综合实验区的开发潮，怦然间心里有了写一篇关于"岚岛"文章的强烈冲动。2016年12月，因为个人文集《年轮圈圈道道情》出版发行，我又去了一趟岚岛，深感岚岛的巨变，写一篇关于"岚岛"文章的强烈冲动，再次袭上心头。很遗憾，两次岚岛归来，我都没有及时动笔。时光在流逝，那冲动在心里一直没有平息！

2019年3月，我应邀前往岚岛采风，在完成平潭岚城小学校歌《岚韵霞光翰墨香》创作之际，我真的应该好好地写一写"岚岛"，于是索性对岚岛来一次记忆大搜索——

"岚岛"初耳闻

我最初知道岚岛这个地方是因为我的一个堂舅找了一个岚岛的女人做媳妇，但岚岛在何处并不清楚。

我的外婆84岁去世，至今已经17年。她健在的时候，曾时常心有余悸地向亲戚们谈起她为了我的堂舅婚事去岚岛"相亲"的历险故事。

那是20世纪70年代中期，长乐去岚岛虽然有两条线路，但要登上岚岛都必须乘船渡海。在俗称"小山东"的渡口乘坐渡船前往岚岛，航程30多分钟，但要绕道福清辗转到"小山东"，这条线路比较远，费用会大一些。从长乐松下码头乘船前往岚岛，这条线路比较近一些，费用会少一些，但要在海上颠簸比较长的时间。风平浪静乘船渡海还好，如果是风起浪涌，或者退潮船靠不了岸，那就险象环生，令人心惊胆战。

我的外婆当年就是从长乐松下码头乘船前往岚岛，为我的堂舅去"相亲"。那是一艘破旧的渔船，载着我的外婆等一些人驶向大海，出发时天气还是好好的，但行驶了个把小时后，海面突然刮起大风，渔船如脱缰的野马剧烈狂颠，大人的惊叫声和小孩的哭叫声此起彼伏，许多人晕船恶心，搜肠刮肚地呕吐不停，异常难闻的味道在空气中快速弥漫……感觉船要翻天要塌，立马要葬身大海！还好艄公经验丰富，极力让渔船穿行于浪谷之间，尽量减少时而浪尖时而浪谷的剧烈狂颠，最后终于化险为夷，一船人平安到达岚岛。

我的外婆说她当时惊吓得半死，都怕没命了，从岚岛回来，好长一段时间，心里阴影挥之不去，那海上历险终身难以忘记。

初次登上岚岛

我有机会去岚岛了，但几多高兴几多担心。那是 1985 年夏天，我很顺利地登上岚岛，悬在半空的心也就放下了。这也许是绕道福清辗转到"小山东"渡口乘坐渡船前往岚岛，以及大海风平浪静和赶上潮汐的缘故吧。岚岛给我的突出印象是渔岛，到处几乎都是原生态的，山林低矮，土地贫瘠。房子就一两层，大都是用石头砌的，据说这是因为岚岛风大更是为了抗击台风。

我初次岚岛之行历时三天，是因为福建省长乐师范学校在岚岛招生面试，我负责体貌观察和体育项目的测试。晚饭后，夕阳还挂在山顶上，晚霞映红天边，我们一行十几个人相约一起散步去看海。在路人的指点下，我们竟走到海岸码头凑热闹。海上归帆点点，迎面飘来，越来越大。渐渐地那点点归帆变成了一艘艘渔船，向海岸码头靠拢，我们禁不住十分好奇地迎上前去想看个究竟。哦！鱼、虾和螃蟹真多，"晚上回来鱼满舱"《洪湖水浪打浪》的歌声在我耳畔蓦然响起……我们虽然刚吃过晚饭，但看着新鲜的鱼、虾和螃蟹，胃口还是被吊了起来。于是，我们就和渔民讨价还价买了十几斤的鱼、虾和螃蟹，并立马拿到码头路边的小吃店进行加工。几个"脸盆"盛满热气腾腾的海鲜被端上桌，我们围着两张小桌子一边开心地吃着海鲜美味，啤酒干杯一通，一边看着夕阳落山晚霞暗淡，聊天聊地说笑话。

夜幕降临，归来的渔船越来越多，渔船上的灯火和海岸码头的路灯交相辉映，渔民有的挑，有的抬，忙着把一筐筐海鲜运上码头……好一幅"渔歌唱晚"的景象！

时间过去快 34 年了，初次登上岚岛，许多记忆已经很模糊，唯有海岸码头吃海鲜美味、看夕阳晚霞和观"渔歌唱晚"的景象未曾忘记。

第二次登上岚岛

2003 年 3 月的一个周末，我们几个人去岚岛，具体缘由已经不记得，但游览"石牌洋"留下的相片还是勾起我尘封的记忆。

岚岛最著名的风景是"石牌洋"。当地有一句俗语：到了岚岛没有去"石牌洋"，等于白来！我们慕名而去，但时不凑巧遇上涨潮，"石牌"下面的礁石几乎被海水淹没了，乘船过海登上礁石已经不可能，而乘船绕"石牌"转一圈与站在码头隔海观望没有什么差别，我们只好遗憾地在海岸码头上观望和留影纪念。两块巨石相距不过数米，一高（大）一矮（小）竖立在海面上，像航船的风帆，故有"石牌帆"的雅称，不由让我想起李白的著名诗句："长风破浪会有时，直挂云帆济沧海。"据码头渡船师傅介绍，落潮时，那一大片礁石裸露如一艘巨舰停泊在大海中，两块巨石矗立在礁石上，在海天一色的衬托下，远远望去，蔚为壮观。

时隔 18 年，我再次登上岚岛，感觉岚岛没有什么变化，好像"春风不度玉门关"！

第三次登上岚岛

那一年时兴沙雕，于是岚岛也跟风赶时髦办起"沙雕节"，即举办首届中国福州国际沙雕节。2003 年 9 月中旬的一个周末，冲着岚岛的"沙雕节"，学校工会组织退休教师岚岛两日游，时任副校长的我带队前往。

那一年"沙雕节"的主题是什么？我已经记不清楚了，但沙雕展区的情景依稀还有印象。沙滩广场人头攒动，高音喇叭时而播放注意事项时而播放流行歌曲。我随着人流进入沙雕展区，仿佛走进了童话世界……沙雕作品五花八门，形状各异，美轮美奂，真是一个神奇的视觉盛宴。

记忆中，第二天，我们游览了"仙人井"风景区。在仙人井风景区，站在山崖观景台上眺望，惊叹鬼斧神工的造化，只见断崖圆弧陡立，面海的一处微开放，底部有几个洞口与海相通，海水不时拍击崖壁礁石，浪花飞溅并发出轰鸣的声音……真像一口井，往下看还有点晕乎。

第四次登上岚岛

"平潭海峡大桥"通车了！听说壮观非凡，造价不菲！猎奇心作怪，2011年正月的一天上午，我和友人一行十来个人自驾两辆轿车去刚刚通车几个月的"平潭海峡大桥"上兜风。

车到"平潭海峡大桥"上，尽管桥头竖立着不能在桥上逗留的警示，但我们还是停车熄火，下车凭栏俯瞰大海仰望蓝天，那凛冽的寒风飕飕地吹过耳际，颇有人在空中行走的感觉。

我站在大桥上感叹人类智慧的伟大，想到了毛泽东的《水调歌头·游泳》中的一句词："一桥飞架南北，天堑变通途。"岚岛，渡船的历史成为记忆，大桥将你与大陆板块美丽连接，为你插上腾飞的翅膀，你的跨越发展指日可待！

大桥很长，起自福清小山东，接省道305线，跨海坛海峡，止于平潭娘宫，全长4976米，其中跨海峡大桥长3510米，两岸接线长1466米。大桥很高，通航净空高度不小于38米，可通航5000吨级海轮。大桥上护栏既抗撞又滤风，可提高强风条件下的行车安全。大桥很窄，双向两车道，没有紧急避让道和人行道。大桥的长，大桥的高，我赞叹不已，但大桥的窄，我却心有遗憾。

又时隔八年，我再次登上岚岛。印象最深的是我的学生们陪同我们游览"三军联合作战演习纪念碑"的时候，他们十分自豪地介绍说，自从 2009 年岚岛变成"综合实验区"后，建设投资一天一个亿，因为投资力度大，所以变化也就快。

1996 年台海军事演习时，在老虎山最高处建有一个指挥塔，曾有 100 多位将军上山登塔观看三军联合作战演习之盛况。鉴于此，为了纪念，军事演习过后，老虎山改称"将军山"，指挥塔也改建成"三军联合作战演习纪念碑"。纪念碑是一个三面体，高 30 多米，内部结构简单，通过楼梯直上最高层，岚岛风光尽收眼底。

我站在"纪念碑"的最高层，眺望茫茫大海，不禁向天发问：台湾问题何时才能解决？

热情的学生们还陪同我们游览岚岛最著名的风景"石牌洋"。这一次，我们终于可以乘坐渡船登上"石牌帆"下的那一大片礁石，我们不仅近距离凝视"石牌帆"，触摸其风吹雨淋的沧桑岁月，而且还与"石牌帆"合影，留下瞬间的美丽画面，真是好事多磨啊！

第五次登上岚岛

2016 年 12 月中旬的一个周末下午，又时隔五年多，因为文集《年轮圈圈道道情》的出版发行，我再一次自驾登上岚岛，岚岛的巨变令我十分震撼。首先，发现进出岚岛的大桥不是一座，而是两座，即在原来的"平潭海峡大桥"一侧增加了一座大桥，由原来的一座进出变成现在的一座进一座出，大桥通行规模扩大一倍，行车更加便捷安全。其次，车过"平潭海峡大桥"就能看到如火如荼的建设场面，感受到岚岛正在快速发展，"建设投资一天一个亿"不是天方夜谭。第三，城区面貌焕然一新，道路宽畅，高楼林立，平潭已不是从前的小县城了。

我在岚岛见到十几位福建省长乐师范学校毕业的各届学生，如今他们可都是校长或名师，是岚岛小学教育的中流砥柱。当年，我大学毕业风华正茂，有幸遇见最优秀的一代初中毕业生并成为他们的老师，实在是天大的福分；我与他们共成长共欢乐，麓屏山下三载情，汾阳溪畔一生缘。岁月的雨露已经把当年的花季少年沐浴成为栋梁之才，我由衷地感到高兴和骄傲之余，更多的是对他们几十年不忘初心守望麦田的敬佩。

第二天上午，在 88 届(5)班平潭籍学生的陪同引导下，我沿着海岸线宽广的大道驾车兜风，感受着大海碧波的诗情和蓝天白云的画意，把城市的喧嚣畅快地抛到九霄云外，让心灵得到快乐的荡涤。

海坛古城临海而建，牌坊气势恢宏，光彩夺目，也许不是旅游旺季，游客三三两两。我漫步海坛古城，渴求透过仿古建筑，寻觅海坛古城过往的烟云。从牌坊前广场上的巨船"海坛号"，到麒麟广场雄伟的"望海楼"；从威严的"衙署"，到古典的"开闽坊"；从民俗街的清代着妆演艺，到古色古香的怡心院……让人置身于历史文化和现代文明的碰撞之中，感受着沧海桑田的巨大变迁。

第六次登上岚岛

2019 年初，我的一个优秀学生——新建的平潭岚城小学校长翁绳乐发给我微信，希望我能帮助其学校创作校歌，我欣然接受，随后他就向我提供了学校文化建设的材料。

在对平潭岚城小学的历史文化有所了解的基础上，我决定去岚岛看看平潭岚城小学，通过身临其境的采风，摄取岚岛源远流长的地域文化和新时代综合实验区的独特文化，更好地激发创作灵感。

我通过百度搜索岚岛的天气预报，特意选择了一个晴转多云的周末前往岚岛。2019 年 3 月底的周末上午，我携文友吴忠平自驾前往岚岛。到了岚岛，天气要比预报好得多。蓝色的天空，飘着些许白云，阳光明媚让人感觉暖洋洋。我的学生告诉我这是岚岛一年中难得的好天气。哦！是这样的吗？看来我们运气很好！

百闻不如一见。尽管来之前，我已经对平潭岚城小学提供的校园文化建设的资料，阅览了几遍，但现场的耳闻目睹远比学校提供的文字资料更能激起创作的热情。

平潭岚城小学地处岚城乡霞屿村地界，吸纳了霞屿小学的历史文化。霞屿村具有悠久的办学历史，可以追溯到 140 多年前，施天章创办讲学堂，并立说"十可知"传承至今。往往历史文化深厚的地方，一旦遇到机会便充分展现其优势，现代化的平潭岚城小学是历史文化的力量给予霞屿村的福报！

鉴于学校提供的文字资料中提及平潭岚城小学与"君山"、"幸福洋"、"竹屿湖"、"霞屿村"的地理位置关系，我对它们进行了很认真的考察，还驱车登上君山（岚岛最高的山）。我站在君山顶，眺望岚岛四周，心旷神怡，遐想万千。在极目看到平潭岚城小学和"霞屿村"、"幸福洋"、"竹屿湖"的地理位置后，一个念头在我脑际闪过，即原先的平潭岚城小学校歌创作思路要推掉重来，已经写就的歌词还不够完美，文友吴忠平与我不谋而合，并对歌词创作给予很大帮助。平潭岚城小学校歌又几易其稿后终于定稿，我立马发给福州市福州语歌曲协会副主席、福州市长乐区音乐家协会名誉主席、福州市长乐区文化艺术交流协会副会长武建生谱曲，希望 5 月上旬谱曲和伴奏音乐制作全部完成，以便赶上"六一儿童节"使用。

岚韵霞光翰墨香
——平潭岚城小学之歌

君山巍，岚岛蓝，天章霞屿办学堂，

斯斋立说"十可知"，文以载道百年扬。

啊！美丽的校园，如花芬芳艳，似田耕耘忙。

岚韵楼里笑脸辉映，撼城楼中歌声嘹亮，我们在这里沐浴阳光。

竹屿湖，幸福洋，承前启后新学堂，

抱诚求真共成长，滴水成渊问渠塘。

啊！温馨的校园，像盾护子长，若书翰墨香。

博雅楼里勤奋学习，致远楼中树立理想，我们在这里乘风启航。

啊……可爱的岚城小学，源远流长！

我们众志成城，穿越历史廊桥，

追求岚韵博雅，憧憬致远撼城，

迎着灿烂朝阳，走向诗和梦想的远方！

平潭岚城小学校歌浓缩了学校140多年的办学历史文化，突出了新时代学校的校训"岚韵博雅 致远撼城"、校风"众志成城"、教风"抱诚求真"和学风"滴水成渊"，歌颂了学校师生承前启后传承历史文化和立志"走向诗和梦想的远方"的情怀。

岚岛，我用"日新月异"这个词述说你的天翻地覆的变化，是再恰当不过了！记忆深处，我每一次登上岚岛都有不同的感受、感悟和震撼，从感觉"春风不度玉门关"，到惊叹"一次一个样"的变化；从游览自然风景，到观赏综合实验区现代化建设的美丽画卷；从以前世居的人巴不得户口迁离岚岛，到现在原籍的人户口难以回迁岚岛……无不说明世事难料，岚岛的明天越来越好。

写到这里，我的耳畔突然想起《潮起潮落》的主题曲，那就摘录一段歌词作为文章结尾吧！

天蓝蓝 海蓝蓝 / 拉起锚 开起船 / 天蓝蓝 海蓝蓝 / 把稳舵 撑起帆 / 风大浪大不呀不说难 / 礁多滩多不呀不说险 / 咱有龙的胆 / 潮起潮落年年岁岁 / 日升月沉岁岁年年 / 还是天蓝蓝噜 / 还是海蓝蓝噜

写于 2019 年 5 月

左起：何飚、曾寅春、作者、翁绳乐、吴忠平

以文学的名义 走进梅花古城

题记：2019 年 6 月 30 日，福州市文联等单位组织文学志愿者利用周末时间，专程向福州市长乐区梅花中心小学赠送《榕树》、《闽都文化》、《诗刊》和《海峡诗人》等 390 多本书刊，激扬小学生的文学梦想。

没想到今天阳光明媚，蓝天如洗！阴天下雨已经连续一周，昨天天空还依然乌云笼罩，时不时还下着阵雨。天气预报今天最高温度 35 度，是入夏以来最炎热的一天。我等一行人冒着酷暑，以文学的名义，走进梅花古城，读梅听海观城看景。

梅花古城是一个小镇，现在人口只有 15000 多，600 多年的沧海桑田，沉淀了深厚的古城文化、海洋文化、军事文化、梅花文化、姓氏文化、梅壶文化等多样历史文化并名闻遐迩，我曾多次慕名前往赏阅梅花古城的历史文化风韵，感动之余信手写下《古城渔镇梅花情》和《梅江潮鸣 壶江回声》等。

走进梅花中心小学，也就走进梅花古城的历史。梅花中心小学至今有 191 年的历史，三年前搬迁到梅花中学隔壁的盆地上，四周幽静，青山环抱，绿树遍野，这可是读书问学的好地方！以前的梅花中心小学依山面海而建，除了东面向海外，其他三面与民宅紧邻，学校楼房日晒雨淋，海风劲吹，咸气侵蚀，日渐风化，出现危情，已经不能承载新时代的梦想，新时代造就了梅花中心小学新的校园。

走进梅花中心小学，亲切感油然而生，因为学校里相当多的教师包括校长都是福建省长乐师范学校毕业的。他们都是中考的佼佼者，而且经过一定比例的扩大数面试（语文、体育、音乐和美术四科）筛选后被福建省长乐师范学校录取。我当年在福建省长乐师范学校任教，看着他们茁壮成长，一专多能，立志从教，他们可是中国历史上最优秀的小学教师。

梅花人重视文化教育在吴航大地脍炙人口，梅花人有深植于心的"学而优则仕"观念，因此重视文化教育蔚然成风，回报自然也是丰厚的。远的不说，就说新中国成立70年间，从梅花中心小学走出去的许多优秀人才饮誉八闽乃至海内外。

午后，无论是在"梅城壹号"座谈，还是在古城街巷游览，梅花人黄先生如数家珍般介绍梅花古城的过往今昔，我从中感觉到他对梅花古城历史颇有专攻。黄先生的热情介绍，让我灵感喷发而再次流连于梅花古城的历史时空……

史记，梅花城始建于明洪武十年（1377年），后过十年梅花城扩建，沿将军山麓筑建城墙，抵御倭寇侵扰。城墙2160米（648丈），高6米（1丈8尺），厚2米（6尺），辟东南西三门，东门临海，南门面山，西门通水道，涨潮时船可直达。将军山被蜿蜒起伏的城墙包裹，俨然像一座坚不可摧的城堡，让倭寇望而却步。如今最有古城风韵的地方要算是"东门遗址"和"古城广场"。"东门遗址"已经于2001年被长乐市列为第五批文物保护单位并竖立石碑，让游客驻足或留影纪念或端详一番。漫步"古城广场"，我东瞧瞧西望望，寻觅古城的文物古迹……"古城广场"临海的城墙东西走向400来米长，而且保存和维护相当完整，但很遗憾东西两边城墙下新建的一些建筑物却大煞风景，让400来米长的古城墙不能一览无遗，"古城广场"也就少了许多壮阔。

　　"古城广场"南侧通向山头的石阶路旁，有一座民国时期的两层高白砖楼，非常醒目，仿古大门威严大气，两扇对开的门上各有圆炮头门钉 40 个（横四竖十），门框石梁上方悬挂"中国长乐武术馆"牌匾，馆内收藏陈列"全国武术之乡"——长乐武术发展历史和各个时代的武术器械。2009 年"中国长乐武术馆"在梅花古城竣工揭幕，时任福州市委常委、长乐市委书记林彬特意题写楹联："豪情结侠义仗剑游江东，隆师教子孙意会不言中。"当时长乐市政府决定在梅花古城修建"中国长乐武术馆"，我想与梅花古城当年抵御外敌形成的习武抗暴保疆护国军事文化和梅花人郑磊石获得第十届全国运动会武术套路男子南拳南棍全能冠军、第八届世界武术锦标赛男子南拳冠军不无关系。

　　站在"古城广场"通向山头的石阶上，凝望陡立而斑驳的古城墙，耳畔似乎飘来毛阿敏演唱的《历史的天空》歌声，眼前隐约浮现刀光剑影的烽烟，仿佛看到林位将军足智多谋，英勇善战，率军抗敌，保疆护国；目光越过"古城广场"前面新修建的沥青路，看到的是辽阔无边的沙滩，黄灿灿的沙子在阳光照射下，格外耀眼，甚至让人产生置身于沙漠之中的幻觉……也许是落潮的缘故，海岸已经不是近在眼前，而是远在天边，海在沙滩的尽头只能靠想象了！

　　梅花古城以独特的风韵流传下来，但有些文物古迹却在社会的变迁中，缺乏维护而破落被遗弃直至消失。以前进入梅花古城地界，最深刻的印象有二：一是浓烈的虾油味扑鼻而来，突显古城海鲜酿制的特色；二就是石条路，颇有古城悠久厚重的内涵。如今这两个印象已经荡然无存，就是在古城中，也几乎看不见用石条铺的路面，大街小巷的路面都改为水泥或沥青。

　　梅花古城十分珍贵，保护传承"文物古迹"，让梅花古城的"古风古韵"和"古色古香"永存，让梅花古城历史文化在新时代重新焕发出艳丽的光彩，这是文明社会的呼唤，这是文化自信的呐喊！

写于 2019 年 6 月

久违了 天涯海角

题记：2019 年 8 月，我在亲情的召唤和友情的鼓动下，时隔 22 年，再次踏上海南岛天涯海角，石头还是那几块石头，但感悟却今非昔比！

心驰神往 百般期待

20 世纪 70 年代初，八部革命样板戏登峰造极，那时我读小学，电影院和礼堂轮番放映八部革命样板戏电影，学校三天两头组织观看，而且还要求写观后感，因此有的不只看一遍。《红色娘子军》芭蕾舞剧和故事电影，我起码看了两三遍，其中的两首插曲耳熟能详，"党代表"这个词特别深刻地留在我的脑海，时至今日仍时不时地用以调侃。因为"红色娘子军"的故事发生于海南岛，我出于好奇和崇敬，便翻书看地图查找海南岛，也就知道了"天涯海角"。

20 世纪 80 年代，我读大四的那一年"春晚"，沈小岑演唱的《请到天涯海角来》，风格新潮，旋律动听，一夜之间红遍大江南北，海南岛真的那么好吗？天涯海角真的那么美吗？

1988 年，改革开放十年后，海南岛从广东省划出，另设海南省和海南经济特区……

从《红色娘子军》芭蕾舞剧和故事电影，到"春晚"沈小岑演唱《请到天涯海角来》，再到建省设立经济特区……每每都令我对海南岛天涯海角心驰神往，我期待着有朝一日能踏上海南岛，感受"四季春风暖"，品尝"百种瓜果甜"，观赏"花儿红香艳"，游览美丽的天涯海角。

春潮涌动　踏浪而行

《春天的故事》在神州大地深情传唱，新一轮的改革开放如火如荼，考察"东方神州"、"华夏故园"的"新画卷"火热兴起……1997年底，福建省长乐师范学校在领导班子纳新后，为了开拓视野，齐心协力创建"福建省文明学校"，特意组织全体行政领导分成两路"北上南下"考察改革开放成就，我选择了"南下"之旅，考察广东省的广州、深圳、珠海和海南省的海口、三亚等地，看到的正如《春天的故事》所唱到的那样："神话般地崛起座座城……啊！中国，你迈开了气壮山河的新步伐！"在广东强烈地感受到改革开放的"滚滚春潮"和"浩浩风帆"，而在海南则更多的是观赏椰树丛林、沙滩礁石和天之涯海之角。

时光荏苒，弹手挥间22年，还好当年留下了几张"到此一游"的彩色相片，勾起美好的记忆：在海南三亚，第一次手抱椰子喝汁，臭青扑鼻翻胃呕吐，可能还有乘车头晕的原因；看到的"南天一柱"和"天涯"、"海角"似乎不是臆想中的样子……时间有限，来去匆匆，走马观花，印象初浅！

再走海南　因为惦念

22年过去了，海南于2018年成为"自由贸易实验区"，你变了多少？我的亲们，你们南下海南谋生怎么样了？我无时不在关注！

光阴似箭，飞逝如烟。我三叔的大女儿、二女儿以及二女婿、三女婿在海南谋生已经好多年了……几年来，我时有听说二堂妹夫在海南工作业绩不凡，也时有耳闻三堂妹夫等人在海南抱团建厂创业的艰辛困苦，几次想去走走看看，但都未能成行。今年暑假，亲情召唤，友情鼓动，终于促成我夫妇海南之行，于是我与大堂妹夫妇一家人、二堂妹夫妇、三堂妹夫先后在海口和昌江欢聚一堂。

我父亲有三个弟弟两个妹妹，分散在全省各地，因为交通不便，平时鲜于走动，更多的是书信联系。记得我读高中的时候，我父亲与住在顺昌县的三叔来往明显多了，尽管长途跋涉很辛苦，乘坐汽车再转火车要七八个小时。

三叔三婶做人特别好，对待亲戚总是满腔热情，什么都舍得，他们对我格外疼爱，因此，我的大学寒暑假好几次是在三叔三婶家度过。三叔三婶的三个女儿总是哥哥长哥哥短，叫得特别甜，令我心醉欢喜。三个堂妹非常勤劳能干，在家把家务活做得井井有条，在外是工作办事的好手，也许这是"女儿国"造就的缘故吧！二堂妹曾经在长乐一中学习一年，住在我工作单位的宿舍，与我的妻子（那时还是恋爱对象）同室共眠，后来考上中专学校，毕业分配顺昌水泥厂工作。三个堂妹结婚，我们总是早早地前去贺喜，二堂妹结婚那一天，我的彩色照相机留下了几张十分珍贵的合影照片。

大堂妹夫在铁道建筑单位工作，经常走南闯北，奔波在铁道建设一线。二堂妹夫原来也在顺昌水泥厂工作，是业务过硬的工程师，几番思考终下决心，携妻子比翼双飞落户海南一家民营大型水泥厂，担当重任。时隔不久，三堂妹夫步二堂妹夫的后尘，也南下海南创业，勇气可嘉。

在海口目睹大堂妹和二堂妹的房产家居，我甚是欣慰；在昌江参观三堂妹夫等人创办的企业，我赞叹不已。我不由想起一句俗话：有志者事竟成，成功永远属于那些时刻准备，矢志不移，执着追梦，奋斗不息，自信满怀的人。

三堂妹夫聪慧、厚道、善良。1990年，在顺昌县成立了一家汽车修理厂，经营汽车修理、销售等业务，艰苦奋斗，坚持不懈，积累了人生第一桶金。2010年，怀揣"人往高处走"的志愿，南下海南。2013年，经过多次考察，审时度势，捕捉商机，毅然选址建立以生产塑料丝绳及编织品等多种塑料制品的企业。2014年底，企业第一条生产线试投产。

三堂妹夫告诉我，企业投产以来，发展势头向好。2018年，企业完成生产总值4500多万元，实现利润460多万元，交纳税收近750万元，成为当地民营企业的纳税大户。企业蒸蒸日上，开拓创新，做大做强，无不展现他为人处事的优秀品德。他依法经营，诚信待客，声誉斐然。他在实现自我价值的同时，义无反顾地担负起企业的社会责任，热心扶贫助弱，积极招收安置残障人士和贫困户人员就业，谱写了一曲奉献之歌。他无愧于"第七届海南省诚实守信模范"荣誉称号。

休闲之旅 自助环游

我们一行六人（除我以外，其他五个人都是第一次海南行）的六天海南之旅，全权拜托我的二堂妹安排。二堂妹精选游览路线和景点，并提供了一辆七座位的商务车，任我们自助环游……

在海口，游览"万绿园"，椰林听涛，健身步道说笑；走进"电影公社"，那"民国文化馆"、"新民报社"、"仁爱教堂"、"国泰戏院"、"太平洋酒吧"、"国民政府军委会调查统计局"、"国民政府军事委员会第一监狱"以及西式典雅的豪华马车等等，映入眼帘，似曾熟悉的场景让人仿佛置身于20世纪30年代的民国某个地方；走进电影《芳华》主场景地，仿佛触摸到那个曾经历过的年代，满墙语录标语，大字鲜红醒目，老远就能看见。冯小刚导演的电影《芳华》，曾经轰动一时，但有些遗憾，至今我还没有好好地看一遍。

在三亚，主要是观赏南山海上观音，游览天之涯海之角，喝椰子汁听椰林呢喃。

南山文化游览区，穿过"不二"法门，观音圣像突现眼前，蔚为壮观。走过200多米普济桥，只见观音圣像海边凌波矗立在金刚洲上，环绕一圈仰望观赏。观音圣像100多米高，一体三尊脚踏莲花宝座，三面各向一方，手势不同且手中分别持着念珠、宝莲、经箧。观音圣像是集中当今美学、建筑学、雕塑学、佛像学的经典之作，彰显科学技术的时代特色。

其实无论是家乡长乐的海，还是往北的宁波、青岛、大连的海，或是往南的厦门、汕头、深圳、珠海、北海直至三亚的海，各地的海边风景大同小异，海滩、礁石等大致一样，而天涯海角贵在地理位置独特"四季春常在"，还有到处是千姿百态的椰树。

司机是三亚人，有问必答。他一边开车一边介绍海南椰树。海南椰树有绿椰、黄椰两种，分异花授粉的高杆椰树和自花授粉的矮杆椰树，高杆椰树寿命可达80年，矮杆椰树寿命也可达30至40年。每棵椰树结果40至80个，多者超过100个，果实成熟需12个月时间。一年四季，椰树花开花落，果实不断，一棵椰树上，同时有花朵、幼果、嫩果、老果，可谓"四世同堂"。

自从20年前在三亚喝"椰子汁"，臭青扑鼻翻胃呕吐后，我一直没有再喝过"椰子汁"。后来看别人喝乳白色的罐装椰子汁，觉得很奇怪，因为自己在三亚喝的"椰子汁"不是乳白色，为此我还与人争辩一通，才明白个中缘由。哦！我在三亚喝的是原汁原味的"椰青"，而罐装的椰子汁之所以是乳白色的，是因为乳白色椰肉的缘故。弄清事情真相，克服心理障碍，我自然就开始喝罐装的椰子汁，但还是不爱喝原汁原味的"椰青"。这次海南之旅，司机数说"椰青"的种种好处，让我心动并行动，因此只要见到路边有椰子卖，我就会叫司机停车，集体下车每人一个椰子喝个痛快。

没到天涯海角不算到过海南岛，因为天涯海角是海南岛第一旅游名胜。进入天涯海角游览区，在近两米高的"浪漫天涯"和"浪迹天涯"落地大字的沙滩区，他们五个人手舞足蹈，戏水雀欢，留下倩影美照；在"南天一柱"和"天涯"、"海角"礁石区，我们见缝穿梭，观望海水拍岸，尽览奇石题刻……"南天一柱"高耸雄立，昂首云天，"任凭风起云涌，我自岿然不动"。"天涯"与"海角"天造地设，遥相呼应，令人遐想无限。

博鳌亚洲论坛闻名于世，心中向往，于是博鳌亚洲论坛会址成为我们海南旅游的最后一站。博鳌亚洲论坛是第一个把总部设在中国的国际会议组织，由澳大利亚等25个亚洲国家发起，于2001年2月27日在海南省琼海市博鳌镇召开大会，正式宣布成立。博鳌镇地处万泉河的入海口，风水宝地，山清水秀，环境幽静，是博鳌亚洲论坛的永久会址。

在博鳌亚洲论坛的永久会址，我们在礼仪小姐的引导下，一本正经地坐在主席台上，俨然像国家元首和特别贵宾，甚至还像模像样地站在话筒前发表"主旨演讲"，真是"数风流人物，还看今朝"，可乐至极！

文化盛宴 艺术享受

我的二堂妹如是说：来三亚旅游应该观看大型歌舞《三亚千古情》演出，因为《三亚千古情》反映了三亚的历史文化，因此旅游行程里安排了观看《三亚千古情》。

三亚千古情景区到处是《三亚千古情》的广告宣传语：一生必看的演出。夜色中步入大型歌舞《三亚千古情》的演出场馆，环顾四周，我心震撼，因为场馆不仅大而且座位多，看完演出，我特意绕场数了一下座位。哦，不数不知道，一数吓一跳，座位居然有 4500 多！

大型歌舞《三亚千古情》高度浓缩了三亚长达万年的恢弘历史，以 360 度全景剧幕和巨型悬空透膜以及五彩灯光闪烁变换，全方位立体地给观众目眩神迷的梦幻感觉。大型歌舞《三亚千古情》让观众听到史前文明《落笔洞》（序）的万年回声，感动爱情故事《鹿回头》（第一场）的美丽传说，寻思巾帼英雄《冼夫人》（第二场）的荡气回肠，领略香瓷古道《海上丝路》（第三场）的异域风情，目睹弘扬佛法《鉴真东渡》（第四场）的惊涛骇浪，回味风情万种《美丽三亚》（尾声）的椰林呢喃、海韵浪花、沙滩足印、礁石题刻……我也认为到三亚旅游应该观看大型歌舞《三亚千古情》演出！

留意旅游胜地的历史文化已经成为自觉习惯，观看大型主题演出已经是不可或缺，更何况"红色娘子军"在我的大脑里有着深刻的印记。在前往观看大型歌舞《三亚千古情》的路上，我透过车窗看见路边大幅显眼的大型实景《红色娘子军》的演出广告，立马向司机打听，进而决定要安排时间观看。虽然《红色娘子军》芭蕾舞剧和故事电影都已经看了多遍，但在海南三亚观看大型实景《红色娘子军》演出，我想肯定会有一番别样的感受！

漫步红色娘子军演艺公园，凝视宣传影画，《红色娘子军连歌》和《万泉河水清又清》的歌声在耳际隐约回响；坐在观众席上候演，仰望夜空星河，《红色娘子军》芭蕾舞剧和故事电影的镜头在眼前闪回……

大型实景《红色娘子军》共六幕，即《序》、《第一幕 红色劫难》、《第二幕 红色新生》、《第三幕 红色火焰》、《第四幕 红色森林》和《尾声 重生》，以全新的形式演绎红色经典，通过高科技手段实现影画和实景的转换，或椰树密集，或碉堡林立，或火光冲天，或枪林弹雨，再现一群 20 来岁的姑娘为了争取自由独立，抛头颅洒热血，惊天地泣鬼神的生死故事……露天舞台以山体为背景，观众席座位 2000 多，随着剧情的发展前后左右移动变换角度，让观众如同搭乘"时光机"，穿越年代，身临其境。

剧终人散，但我还沉浸在跌宕起伏的红色经典故事中，心情正如刘文韶在报告文学《红色娘子军》所写：

借着月光，

我看见了十位亲爱的战友，

十位革命的英雄儿女，

安详地躺在被炮火犁过的土地上。

皎洁的月光照耀着她们，

好像蒙上了一层洁白的轻纱。

写于 2019 年 9

海南三亚天涯海角

千年塔山圣地 任我穿越点赞

　　说来惭愧！福州市长乐区塔山郑和公园十洋境，我生于斯长于斯，已经 58 个春秋，平时上山入园已经记不清有多少次，但却未曾认真端详细数塔山郑和公园的古迹名胜。前几年，我梦乡醒来，把心放下，方觉体质堪忧，深感运动健身刻不容缓，于是开始了周末上午塔山郑和公园的运动健身之娱，或打羽毛球，或练太极拳，或舞步翩跹，或 K 歌亮嗓。置身于塔山郑和公园，目睹满山遍野的球拍剑影，耳听激荡山谷的舞曲歌声，我时有动笔讴歌新时代莺歌燕舞的冲动，但一直拖而未果。

聆听开讲 我心穿越

　　我时常在长乐报刊杂志上看到署名"郑义润"的文章，心中多有崇敬，因为郑义润老先生是长乐民俗专家，但就是"不识庐山真面目"。如果没有长乐和平街特色历史文化街区建设的六平山采风活动，我不知今生是否有缘走近认识他？

　　去年金秋时节，已经 86 岁高龄的郑义润老先生热情带领作家协会会员两次攀登六平山采风，把民间流传和书籍记载的历史故事尽数生动讲述，他那学识博广，那记忆深远，那体健神采，那鹤发银须，令我仰慕赞叹不已。我们感动，我们追思，我们笔耕，30多篇文章已汇集成历史的花束，敬献给新长乐，敬献给长乐和平街特色历史文化街区！

今年国庆前夕，作家协会主席在微信群通知，郑义润老先生将要在塔山郑和公园现场"开讲"。那一个周末上午，艳阳穿梭于白云间，我再次怀着崇敬的心情，和文友们一起云集塔山郑和公园，聆听郑义润老先生开讲塔山郑和公园的"三坊七亭十景"，并趁机把触摸塔山郑和公园今昔的记忆和感想付诸笔端，以了却心愿。

我们会聚在塔山郑和公园池塘拱桥上的"印心亭"，郑义润老先生非常风趣地说，福州南后街有"三坊七巷"，长乐塔山郑和公园有"三坊七亭"。"三坊"即南、北、西三个方向的门牌坊，且风格各异。"七亭"即"孝子亭"、"印心亭"、"明志亭"、"长乐设市献资纪念碑亭"、"德馨亭"、"十洋铺迎宾亭"、"三峰巷亭"。

郑义润老先生如数家珍地开讲他的《长乐南山十景诗》：宝塔凌霄、玉碑插汉、郑和祠馆、荒坟没草、邹异庐坟、荷塘月色、胜会登高、义井涌泉、灵谷钟声和祠山吊古。他首先解释长乐"南山"，南山海拔40多米，因古时候坐落在长乐县城南面而得名，又因有兰茗、香界、石林三峰而称三峰山，还因山上建有宋代的"圣寿宝塔"而称塔山、塔坪山。长乐"南山"之称有根有据，塔山郑和公园南门牌坊背面的横匾"南山萃秀"和"南山庙"都一目了然。本世纪初开辟的"南山公园"那些山古时候称什么山？长乐史记称"三台案山"和"鳌峰山"，我小时候经常听邻居村民讲述关于"三台案山"和"鳌峰山"的奇闻传说。

郑义润老先生引经据典的讲解，让我的记忆穿越历史时空……1985年，为了纪念郑和下西洋开航 580 周年，长乐县政府把塔山开辟为"郑和公园"，从此塔山发生天翻地覆的变化，如兴建南门牌坊、郑和史迹陈列馆，维修"圣寿宝塔"和革命烈士陵园等，成为长乐历史上第一个大型的主题公园。南门牌坊正面有时任福建省委书记项南题写的横匾"郑和公园"，当中两根石柱对联"七次涉远洋开辟丝瓷新路、三峰留胜迹犹存凫绎遗风"，牌坊顶上四条龙跃跃欲飞，牌坊背面当中两根石柱对联"古迹溯吴航一塔三峰资胜概、远洋开海运九洲万国仰先驱"。

西门牌坊亭建于 2000 年 5 月，正面横梁上也有时任福建省委书记项南题写的"郑和公园"四个大字，四根石柱正、背、内侧三面都有对联共六副，两副或四副对联的门牌坊比较多见，而六副对联的门牌坊比较少见；当中两根石柱正、背面和内侧的对联分别是"首石山鸣乐道连魁甲榜、双江水满犹传七涉重洋"，"邑多邹鲁遗风人知礼让、地萃园林胜景俗尚文明"和"一塔凌霄杰构传从宋代、三峰挺秀幽岩迹著南山"。

北门牌坊建于 2013 年 12 月，正面竖匾"高隍巷"，当中两根石柱对联"后耸名山风光旖旎曾为雅士登高处、前横坦道阛阓喧哗宛若雄师驻舶时"，旁边两根石柱对联"门迎二景望首石凝云六平插汉、座拱三峰聚七亭浴日一塔凌霄"。背面竖匾"题雁里"，当中两根石柱对联"千秋古镇十万人家闲借名园娱日月、昉创唐朝鼎兴今世却疑斯处是蓬瀛"，旁边两根石柱对联"山饶胜迹一墓庐九日轩三峰塔、代灿人文五家字六儒记七子诗"。

我平时习惯从东边或南边或三峰巷进入郑和公园。从南边郑和路进入郑和公园，相对来说比较好走，几百米斜坡路和二三十级台阶，而从其他三个方向进入郑和公园，那可就辛苦了，因山势陡造成台阶多，尤其从西边三峰路和北边解放路进入郑和公园很辛苦，从山脚拾阶直上到"圣寿宝塔"的平台，台阶起码有 200 级。

　　沿着三峰路往东走到尽头，便到塔山郑和公园脚下，抬头仰望半山坡绿树掩映的西门牌坊亭以及陡坡上的台阶，心里充满强烈的压力感。那一天，我特意绕道三峰路从西边进入郑和公园，主要是想再体验一番从西边三峰路进入郑和公园的感受，特别要好好数数那陡坡上的台阶。

　　我边攀登边数着台阶，从山脚到西门牌坊亭114级台阶，可能是地势的原因吧，西门牌坊亭建得不高，没有南门牌坊的恢弘气势，但四根石柱一字形支撑双檐的牌坊亭还是给人别样的庄重感。我认真欣赏六副对联后，继续上行，攀登142级台阶，便到了"圣寿宝塔"的平台。"圣寿宝塔"被铁围栏保护起来，谢绝游人登塔揽胜。我站在"圣寿宝塔"的平台上，俯瞰西区高楼林立，眺望远山蓝天白云，思想纵横穿越……59集电视剧《郑和七下西洋》主题歌《大航海》的歌声隐约飘来，当年郑和候风出洋前如我现在的样子瞭望大海，观察天象吗？

　　郑义润老先生说《长乐南山十景诗》，感觉《荷塘月色》写得比较惬意。他一边吟诵"天中桂魄影分明，塘上拱桥桥上亭。最爱更深人静候，荷香风软野虫鸣。"一边解释诗情景观。从池塘开挖引水种荷，到华侨郑锦筹先生1986年10月捐建拱桥上的四柱单檐"印心亭"以及石柱对联"智水仁山且喜乡心联海外、良辰美景好看月色印湖中"和"湖亭俨若中流砥、山后洵成架海梁"；从满塘荷花绿蓬，到明月夜半倒映，说得我心驿动，好想有一天花好月圆时，在拱桥上的"印心亭"赏观"荷塘月色"的胜景！

　　"宝塔凌霄镇海疆，郑和叔舶下西洋。丝瓷远道从兹始，补给观风待启航。"郑义润老先生把《宝塔凌霄》摆在《长乐南山十景诗》之首，足以体现"圣寿宝塔"在"长乐南山"的地位。"圣寿宝塔"建于北宋政和七年（1117年），仿木楼阁石砌建筑，高27.4米，八角七层，各层石壁均有工艺精湛的飞天伎乐和佛教故事等浮雕计200余尊，第二层南面檐下有石匾"圣寿宝塔"。当年，郑和下西洋登塔视察太平港时，得知宝塔是为昏君宋徽宗祝寿而建，反感之余遂把"圣寿宝塔"改题为"三峰塔"。该塔成为当年郑和舟师船队的瞭望塔和航标塔，是研究宋代建筑与艺术的珍贵实物，1963年5月被福建省人民委员会确定为"第一批省级文物保护单位"，2006年5月被国务院确定为"全国重点文物保护单位"。"圣寿宝塔"具有900多年的历史，是长乐最具标志性的建筑物之一，因此，我常引以为豪地说，长乐是千年古邑，有"圣寿宝塔"为证！

《玉碑插汉》："峰耸玉碑碧汉擎，感怀烈士不知名。河山壮丽人文美，多少英雄血铸成。"为了"烈士精神不泯，英雄浩气长存"，长乐县（市）人民政府于1958年建立塔山革命烈士陵园，2014年拨款维修并予以拓展美化环境，使之更加庄严肃穆。"长乐县革命烈士纪念碑"高13.5米，纪念碑旁墓群安息着15位革命烈士。他们来自河南省、湖南省、浙江省、山东省、江西省、江苏省和福建省等各个地方，有的牺牲于对敌斗争中，有的牺牲于国防建设施工中，有的执行任务因公殉职……小学、中学时代，每逢清明时节，学校就会组织我们前往塔山，祭扫革命烈士陵园，向"长乐县革命烈士纪念碑"敬献花圈，缅怀革命烈士为国捐躯，铸就今天的"河山壮丽人文美"！

《郑和祠馆》："寰宇浩歌颂郑和，倚山楼馆矗巍峨。天妃灵应碑犹在，能补史书遗漏多。"郑和史迹陈列馆为宫殿式建筑，陈列许多宝贵文物和史料，正门上方悬挂叶飞题写的"郑和史迹陈列馆"横匾。我步入展览厅，眼前立即浮现郑和率领舟师七下西洋开辟"海上丝绸之路"史诗般的伟大壮举，想起上小学时在校园中看到的《天妃灵应之记》石碑，这块《天妃灵应之记》石碑原先是竖立在长乐县城关小学（现称"福建省长乐师范学校附属小学"）"泮池（月爿池）"北侧的一间小亭子里面。郑和史迹陈列馆在"圣寿宝塔"东面山坡建成后，就立马把《天妃灵应之记》石碑作为珍贵文物收藏。《天妃灵应之记》石碑俗称郑和碑，系明宣德六年(1431 年)冬，郑和第七次出使西洋前在长乐候风时亲自撰文镌立，是当今世界上详细记载郑和七下西洋历史仅存的一块石碑实物，和"郑和钟"一起成为郑和史迹陈列馆镇馆之宝。

端详细数 我手点赞

一个上午时间，郑义润老先生怎么能详细讲解完《长乐南山十景诗》，但《荒坟没草》、《邹异庐坟》、《胜会登高》、《义井涌泉》、《灵谷钟声》和《祠山吊古》这六首景诗，让我的记忆驰骋在历史时光的漫道……上世纪六七十年代，我家住在塔山东面山麓的十洋街王厝里，塔山自然成为我和小伙伴们经常去的地方。

我们在塔山或登塔眺望，或玩耍捉迷藏，或提篮拔兔草，或爬树摘桃子和番石榴，颇有"花果山孙猴子天下"的感觉……直冲云霄的"长乐县革命烈士纪念碑"坐落在南面山峰顶，千年神韵的"圣寿宝塔"坐落在较高的北面山峰顶，除此以外山坡谷间，要么是桃树和番石榴树，要么是菜地番薯园，要么是荒地野草和坟墓。因为"圣寿宝塔"和"长乐县革命烈士纪念碑"的缘故，塔山在我的心目中一直非常神圣。

(一) 明志亭

1987 年初，猴屿旅美华侨郑忠高先生捐建六柱双檐"明志亭"，第一层南面檐下挂有横匾"明志亭"，南北四根石柱有两副对联"江左生根情深桑梓、美东创业志切中华"和"千载犹留香界远、一亭永系故园情"，环绕的六根横梁内侧分别写着"景色天成秀"、"山奇地生灵"、"积德为庶民"、"建亭思乡亲"、"侨民议盛事"、"贤杰聚一堂",每一句都凝聚了游子感恩之心和思乡之情。

亭子成为过往路人歇息乘凉和运动健身者休息聊天的绝佳场所。一个60多岁的高挑男子在亭子里筑巢和鸣,摆放简易音响和电脑,除了自己边拉二胡边唱歌外,任走过路过的音乐爱好者随意点歌欢唱。亭子东侧200多平方米的平台利用率极高,早晨先是一批中老年女人做健身操、跳广场舞,然后是另一批中老年人打羽毛球、练太极拳。

(二) 长乐设市献资纪念碑亭

1994年,长乐撤县设市,海内外乡亲、知名人士、友好机构献资千万余元表示祝贺,政府择"塔山老人健身活动场"北侧山坡建立12柱单檐的"长乐设市献资纪念碑亭",勒碑纪事褒彰。那一年,我有幸组织福建省长乐师范学校的100位女生排练油纸伞舞,在新建的长乐体育中心参加撤县设市庆典表演,那隆重的场景至今还会时不时地浮现眼前。

"塔山老人健身活动场"是由新加坡华侨陈依球和美国华侨陈勤镕两位先生于1992年肪创,面积近400平方米,供中老年人习练体操健身。"塔山老人健身活动场"成为"长乐设市献资纪念碑亭"的前置小广场后,1996年(长乐市老年人体育协会)和2002年(长乐市河下街旧城改造指挥部)两度重修;2011年热心人士慷慨解囊集资11万多元重建,融体操健身场、太极拳健身场、广场舞健身场、交谊舞健身场为一体,多元健身观念聚合碰撞,多支队伍争相绽放异彩……晨曦初现,朝霞映红,太极功夫,天人合一;旭日山顶,华灯夜晚,操舞翩跹,风情万种。

今年夏天,长乐区政府拨款进一步美化提升塔山郑和公园品位的工程开始实施，但很遗憾"塔山老人健身活动场"东侧山坡的许多棵几十年的参天大树被砍掉，而重新移栽直径不到 0.1 米、高不到 3 米的所谓"好树"，那些遮阳挡风的参天大树护佑做操跳舞打太极拳等健身者与日月共律动的风景，不知何年能再现？

㊂ 圣寿园与塔山讲坛

塔山西麓樟木参天，绿荫遮阳，空气清新，乃老年人理想的休憩宝地，乡间里人热心公益，捐资集建"圣寿园"。2001 年夏，"圣寿园"遭台风挫损，乡间里人又献资修复，与政府建立的八柱单檐"介寿廊"形成连坪景观。"介寿廊"横匾下石柱对联"介吴航特开胜境、寿世纪永驻韶光"，寄托了"宝地胜境、福寿安康"的祈愿；两只石雕狮子栩栩如生，灵气四溢，吉祥庄严。

2012 年 9 月，退休校长黄发祥应运在塔山设坛开讲，说时事论古今。2013 年 5 月，"讲坛"移位"介寿廊"内，初具规模，并成为"长乐社科·理论讲坛"。由于黄发祥校长开讲话题，引经据典，通俗易懂，深入浅出，贴近生活，寓民生于今昔，寓见解于新闻，寓历史于时事，接地气顺民心，听众日渐增多直至爆满，乡间里人几度添置石椅仍显不足，有的听众干脆就坐在人行的台阶上，可谓是里三层外三层……"长乐社科·理论讲坛"被省社会科学联合会授予"福建省十佳社会科学普及讲坛"。

"长乐社科·理论讲坛"声名鹊起，吸引四面八方的听众，有的甚至从 30 多公里开外的江田镇、松下镇不辞辛苦地乘坐一个多小时公交车前来听讲，省、市、区许多领导先后莅临现场视察调研指导并给予充分肯定，还建议冠以"塔山讲坛"之名，以突显塔山圣地深厚底蕴的历史文化。黄发祥校长被中央宣传部授予"2018 年度基层理论宣讲先进个人"，被评为"福州市最美志愿者"，还代表福建省参加中央宣传部举办的基层理论宣讲员研讨班学习并作大会演讲。

"塔山讲坛"的听众越来越多，开讲七年余，每周两三次，听众从开始时的十几个人，到现在几百上千人，累计六七万人次，由此可以看出黄发祥校长义务开讲弘扬正能量深受百姓欢迎。长乐区有关部门拨款对"塔山讲坛"进行扩大升级改善，油漆粉刷优化环境，更换简陋音响设备，新换和增加听众座椅，添置电风扇、灯光照明，旧貌换新颜。

如今"塔山讲坛"饮誉八闽，驰名神州；"圣寿园"人气旺盛，开讲时间，座无虚席。一个校长退休告别讲台，意犹未尽地在公园开设讲坛，想不到有那么多听众不请自来而且秩序井然地聆听，无心插柳柳成荫，尤其在互联网和电视广播高度发达、智能手机高度普及的时代，实在是不可思议！

(四) 德馨亭和宝塔之声

2001 年 10 月，港胞施克灼先生捐资 20 多万元在"圣寿宝塔"南面山坡，兴建八柱双檐的"德馨亭"，占地 40 平方米，高 11.9 米，东西第二层檐下分别挂有竖横匾"德馨亭"，东西四根石柱有两副对联"登塔俊游览江山重秀、坐亭清赏快风物日新"和"胜景同恢民洵逸乐、乡心足慰世在腾飞"。对于施克灼先生携家人爱国爱乡，心系桑梓，热心公益事业，捐资兴建"德馨亭"的善举，长乐市人民政府特于 2002 年 3 月立碑勒石铭记。

2003 年，退休教师江章锥、邹淑官和李国祥、俞美春、陈元春等音乐爱好者在"德馨亭"吹拉弹唱，开启"宝塔之声"的帷幕，从此乐曲歌声萦绕宝塔回响山谷，吸引诸多中老年音乐爱好者参与齐唱"同一首歌"。

2007 年成立"宝塔之声"歌咏队，众推退休医生高作舟担任队长，大家群策群力，邹淑官老师组装扩音机，其他人或从家里带来或捐款购置音响设备，虽然音响设备七拼八凑极其简单，但你唱歌我伴奏不亦乐乎。郑忠华、黄崇荣、郑青梅和老张等歌友的加入，有力地推进"宝塔之声"的发展建设，人人纷纷捐款，特别是何洁民等人热心联系和争取，得到原福州市文化广播新闻出版局拨款 3 万元支持，终于建成两间摆放音响设备等物品的储存房。歌友老张购买功放和点歌机等音响设备，与大屏幕彩色电视机相配，供众多歌友尽情引吭高歌，音乐老师陈建忠、黄明华先后经常抽空到场指导。

为了便于音乐爱好者吹拉弹唱，邹淑官老师用牛皮纸抄录近 800 首歌谱并装订成 23 叠。尤为可贵的是邹淑官老师还创作了《宝塔之声赞》歌词："塔坪山上歌声扬，德馨亭内赛歌忙，大爷高歌求爱曲，大娘轻哼哭嫁谣。哎哟哟，笑破肚皮乐逍遥。塔坪山上歌声扬，宝塔之声就是强，古今中外经典曲，民族通俗全不难。哎哟哟，乐了这群老夕阳。塔坪山上歌声扬，顶风冒雨战暑寒，二胡、笛子、电子琴，吹拉弹唱喜洋洋。哎哟哟，曲曲歌唱共产党。塔坪山上歌声扬，宝塔之声名声响，已成一道风景线，游客驻足乐观赏。哎哟哟，吴航处处是歌场！"陈建忠老师为其谱曲。

为梦而歌，为歌而乐，为乐而来。歌友越来越多，有唱美声的，有唱通俗的，有唱民族的……伴奏者也越来越多，乐器品种齐全，小到口琴、笛子，大到大提琴、电子琴……风雨无阻不歇场，你弹我唱歌不断，歌声飘过近廿载，文艺轻骑兵涌现。"宝塔之声"歌咏队不仅经常参加长乐区文艺演出，还参加福州市文艺演出和比赛。"宝塔之声"成为吴航大地群众文艺的一个品牌，数次得到长乐电视台、长乐新闻网、吴航乡情报等媒体报道宣传。

(五) 许多景观未能细说

春秋轮回，沧海桑田。如今塔山郑和公园，拱桥石亭倒映池塘，绿树如伞遮天蔽日，石板步道错落回环，古迹名胜坊亭庙堂，熠熠生辉雅俗共赏，实木栈道曲径通幽，漫步其中流连忘返！

塔山郑和公园其实不止"三坊七亭十景"，我择其部分有感而发，许多景观如"南山庙"、"孝子亭"、"迎宾亭"、"三峰巷亭"、"十洋街文化宫"和"高隍巷礼堂"以及新近建设的景观，还未能一一细说。

端详细数塔山郑和公园的古迹名胜，有两点印象比较深刻，那就是庙宇多、对联多。半山腰东西南北坐落着五座大小不一的庙宇，如南山庙、祠山庙、灵峄庙、国公庙等，每逢特别的日子，香火缭绕，善男信女络绎不绝。走过路过户外看得见的对联就有 30 多副，如果加上建筑物内部的对联那就更多了，这无形之中彰显了塔山圣地悠久的历史文化涵养，但很遗憾其中两副对联"草"得一塌糊涂，让我实在看不清楚写什么，只得向高人请教。我以为对联书法作品首先应该让人看清楚文字，然后才能引人入胜，欣赏其艺术性和独特性，如果把文字写得让人看不清楚而不屑一顾，那对联镌刻在石柱上何不是形同虚设，怎么体现价值和意义？

运动健身 舍我其谁

我运动，我健康，我快乐，蔚然成风，全民健身朝气蓬勃。塔山郑和公园武术及太极场、门球场、羽毛球场、气排球场等运动健身场地星罗棋布，比较大型的运动健身场要数"云亮健身场"，这是旅美华人林成宽、李玉英伉俪诚信敦厚，感念故里，乐善释资，造益乡老，于 2002 年献款 10 万元独建。

无论哪一天，塔山郑和公园每个运动健身场都是人头攒动……因为习练武术及太极拳的人特别多，所以武术及太极场也就比较多。我信手选择若干个武术及太极场说道说道，以褒扬为推广和普及中华武术瑰宝——太极拳以及推动太极拳健身的那些有识之士和志愿者。

太极拳根据阴阳之原理，用意念统领全身，通过入静放松、以意导气、以气催形的反复习练，达到修身养性、陶冶情操、强身健体、益寿延年的目的。太极拳之所以越来越受到中老年人青睐，一是气定神闲、动作圆柔、连贯绵延、行云流水；二是易学且习练不受天气、时间和场地的限制；三是习练时与音乐融为一体，充分展现神功之美、刚柔之美、和谐之美。因此，许多中老年人在塔山郑和公园太极场，陶醉于太极健身的世界，享受着太极文化浸润身心的快乐。

(一) 航武健身场

"航武健身场"由李仕标师傅发起建立于 1994 年。李仕标师傅曾担任长乐县吴航镇东关村党支部书记、长乐市武术协会常务副会长，现任长乐区传统武术研究会会长、长乐区吴航街道老年人体育协会常务副主席、长乐区李氏海内外宗亲联谊会副会长。他于 1974 年拜书法家、武术家林轻松为师，1986 年拜著名武术家、六合自然门宗师万籁声为师，习练各种拳术。上世纪 80 年代，我就知道李仕标师傅，那时他经常参加长乐县节假日民间武术表演，记忆中他耍大刀功夫高超。

李仕标师傅自幼随父习武和舞龙，勤学苦练技艺精湛。1982 年，他开始举办业余武术培训班和辅导站，传授各种拳术。1992 年上级有关部门到长乐视察调研"武术之乡"群众习武健身活动开展情况，时任长乐县委统战部部长刘品增为了迎接视察，特意组织一些中老年人在塔山郑和公园开展武术健身活动，李仕标师傅是其中一人。此后，李仕标师傅的武术健身就从鳌峰山麓移到塔山郑和公园，随着参加习练武术以及太极拳的人员不断增加，他就于1994年开辟"航武健身场"。

李仕标师傅武技武德高尚，热心推广传统武术，义务传授武术技艺，经常参加各级各类武术比赛和表演并获奖甚多，如1991年参加福建省农民运动会获武术大刀第四名，2006年参加全国武术之乡比赛获刀术第三名、拳术第四名，2008年参加闽台南少林传统武术交流大赛获男子E组太极器械金奖，2009年参加福州武术——国际冲绳刚柔流空手道演武大会获男子E组刀术金牛奖，2010年参加第二届海峡论坛·海峡两岸传统武术交流大赛男子老年组传统器械金奖。

李仕标师傅由于博学40多套拳、剑、刀术，特别是刀术炉火纯青，名声远扬，1998年被收录《中华名人大典》，还多次应福建东南电视台、福建体育频道邀请表演武术。他不仅努力传承各种拳术，还勤奋钻研创新发展，2005年编撰出版《武术》一书，详细介绍43个套路以及习练武术的程序、基本功等要求和注意事项，深受学武者欢迎。

李仕标师傅还深受乡邻里人拥戴，为了不让存在于民间千年的舞龙技艺失传，主动担任舞龙教练，传承中华优秀的舞龙文化，让东关村男女两支舞龙队比翼双飞，为各种节日庆典奉献美轮美奂的龙腾飞天、大地吉祥的盛景。

"航武健身场"28年来，培养学员800多人，参加国内外武术比赛有120多人次，获得金牌130多枚，其中阮道清最为突出，从2008年开始参加福建省武术比赛和澳门、香港国际武术交流大赛共获得金牌10枚，2017年第14届全国武术之乡武术套路比赛男子D组其他传统拳和朴（大）刀两项二等奖，2018年第15届全国武术之乡武术套路比赛男子D组其他南拳和器械对联（和其姐阮秀钦）两项二等奖，2019 年第 16 届全国武术之乡武术套路比赛男子 D 组其他南拳和朴（大）刀两项二等奖；参加澳门、香港、海峡两岸武术交流大赛等，林礼豪获太极拳、刀术双金奖，石灵萍获太极拳、剑术双金奖，陈玲获六合剑金奖和全能冠军，陈宽获太极拳金牌，阮秀钦获全能第二名……不胜枚举。

李仕标师傅今年已经 78 岁，但仍然神采奕奕地活跃在"航武健身场"，讲起武术滔滔不绝，示范教学脚步沉稳、身手灵巧，风采不减当年……长乐新闻网和《吴航乡情报》曾多次专文刊发介绍李仕标师傅以"航武健身场"为阵地，弘扬中华传统武术，推动全民健身活动的"武术人生"。

（二）同心太极场

"同心太极场"代表性人物是原长乐市太极拳协会首任会长郑公敬老师。郑公敬老师和我缘分不浅！他和我一起于 1984 年 9 月同时进入福建省长乐师范学校任教，他是工作单位调动，我是大学毕业分配。时过三年，他和我又同时成为学校中层行政管理干部。他因为高级职称而延长聘任五年，于 1993 年 65 岁退休，但在家里闲不住想找一些事情做。

1993 年秋季开学不久，郑公敬老师突然来到我的办公室谈论运动健身之道，怎么回事？退休数学高级讲师和体育讲师谈论运动健身之道，我一头雾水！直到他道出原委要向我借太极拳的书籍，我才恍然明白。哦！他要学习太极拳，但买不到太极拳的书籍，只好特意到学校找我借。我知道他的来意后，立马从书柜抽出福建师范大学体育系武（术）水（游泳等）教研室编写的《武术普修课技术教材》（铁笔刻写誊印）借给他。他就这样走进太极拳世界，先后师从陈金夏、李仕标等学习太极拳，从家里到塔山郑和公园，虚心请教勤奋习练……

是年，他代表长乐县参加福州市老年人太极拳比赛，获42式太极拳集体第二名。此后，他经常参加各级太极拳比赛，频频获奖。

2002年夏，郑公敬老师在塔山"明志亭"东侧平台向一批太极拳爱好者传授太极剑。是年10月，那些太极拳爱好者学会太极剑，为表感谢之意，特集资3000多元要敬献给教练，而他坚决婉拒，后来有人建议用这笔钱建一个太极场以示感谢和纪念，于是就在"明志亭"北侧的空地上建了"同心太极场"并勒石立牌。

郑公敬老师老当益壮，从65岁开始挥拳舞剑练太极，一发不可收，用无我太极与晚霞夕阳争辉，直到87岁高龄谢世。他老骥伏枥，以"向天再借五百年"的气概，退而不休，非常可贵地由"数学老师"蜕变为"太极拳教练"，十分热心传授推广太极拳，开创长乐中老年人公园大众化习练太极拳的先河，让长乐太极拳普及和推广翻开新的篇章，尤其让许多退休的中老年人老有所学，学有所乐，快乐健身，从而延年益寿，安康幸福。

林祥林师傅2005年开始在塔山郑和公园习练太极拳，2008年入盟"同心太极场"，协助郑公敬老师传授太极拳等……2015年郑公敬老师谢世后，林祥林师傅挑头传授推广太极拳，组队参加太极拳表演，获得好评。据统计在"同心太极场"学有所成的太极拳爱好者有150多人，无论是组队还是个人参加各级太极拳比赛，成绩优异，获奖无数，太极拳高手陈艳乐就是从"同心太极场"起步……如今已经73岁的林祥林师傅仍然乐此不疲地坚守"同心太极场"。

好像是2014年开始，我周末上塔山郑和公园健身，时而在"明志亭"旁边习练太极拳，时而光顾"同心太极场"。我起初多以练习太极拳基本功和复习单个动作为主，因为实在太久没有习练太极拳，再加上平时运动甚少，所以腿部明显无力支撑做"左右下势独立"、"左右蹬脚"等动作，更不要说把整套太极拳打完。经过相当长一段时间的腿部力量锻炼，我现在基本上可以缓慢、流畅、完整地习练八法五步和 24 式等太极拳套路，并经常和"同心太极场"的拳友们一起开心共练。

(三) 华友太极场

"华友太极场"是由李肖华师傅于 1997 年创建的。1993 年春，李肖华师傅就开始在塔山郑和公园传授太极拳，20 多年光阴，有 200 多人到场拜师学艺，其中涌现了许多太极拳高手，如陈艳乐、陈丽珍、陈泉栋等，他们每次组队参加各种展演活动都深受好评，参加国际国内太极拳比赛获得金牌共计 60 多枚。

李肖华师傅曾经在全球华人武术大赛上进行精湛表演，先后参加香港、台湾国际武术比赛和福建省传统武术争霸赛以及省市区太极比赛等，获得太极拳项目金牌共计 11 枚。"华友太极场"取得骄人成绩，李肖华师傅功不可没！如今李肖华师傅已经 67 岁，仍然守望"华友太极场"，致力于推广和普及太极拳。

陈艳乐是我高中同届不同班的同学，十年前的一桩往事浮现我眼前：2009 年底，我组织长乐一中 79 届高中 14 个班级纪念毕业 30 周年同学会，在筹备联欢晚会演出节目过程中，陈世锋同学（捐款 5 万元）向我介绍说陈艳乐同学参加太极拳比赛获得好几枚金牌，并极力推荐陈艳乐同学上台表演太极拳，我欣然应允。果不其然，陈艳乐身穿传统太极拳服装精彩地表演了 24 式太极拳，获得台下几百位同学阵阵掌声，从此我记住了陈艳乐同学。陈艳乐是太极拳六段，先后参加福州、香港、台湾国际武术比赛和福建省传统武术争霸赛以及省市区太极比赛等，获得太极拳项目金牌共计 20 多枚。

㈣ 星光太极场

如果说李仕标师傅以及"航武健身场"、郑公敬老师以及"同心太极场"和李肖华师傅以及"华友太极场"发挥了"星火燎原"的作用，那么"星光太极场"则是长江后浪推前浪。"星光太极场"2013年开始刻石立牌，执教者是巾帼中年靓女欧阳榕月师傅。她2006年开始拜师习练太极拳，十余年刻苦磨砺修得正果，2010至2016年参加全国、省、市等各级各种太极拳比赛，共计获得9枚金牌和2枚银牌，曾经是福建省太极拳协会常务理事，如今担任福建省太极拳协会长乐分会副会长。

"星光太极场"上有七八十岁的老者，下有八九岁的少儿，特别是中老年人秉承修身养性、习武强体的初心，幸会塔山郑和公园，挥拳舞剑感悟太极神功，诠释"生命在于运动"身心不老的传说。欧阳榕月师傅以女人特有的耐心，不厌其烦言传身教，深得习练者的喜欢和赞赏，她还应邀为长乐区医院的医护人员传授太极拳。

"星光太极场"组队参加各级各类太极拳比赛，收获颇丰，如2016年参加福建省太极拳专项比赛，获得10枚金牌和10枚银牌；2017年前往香港参加"盛世中国梦"回归祖国20周年庆典演出活动，被授予"十佳武者"。

"星光太极场"虽然仅有七年光景，但已经培养学员200多人，正以后起之秀的风采亮丽一片热土。

岁月静好 不负时光

千年古邑在新时代以高速度发生着日新月异的变化……金山银山不如绿

水青山，保护生态环境，美丽净化家园，已经内化成一方为官者的执政理念，在我撰写这篇文章之际，长乐区人民政府为民办实事再一次整体改造优化塔山郑和公园已经接近尾声，塔山郑和公园旧貌换新颜，"公厕革命"完胜，新增"南峰亭"、"航武亭"、"龙舟廊亭"、"实木栈道"和石板步道等景观……人民群众生活蒸蒸日上，对精神需求越来越高，塔山郑和公园无疑成为运动健身、娱乐休闲的好去处！

　　塔山四季风景怡人，鸟语花香神仙逍遥；塔山昼夜莺歌燕舞，运动健身人流如潮。每当漫步塔山郑和公园，享受着和平盛世快意人生的幸福生活，我就会情不自禁地浮想联翩……岁月静好，来之不易；不负时光，珍惜当下。

写于 2019 年 12 月

左起：林玉琰、作者、林晓敏、郑义润

长师情

古柏覆庭阶渐碧，寒梅抱阁尚留香。
谁言往事如烟去，聚首闲谈韵味长。

在特别的日子 与你再次聚首

34 年前，你非常自豪地成为"长师人"；时过两年，我义无反顾步你后尘也成为"长师人"，并与你教学相长，是师生更似兄弟兄妹；又时过两年，你学成毕业，我微笑着挥手"祝你一路顺风"，从此心中多了一份牵挂；岁月如梦，30 载别离今又聚首……

在 2016 年日历就剩下几张的一个周末，福建省长乐师范学校 86 届(2)班学生，为了纪念毕业 30 周年相约会聚长乐，我应邀参加，但第一天因忙于盛大（三四千人参加）的"卧佛"开光庆典的有关事务，而未能按时参加聚会，直到晚上才与学生们共进晚餐。参加聚会的有福清籍、平潭籍和长乐籍的 22 位学生，老师有陈和忠、李乡回、游泉弟、黄明华、刘端佳、林荣先、林新华、陈绍升（前四位老师已经退休）等。令人感动的是 82 岁高龄的陈和忠和几天前手臂骨折的李乡回两位老师也前来和大家一起梦回当年。我十分高兴地向参加聚会的每一个学生和老师签赠刚刚出版的文集《年轮圈圈道道情》。学生们向参加聚会的每一位老师分发"红包"，表示敬意和感恩，我拗不过学生们的真诚和盛情，相当勉强地收下了"红包"。谢谢你，我的第一茬弟子！在新年的钟声即将敲响之际，你不仅送来了冬日的温暖，还激动了那颗不老的心！

记忆中很久以前，我曾经去福清参加过一次86届两个班学生的聚会，好像是在正月，那时，我也许还年轻，情感还没有很好的沉淀，人生还没有太多的感慨，所以来去匆匆，没有回忆的时间和冲动。现在，我已年过半百，倍感岁月飞逝，时光如烟，往事真的要好好回味了，因此参加学生的聚会，让尘封已久的记忆在碰撞中，迸发出青春的火花，成为心中的一个愿望，于是晚餐后，尽管近来由于很忙碌很疲惫以致声音都沙哑了，但仍然和学生们一起去K歌，第二天（还有游泉弟老师）陪同学生游览长乐"大东湖"——全国第一届青年运动会皮划艇赛场和数字福建产业园智慧中心。

时光碎片　梦幻聚合

人生诸事第一次总是难以忘记的，我正式初为人师的情景至今仍记忆犹新。1984年夏天，我大学毕业直接分配到福建省长乐师范学校任教，82级和83级五个班的学生成为我正式从教的第一茬弟子。82级和83级分别有两个班和三个班，每个班学生都是40人。在我之前担任82级两个班体育教学的是陈传大老师。因为学校工作需要，陈传大老师脱产参加汽车驾驶培训。我虽然教五个班级有近200名学生，每班每周两节课，但却在一个月之内叫出每一个学生的姓名，由此树立一定的"威信"。他们素质极高，可塑性极强，因此，我在课堂教学以及第二课堂指导活动中，十分的轻松和愉悦。由于年龄仅相差几岁，没有所谓的"代沟"，所以，我与学生们一起快乐地成长。

一年后，学校安排我担任85级(5)班的班主任，并担任85级五个班的体育教学。我虽然不再担任82级和83级五个班的体育教学，但依然十分关注我的第一茬弟子。在我的记忆中，82级两个班学生留下的故事颇多，如(1)班的陈云、甘宇、陈遵标、魏爱云，(2)班的林爱星、王开雄、林友法、莫义进、蒋存梅等都是有故事的学生。

　　陈云、甘宇、陈遵标和林爱星四位学生因为是体育运动佼佼者而留在我的记忆里。1985年秋，我带领学校田径队参加福建省中等师范学校第二届田径运动会，陈云、甘宇和陈遵标便是队员。在他们毕业的那一年，即1986年夏，陈云、陈遵标和林爱星三位学生分别代表学校参加"福建省中等师范学校（长乐赛区）男子篮球和女子排球比赛"，甘宇则协助我训练女子排球队。我担任女子排球队教练近一年，那训练情景至今仍历历在目。每天训练三四个小时，其中早晨一个多小时，下午两个多小时，即使刮风下雨，高温酷暑，都雷打不动。队员们在训练中摸爬滚打，即使冬天也是汗流浃背，浑身湿透，那训练强度一般人是受不了的，有的队员曾经想退队，但最后都坚持卜来。为了提高适应能力，检验队伍实力，我率领女子排球队走南闯北，与分配在长乐赛区的好几个代表队进行PK，结果是胜多败少，收获满满的信心。1986年夏天，是82级学生的毕业季，"福建省中等师范学校男子篮球和女子排球比赛"如期举行，当时全省有二十几所中等师范学校，第一阶段分三个赛区决出前二名参加第二阶段建阳赛区的决赛。非常遗憾，福建省长乐师范学校两个代表队在长乐赛区都没有出线，女子排球队队员因为屈居长乐赛区第三名而十分伤心地抱头痛哭，我则尽力克制心中的失落情绪，并极力安慰她们。她们何时离校告别，我不得而知，因为第二天，我就到建阳赛区担任篮球决赛的裁判。现在陈云在长乐市区的一所优质小学担任总务处主任，陈遵标"下海"创业已多年，林爱星在长乐市区的一所优质小学任教，甘宇则旅居美国。

　　王开雄和林友法是因为分别担任学生会主席和团委副书记引起我的关注。学生会主席和团委副书记是分别由学生代表大会和团员代表大会选举产生的，如果没有一定的影响力和号召力，是很难当选的。林友法由于表现出色，与我、郑公敬老师（今年二月份去世，享年86岁）一起于1986年5月加入中国共产党，毕业后留校任职员，几年后调回老家，在福清元洪师范学校（现在改为福清元洪高级中学）工作至今，而王开雄则因故没有被列为入党的发展对象，毕业后回平潭县在小学任教至今。

魏爱云、莫义进、蒋存梅三位学生学习成绩非常优秀。魏爱云毕业后被保送到福建师范大学教育系深造，四年后毕业回福建省长乐师范学校任教，没过多久就调到福州省属单位；莫义进歌唱得相当好，每每成为学校文艺演出获得掌声最多的歌者；蒋存梅钢琴弹得非常棒，毕业后不久就考入福建师范大学音乐系。

K 歌游乐　谈笑人生

三十年后再聚首，往事深情尽回想。82 级(2)班的学生先我两年进入福建省长乐师范学校，而我仅教他们一年（1984 至 1985 学年度），对他们的了解并不多，因此，我要借此机会走进他们的世界，通过 K 歌和游览的间隙与他们聊天，从中探知他们在校时的趣闻逸事，采集他们毕业后的传奇人生故事。

我声音沙哑，"失声"严重，只有听人 K 歌的份。唱歌，最能反映一个人的感情世界，尤其是喝了酒以后，在似醉非醉的状态唱歌，那是心声在倾诉，那是情感在宣泄。陈标等同学点唱当年的歌，让人想起如梦的往事；高水茂情绪高昂地唱了一首又一首，如《亲爱的姑娘》、《若有缘再相聚》、《丈夫辛苦了》、《妻子辛苦了》，那声情并茂的歌唱，好像情有所钟陶醉在追梦中。音乐老师黄明华、刘端佳被学生的激情而感染，也放声高歌，让学生们在不老的熟悉声音中，回想当年的音乐课。

学生们告诉我，他们一、二年级的班主任是徐玲老师，三年级的班主任是林新华老师，四年级的班主任是游泉弟老师，全班同学有 40 位，一个同学在校就读时去世，一个同学毕业后因为车祸而离世。如今大部分同学仍然在教育的岗位上坚持着、守望着……其中不少人已经是名师，成为学校的顶梁柱，王玫、林彩英两位同学是平潭小学名校校长；一部分同学已经转行另谋高就，或经商或到国外闯天下，郑学彩、黄友和两位同学在澳大利亚创业有成，这次参加同学聚会分别赞助两万元和一万元；林光云和陈秀文、王开雄和林秀云、陈标和董秀惠六个同学结成伉俪，谱写了同窗情深"花开并蒂结连理"的浪漫爱情故事。

第二天游览长乐"大东湖"，湖边极目眺望，湖中快艇兜风，环湖双人自行车骑行，VR+应用馆体验前沿科技……尽情玩乐，童趣重生，流连忘返。午餐火锅宴恰与董秀惠同学一桌，大家忆往昔说今朝，在谈论文学话题时，董秀惠同学告诉我说她喜欢"近体诗"，她应我的要求马上打开手机把她写的"近体诗"给我看。我赞赏之余，鼓励她坚持为之争取出版诗集。"近体诗"又称今体诗，是唐代形成的律诗和绝句的通称，是一种讲究平仄、对仗和押韵的诗歌体裁，诗歌中的句数、字数、平仄、押韵都有严格的限制，因此，写"近体诗"不是很容易，没有深厚的"语文"功底，是写不出"近体诗"的，但董秀惠同学已经写了40多首，而且好多首诗已经公开发表。现把董才女（她的同学这样叫她）写的词《满庭芳·师范同学会寄怀》抄录如下：

圣诞重逢，人间幸事，念同窗四年情。觅踪桥巷，犹旧貌相迎。往事悠长漫忆，母校内，绿草欣荣。冬风过，耳边似有，琴韵和书声。

笑莹，游乐处，拥怀肆意，弄影娉婷。渐酒空瑶盏，寄语真诚。贵贱高低莫论，晨昏转，卅载堪惊。挥别泪，车辙远去，愁怅与烟升。

短暂的两天聚会，说不完"四载同窗缘"，道不尽"30载长师情"，大家依依惜别，我对学生们的了解已经进了一大步，但感觉还是不满足，因此，聚会结束以后，我特意打电话向林友法同学要了82级(2)班学生的通讯录（2011

年版）。通讯录虽然简单明了，但蒋存梅"上海师范大学教授"，杨利龙"村书记"等字眼，还是引发我好奇探究的冲动。

蒋存梅接到我的电话很是意外，当我说明原委——为82级(2)班学生毕业30周年聚会写一篇文章后，她非常高兴地告诉我，在"百度"可以搜索到她个人的情况。哦，蒋存梅真了不起！我略摘片言只语如下：蒋存梅，1992年福建师范大学音乐系毕业，并获得文学学士学位，接着先后在中国艺术研究院获得文学硕士学位，在中央音乐学院获得文学博士学位，现任上海师范大学教授、博士生导师，专业方向是音乐心理学。

杨利龙回乡担任村书记，个中缘由，令人想问究竟……还有莫义进闯荡澳大利亚，商海沉浮，令人唏嘘不已！

独领风骚 愈久弥香

82级和83级五个班的学生是中等师范学校招生改革后，考入福建省长乐师范学校的第一批、第二批的初中优秀毕业生。他们是中考的佼佼者，其中考成绩都高于当地一中的录取线，为了被中等师范学校录取，还要参加1:3的面试，即三个人参加面试只有一个人被录取。当时中等师范学校成为"香饽饽"，是因为他们以及他们的父母都是冲着"上学不要学费，且有生活费，毕业包分配工作单位"等，特别是那些农家子女都承载着父母的强烈愿望——"跳出农门"，改变父辈"面对土地背朝天"生存状态。他们那时还年少懵懂，很多事情甚至自己的命运大都还是听从父母的安排。

82、83、84级学生被录取时都是四年制的，但为了"早出人才、快出人才"，1985年中等师范学校改为三年制，84级也因此中途被改为三年制，结果1987年夏天，83级三个班和84级四个班同时毕业。我以为中等师范学制就这样"虎头蛇尾"，82、83 级学生成为四年制的唯一，但意想不到的"奇葩"却出现了。1998 年中等师范学校又把三年制改为四年制，福建省长乐师范学校收了六个班，1999 年收了一个班，此后中等师范学校不再招生。2003年最后一届中等师范学校学生毕业，全省 20 多所中等师范学校在"素质教育"和"教育产业化"的声浪中"穷途末路"。从 1982 年改为招收初中毕业生，到 2003 年被"大学潮"彻底地淘到历史的沙滩上，22 年间，中等师范学校毕业生有 18 届，而四年制仅四届，且非常"滑稽"地"首尾呼应"。

由于报考中等师范学校的学生都是中考成绩十分优秀的初中毕业生，还由于要经过严格的语文、音乐、美术和体育（包括身高体貌）面试，还由于中等师范学校招生是优先录取，因此中等师范学校招生是"百里挑一"，一点都不夸张。他们虽然成为中国历史上"独领风骚"的最优秀的一代小学教师，但如今却是没有母校的一群人。

福建省长乐师范学校于 2003 年下半年完全转轨变成长乐高级中学，如今同学聚会故地重游，已经人是物非，往昔的建筑物几乎荡然无存，那教学楼、那宿舍楼、那膳厅的风景，还有那在膳厅有桌子没椅子站着吃饭的往事，都永远地留在了梦里……还好学校周边的环境没有什么变化，东关街、太平桥、下橹桥、解放路北侧的房子包括电影院等依然如故……一路慢行寻觅，心中多少还有当年的感觉，那失落的惆怅也因此有点缓解……福建省长乐师范学校虽然已经远去，但那刻骨铭心的"长师情缘"却如美酒佳酿愈久弥香！

写于 2016 年 12 月

情行庐山一路梦

2017 年 7 月 22 日上午，我带着妻子自驾前往惠安县参加大学同学"崇武古城情之聚"，车行途中，接到学生黄颖的丈夫林恩斌老师的电话，他受妻子的班级同学之托邀请我们夫妻俩参加福建省长乐师范学校 83 级(2)班"相聚 30 年"南昌庐山四日游，并要我们夫妻俩的身份证号码和衣服号码，以便统一购买动车票和订购文化衫。

我们夫妻俩尽管已经去过南昌庐山两次了，但毫不犹豫地接受了 83 级(2)班的邀请，为了那份弥足珍贵的"长师情"。在"相聚 30 年"南昌庐山四日游的前两天，83 级(1)班的一位同学打来电话，邀请我参加他班级 8 月 12 日的同学聚会，很遗憾碰场了。虽然无法参加 83 级(1)班的同学聚会，但我请这位同学向 83 级(1)班的同学转达我的谢意和问好。

2017 年 8 月 11 日上午七点半，我和曾寅春、王声荣、陈恒樵、翁祖兴、游秀梅、林恩斌等七位老师在福州动车北站与 20 多位学生汇合。看到一张张熟悉而灿烂的笑脸，握手问好甚是高兴，我们一起快乐出发……

动车快速行驶，大家热烈交谈说笑，陈华强同学跑前跑后，向每一位老师和同学分发印有"相聚 30 年 ／ 1987—2017 ／ 长师 83 级(2)班"等文字的橙色文化衫……浓浓的"长师情"，让我回想起如梦的往事。

动车飞驰 往事如昨

1984年，福建师范大学体育系毕业后，我从教的第一茬学生是82级两个班和83级三个班共计约200位。虽然每周每班仅两节课，但我在很短的时间内就把他们的名字全部记住了。在我为他们上课伊始，有的学生不遵守课堂纪律，我便直呼其名，一位两位三位……学生们没有想到我会一一叫出他们的名字。学生们被镇住了，没有人敢违反课堂纪律，课堂自然也就有了良好的"教学做合一"的氛围。第二年，虽然学校调整我担任85级(5)班班主任以及85级其他班级的体育教学而不再继续教82级两个班和83级三个班，但我仍十分关注他们的成长。我虽然仅教82级两个班和83级三个班一年，时光已经流逝30多年，但绝大部分学生的姓名以及留下的故事至今仍然记忆犹新。去年底，我应邀参加82级(2)班毕业30周年的同学聚会，写了《在特别的日子 与你再次聚首》一文，把怀念和感动的情思付诸笔端，以抚慰那驿动的心灵，纪念那如歌的岁月。

在福建省长乐师范学校25年（1978至2003年）办学的历史中，招收初中毕业生（1982至1999年）仅有头尾各两个年级共12个班级的学生是四年制的，即82级两个班、83级三个班、98级六个班和99级一个班，是天意是人为还是巧合，已无从考证。尤其82级两个班和83级三个班的学生，他们都是当年中考的佼佼者，按现在的情况来说，如果他们没有报考中等师范学校而去就读高中，完全可能被"985"和"211"名牌大学录取。因为他们的那些当年没有考上中等师范学校的同学，后来很多都考上了大学，有的还考上了北大、清华。

四年时间居然有五位班主任，你说83级(2)班特别吗？一年级班主任先后是吴苏敏（教音乐）和陈恒英（没有上课），二年级班主任是曾寅春（教心理学），三年级班主任是郑瑞金（教体育），四年级班主任是王声荣（没有上课），还好班长一直是一个人担任，其他班委干部和团支委干部没有什么大的调整，时势造就了人才。我认为学生四年时间经历不同个性的五位班主任，未必不是一件好事，学生可以感受五位班主任散发出来的人性光芒，看到世间的斑斓万象，从而树立自尊自立自强的正确人生观。有的学生非常幽默地说，班主任一再更换是学校无奈间对他们进行有意无意的散养，所以同学们一个个都与众不同。我愣了一下才反应过来，随之感觉学生的幽默说法不无道理。30 年后，曾经的班长、其他班委干部和团支委干部已经成长为办事老道的能人，依然是同学们心目中的"将帅"，因此，师恩情怀、同窗友谊才能在 83 级(2)班演绎得如此温馨感人。"将帅"们精心组织"相聚 30 年"南昌庐山四日游，大到邀请老师通知同学提前半个月余，小到订购文化衫、拉杆旅行包和订制纪念牌、红色横幅等，每项工作每个细节都考虑安排得很周详，并做到有条不紊，十分难能可贵。

红色城市 终展画卷

南昌到了，我收回飘飞的情思，感受南昌的变化。我是"生在新社会，长在红旗下"的一代人，是看着"南昌起义"的书籍和电影长大的，在我的心目中，南昌是"八一军旗升起的地方"，是一座令人敬仰的"英雄城"，因此，我每次到南昌都很虔诚地留心观察。1986 年南昌没有给我如歌曲《春天的故事》那般"走进万象更新的春天"的感觉，1994 年南昌给我的感觉仍然是"春风不度玉门关"，如今 23 年不见，南昌"展开了一幅百年的新画卷"，到处是高楼林立、道路宽畅、莺歌燕舞、旧貌换新颜。南昌，你终于令我刮目相看！

南昌是一座历史悠久的文化古城，"滕王阁"是最著名的标志性建筑。在我国古代习俗中，人口聚居之地需要风水建筑，聚集天地之灵气，吸收日月之精华，因此滕王阁在古代被人们看作是吉祥风水建筑。人们到南昌旅游大都是冲着"滕王阁"。"滕王阁"因唐太宗李世民之弟——滕王李元婴始建而得名，又因初唐诗人王勃诗句"落霞与孤鹜齐飞，秋水共长天一色"而流芳后世。"滕王阁"屡毁屡建，先后共重建达29次之多，今日之"滕王阁"为1985年重建，于1989年建成，与始建的古貌相比更为气派，成为江南三大名楼之首，因此有"不登滕王阁不算到过南昌"之说。我虽然两次到南昌都登上"滕王阁"，但如今仅记得1994年那一次与父亲、妻子以及女儿一起在滕王阁六层观看古装戏演出。

　　下午四点许，乌云低垂，星雨点撒。在小广场上集体合影和个人留影以后，我仰望雄伟壮观的滕王阁，最高层的横匾"滕王阁"和第一层的横匾"瑰伟绝特"，十分引人注目。我一边赞叹人类巧夺天工的伟大，一边拾阶而上逐层认真观赏……楼外倾盆大雨哗哗地下着，我有感而发：登阁观赏雨倾盆，楼廊凭栏看南昌，雨中即景任穿越，君临天下多感想。

庐山恋曲　回响耳畔

　　第二天上午，天空阴沉，下着零星小雨，我们离开锦都皇冠酒店，乘坐中巴继续行程前往庐山。就要离开南昌了，但导游小崔关于南昌的介绍还没有说完，于是在大家的催促下，导游小崔继续介绍南昌。导游小崔说南昌古称"豫章"，市树是"樟树"，因为江西樟树特别多，有一个地方就叫"樟树市"。导游小崔问大家想听"樟树的传说"吗？大家立马回应叫她不要卖关子赶快说。"江西人重男轻女思想很严重，从前谁家里要是生了一个男孩，就会请人敲锣吹喇叭放鞭炮从村头走到村尾逛一圈；谁家里要是生了一个女孩，便不声不响地在自己的庭院内种上一棵樟树，女孩长大要出嫁了，樟树就被砍倒，做成箱子装嫁妆。"导游小崔说完，人称"才女"的林玉琴同学马上说道："崔导，你讲的'樟树的传说'中的'樟树'不是南昌市树的樟树，准确地说应该是'香樟树'，只有'香樟树'才能做陪嫁的箱子。"导游小崔没有想到遇见了学识广博的"才女"，难以忽悠过去，显得很尴尬，一时愣住缓不过神来。"才女"林玉琴干脆直接拿过导游小崔手中的话筒，接着导游小崔的话题，继续娓娓讲述香樟树的特点功用和江南民间男女提亲相亲以及婚嫁的习俗，大家听罢鼓掌叫好。

一路上，雨越下越大，我们说着笑着不知不觉中到了庐山脚下的停车场。导游带领我们冒雨到"庐山南门游客服务中心"换车上山。我记忆中以前两次来庐山旅游，乘坐的客车都是直接开到山上牯岭街客运站，看来庐山风景区的管理更加有序了。

庐山，我又来了！中巴车盘山而上，山路窄小七拐八弯，我的身体随车左右摇晃，脑海澎湃起一朵朵记忆的浪花——

很小的时候，我就从大人的谈论中知道了庐山，但印象很朦胧，庐山在哪里并不是很清楚，感觉庐山很遥远，后来初中语文老师在课堂上旁征博引生动形象地讲析毛主席的《七绝·为李进同志题所摄庐山仙人洞照》，庐山在我的心目中才渐渐地印象清晰深刻起来。由于很喜欢这首"七绝"，还特别喜欢"无限风光在险峰"这一句，因此，我在每一本教科书的封面上都写下"无限风光在险峰"以自勉，至今我还能一字不漏地脱口而出："暮色苍茫看劲松，乱云飞渡仍从容。天生一个仙人洞，无限风光在险峰。"

庐山令我向往，那是因为1980年秋，我读大一时看了《庐山恋》电影。《庐山恋》电影集秀丽风景和纯美爱情为一体，那如画的风景，那浪漫的爱情，那吻戏的清新，那女主角的靓丽时装秀，十分强烈地撩拨着人们的心弦，十分震撼地影响着那个时代的年轻人。

我的第一次庐山之旅是在1986年暑假。学校组织老师旅游，旅游线路老师自主选择。热恋中的我与她选择了游览庐山，选择游览庐山的还有一位男青年教师和一位女青年教师，我们四人在庐山游览了两天。那时游览庐山，对我和她来说完全是爱情之旅，我打心里希望另外同行的一对男女青年教师也是爱情之旅，但最后他们俩没有牵手成功。当年，我和她一起游览庐山，其实是爱情至上，看风景只是其次，《庐山恋》电影中出现的风景和毛主席的《七绝·为李进同志题所摄庐山仙人洞照》所提及的地方，只是走马观花而已，晚上观看《庐山恋》电影自然是一番情感波涛。我看完《庐山恋》电影，也就知道了这家电影院自从《庐山恋》电影火了以后，把原来的"东谷电影院"更名为"庐山恋电影院"，专门放映《庐山恋》电影，每天晚上连续演两场，常常是座无虚席，经久不衰。去庐山旅游的那些"上了年纪的人"几乎都会去观看《庐山恋》电影，一则感受印证庐山风景的"美"，二则感受回味青春爱情的"美"。至于其他游客则更多的是通过观看《庐山恋》电影感受印证庐山风景的"美"。31年时光虽然淡化了许多记忆，但庐山那原生态纯自然的美，已经永远留在我的心间。

　　我的第二次庐山之旅是在1994年8月中旬。当时我是学校政治处副主任，协助党支部副书记、副校长陈震旦带领福建省长乐师范学校学生干部夏令营去南昌、庐山等地开展革命传统爱国教育活动，我的父亲、我的妻子以及我那六岁的女儿自费随行。八年后，我再次游览庐山的主要目的是让已经74岁高龄的老父亲趁着还走得动，好好看看"江山如此多娇"的风景。我们在庐山住了两个晚上，游览了花径、仙人洞、含鄱口、三叠泉、五老峰、芦林湖等著名景点，我不仅很认真观赏每一个风景，而且用"135"照相机留下了许多珍贵的彩色相片。因为父亲和女儿白天去游览三叠泉比较劳累想早一点休息，所以我和妻子晚上没有再次和学生干部一起去观看《庐山恋》电影。23年过去了，由于平时偶尔还会拿出影集翻看当年的相片，所以对含鄱口、天桥、险峰、仙人洞、龙首崖等风景，我还是有一些印象。

　　前不久"崇武古城情之聚"，我的那些大学同学笑谈往事，还对《庐山恋》

电影津津乐道。男同学 34 号眉飞色舞地调侃："《庐山恋》是改革开放后的第一部有'吻戏'的爱情电影，当年我和一个男同学一起连续看了十几遍，从省军区礼堂看到台江电影院，就是冲着那'吻戏'去的，每当到了'吻戏'时，那个男同学就相当兴奋……"他相当夸张地边说边惟妙惟肖地模仿那个男同学的兴奋神态，大家一个个都笑得前俯后仰。真没有想到，大学同学关于《庐山恋》电影调侃的话语还在耳畔回响，我又开始第三次的庐山之旅。

再游庐山 别样意境

中午时分，雨还在下，我们到达山上牯岭镇，入住"仙境酒店"。下午原计划是"相聚 30 年"座谈会，但由于还有几个同学正在赶往庐山的路上，因此"相聚 30 年"座谈会只好往后推。

下午三点多，我们先后参观"庐山会议旧址"和"庐山抗战纪念馆"。在"庐山会议旧址"——庐山人民剧院，我仿佛看到"庐山会议"变幻莫测的政治风云，"神仙会"变成"批判会"，纠正"左"倾错误变成揭发批判"右倾机会主义"和"反党集团"。在"庐山抗战纪念馆"——前身是庐山牯岭图书馆，看着由著名抗战将领吕正操题写的"庐山抗战"横匾，我眼前便浮现《吕正操 1942》电影画面：吕正操率领冀中军区主力部队及党政军首脑机关跳出敌人的合击圈，彻底粉碎了日寇"五一大扫荡"的图谋；看着墙壁上那些或模糊或清晰的黑白相片，我隐约听见隆隆的枪炮声和慷慨激昂的抗日救亡的歌声："大刀向鬼子们的头上砍去……"心情沉重之余不禁发出感慨：一个泱泱大国，怎么就让小日本铁蹄任意践踏？

一程山水一路情。傍晚刚刚加入 83 级二班"中国·长师"微信群的翁祖兴老师发布了热情洋溢的《庐山行——为长师 83 级(2)班同学毕业 30 年聚会戏作(一)》，共 12 小节，摘选其开头一小节："缘分起长师，名册在二班，四年

121

同窗谊，悠悠长师情。"大家点赞叫好。紧跟着陈恒樵老师按捺不住激动的心情也发布《七绝·长师83级(2)班聚会感怀》："结缘有幸始长师，聚首庐山创新意。三十年来人世路，韶光欢度贺心怡。"并附一副对联："缘结当年，共砚同窗最美意；情绵今世，是师亦友证初心。"大家点赞多多。

晚上，我们漫步牯岭镇街头，感受"镇在山中山在镇中"的奇秀夜色。走着走着，前方一个地方显得特别的明亮，走近一看原来是庐山恋影院，只见"庐山恋影院"五个大字透着黄色的亮光，旁边的墙壁上是灯光照射的巨幅《庐山恋》电影广告：演员郭凯敏和张瑜拥抱亲吻，左上方是"庐山天下恋 / 天下恋庐山"两行红色草体字，左下方是"1980年7月12日首映 / 2002年12月12日荣获吉尼斯世界纪录"两行红色黑体字。我们都是那个时代走过来的人，《庐山恋》电影突显鲜明的时代印记，是新中国爱情电影的里程碑，这部意义非凡的老电影再一次勾起我们怀旧的情绪和青春的记忆，于是二十几个人一起入场观看。由于我们不是准点入场，因此只能先看后半部，还好后面还有一场，可以接着看上半部。虽然已经过去30多年了，但感觉仍然那么亲切，好像还是昨天的事……走出影院，余兴未尽，我便在影院入口大厅溜达一圈，认真阅览墙壁上那些关于《庐山恋》电影的后续海报，如"漫话庐山恋电影院"、"庐山恋——台前幕后"、"庐山恋大事记"、"永远的庐山恋"以及导演、编剧、男女主角的今昔介绍……我非常赞赏如下对《庐山恋》电影的评论："《庐山恋》是中国电影史上一个永远的传奇。""《庐山恋》不仅将拥有人、文、圣、山四大特点的庐山镀上了一层温情的颜色，更为庐山的秀丽风景增添了别样的情愫，庐山与《庐山恋》，已经成为彼此的寄托，二者的结合，在中国乃至世界名山旅游景区中，独树一帜。"

我走出庐山恋影院时，特意问影院工作人员："《庐山恋2010》是否有放映过？""有放映了几场，但观众不多，后来就不放映了。"《庐山恋2010》是《庐山恋》电影的续作，其主题曲《最初》十分好听，我看过以后非常同意影评的观点："《庐山恋2010》相比30年前的《庐山恋》更具时代气息，都市的迷离夜色和庐山的浪漫美景都表现得很完美。"但遗憾的是据说《庐山恋2010》拍摄投资1000万，于2010年10月上映，截止到2011年2月22日票房只有150万。

离开庐山恋影院，我们三位老师和几位学生在牯岭街心公园旁的夜宵店，一边小酌一边继续话说《庐山恋》电影。临近午夜漫步回到下榻的仙境酒店，我的心情还没有平复下来，有道是：山顶小镇不夜天，牯岭街道步浪漫，庐山恋情梦青春，仙境酒店难入眠。

想不到翁祖兴老师居然也夜不能寐，写下观看《庐山恋》电影随笔并于午夜发布在微信群，引起大家共鸣，摘录其中一段："这影片现在看来嫌淡，可当年同样被认为不规矩，因为它破天荒的吻戏让情窦初开的小青年知道，这嘴巴不但可以用来吃饭，可以用来骂人，原来还可以用来啪叽啪叽的接吻，还那么飘飘欲仙。嘿，这张瑜，也真是的，想当年，害的多少好男女心旌摇曳，甚至为了多买几次票，连可怜的几毛菜金都省了，至于吗？现在想来傻逼一个，何止二百五！"

第二天上午的行程是游览含鄱口、植物园、庐山博物馆等。几位同学想早起去含鄱口观云海看日出，但因为下雨而泡汤了。八点多出发时，天空仍然下着小雨，但我们到含鄱口却雨过天晴，于是在石坊前的台阶上集体合影留念。以前两次来庐山都是晴天，特别是1986年那一次，热恋中的我们很早起床，赶在黎明前到达含鄱口观云海看日出，目睹毛泽东在《七律·答友人》中所描写的"红霞万朵百重衣"的壮丽景象。这一次雨后站在含鄱口，凭栏远眺，看到的是"乍雨乍晴云出没，山雨山烟浓复浓"的风光。前方鄱阳湖被浓云薄雾遮盖，左边"太乙峰"、右边"五老峰"仅露出峰顶一小截，薄雾如絮如烟，有的逗留缠绕峰顶，有的一晃飘过峰顶……眼前的一切竟让我想到一首歌名《像雾像雨又像风》。雨后游览含鄱口别有一番情趣：凭栏远眺白茫茫，鄱湖

123

躲藏难望见；云雾追风任逍遥，山峰隐现霎那间。

庐山旅游说：不到三叠泉，不算庐山客。吃过午饭游览三叠泉，我因为实在中午犯困而没有随众前往。当然还有主要原因，那就是以前两次游览庐山，我都去看过"庐山第一奇观"三叠泉瀑布："上级如飘云拖练，中级如碎石摧冰，下级如玉龙走潭"。每每身临其境，我便都会联想到李白写的《望庐山瀑布》：日照香炉生紫烟，遥看瀑布挂前川。飞流直下三千尺，疑是银河落九天。

同学终于到齐了！沈小群同学赶来了，林叶青同学到国外旅游一回到家就马上赶来了，旅居澳大利亚墨尔本的陈昭航同学听说同学聚会特意回国赶来了。晚上八点召开"相聚30年"座谈会，师生们围桌而坐，老班长林晖同学担纲主持侃侃开场，他首先对老师应邀参加"相聚30年"庐山之旅表示由衷的感谢，对众多同学踊跃参加"相聚30年"聚会感到十分高兴，特别感谢陈华强做了大量准备工作，感谢沈小群同学精神和物资的大力支持，感谢陈昭航同学不远万里回来参加同学聚会，感谢因为公务无法脱身的陈文同学；其次通报"相聚30年"聚会经费赞助情况：沈小群同学三万元，林晖同学两万元，陈文同学和陈昭航同学各一万元，陈敬标同学五千元，等等；其三鉴于沈小群同学毕业后的突出表现，提议沈小群同学任83级(2)班的副班长，同学们热情鼓掌通过。对这"迟来的爱"，沈小群同学"尤抱琵琶半遮面"，遗憾当年没能担任班干部，感叹30年后梦圆庐山。

接着主持人老班长林晖同学要求大家言简意赅地谈感想说人生过往，主要是情感线和事业线。林晖同学见大家不吭声就自告奋勇开了头炮，他说话诙谐幽默，还捕风捉影借题发挥，以致招来老师和同学插话，其乐融融笑声不断……他说完后点名请师娘黄颖同学说一说与林恩斌老师的恋爱史。

黄颖同学还没有反应过来，林恩斌老师就主动接过林晖同学的话题，说起他和黄颖同学的恋爱史。他说他大学毕业才20岁，那一年很偶然被安排教83级(2)班一年的物理课。83级(2)班的物理课原来是另外一个物理老师教，后来因为那个物理老师身体的原因，学校把 83 级(2)班的物理课调整给他教。他说当时刚刚当老师，站在讲台前脸还会红，不敢看下面，怎么会知道黄颖同学坐在哪里，那时还没有谈恋爱的想法。他说他谈恋爱还是向林华老师学的，他与林华、曾寅春、方志强等十来个老师是同一年分配到学校。他说有一天他们三个单身汉老师一起把篮球当足球踢，结果把篮球踢坏了，他去找林华老师借球，但林华老师不在宿舍，有人说林华老师回家，与曾寅春老师一起走，林华老师的家就在学校附近。哦，林华老师和曾寅春老师在谈恋爱！他心中的那种男女之情被激发……看到同一年分配工作的好几个青年老师都在忙着谈恋爱，他心动了。他说他和黄颖同学谈恋爱，其实是黄颖同学毕业以后好心人牵线搭桥的结果。林恩斌老师和黄颖同学的所谓"师生恋"终于有所揭秘，大家的猎奇心理多少得到一些满足。林恩斌老师娶黄颖同学为妻自然而然成为 83 级(2)班同学聚会永远的美丽话题，因为对 83 级(2)班的同学来说，林恩斌老师既是老师又是妹夫，而黄颖同学既是同学又是师娘，他们的关系还挺复杂的。

学生是看着我和他们的班主任曾寅春老师谈恋爱，因此轮到我讲话时，学生很起劲地希望我也说说恋爱史。我看已经 11 点多了，于是就长话短说："我去年底出版了一本书，书名叫《年轮圈圈道道情》。我已经把多家新闻媒体对《年轮圈圈道道情》出版发行情况的报道制作成视频，上午发到微信群让大家看。你们是我从教的第一茬学生，我将每人送一本《年轮圈圈道道情》，我和曾寅春老师谈恋爱的情况，基本上已经写在书里，请大家看书就好。"我很轻松地把"球"往下传。

学生还真有点"没大没小"，但可以理解而且老师们也乐意说，因为老师们感觉与可爱的学生在一起，不仅很开心快乐而且变年轻了，因此不管出生年份是六字头的，还是五字头和四字头的，七个老师都把自己的情感和婚姻翻出来晒了一番，让学生感受不同年代的爱情观、人生观和价值观。

30 年漫漫人生路，三言两语道不尽酸甜苦辣，我的心情随着不同的人生故事时扬时抑如同过山车……顺利成功幸福过，遇到困难坚强过，牵挂友爱温暖过，这是同学们的人生故事给予我的感受。大多数同学30年如一日，无论是分配中学还是小学，一边坚守三尺讲台教书育人，一边坚持学习提升学历直至拿到本科文凭，凭着坚实的基本功和高度的事业心，默默无闻地在教学第一线为共和国的教育大厦夯实基础。尤为可贵的是当年有一些同学信心百倍，敢于挑战，被分配到中学任教，很快就脱颖而出，成为学校的教学骨干，非常不容易之中显示出"中师生"厚积薄发的惊人态势，令人钦佩和敬重。陈敬标同学先后担任初级中学校长、职业中专学校校长、高级中学校长，七年前就已担任闽清一中校长、高级语文教师；高芳华同学如今是福州建筑工程职业中专学校副校长、高级语文讲师，她的女儿是北京大学硕士研究生毕业现已参加工作；曾经的学生会副主席陈忠标同学如今是福清市融城中学一级音乐教师、福清市音乐舞蹈家协会副主席、福建省音乐家协会会员、福建省钢琴协会会员；林庆强同学是平潭职业中专学校英语讲师。被分配到小学任教的同学，大多数出类拔萃，成为颇有影响的人物，沈小群同学曾担任福建省长乐师范学校附属小学副校长，是"国家级骨干教师"，被评为"福建省优秀教师"，后辞职下海经商生意红火；林玉琴同学是长乐市首届小学语文学科带头人，是教育部"国培计划"班主任远程培训特聘专家，被教育部评为"国家优秀辅导老师"；陈勇同学是福清市百合小学副校长，一级语文教师；陈华强同学是福清市高山中心小学工会主席，一级语文教师。翁玉强同学毕业后去日本名古屋大学攻读研究生，获得文学博士学位，如今是福建师范大学文学院的讲师。一些同学转行任职于党政机关或企事业单位，工作出色，成绩斐然，如陈文同学现在担任福清市人民政府办公室主任；薛辉同学现在是福清市委统战部副主任科员；林勇同学曾被评为"福建省优秀教师"，现在担任平潭县北厝镇党委组织委员；老班长林晖同学现在是中国医药集团福建医疗器械有限公司副总经理，他的儿子毕业于中国人民大学，现在是中国人民大学校长的秘书；陈昭航现在澳大利亚墨尔本从事房产投资兼管公司的财务工作……不一一列举，总之83级(2)班人才济济，每一个同学都舞动人生大有作为，谱写了一篇篇绚丽的华章。

时间已到午夜，尽管白天旅游甚是辛苦疲倦，但师生们仍兴致勃勃没有要结束座谈会的意思，鉴于第二天还要继续游览，稳重老道的主持人老班长林晖同学不得不让"班会"结束。他请全体同学起立向老师致谢祝福，接着组织老师和同学在"毕业30周年同学会——长师83级(2)班"的红色横幅上签名纪念，最后"相聚30年"座谈会在师生合影中圆满结束。从毕业十周年会聚长乐下沙度假村，到毕业20周年榕城年段同学大聚会，再到"相聚30年"庐山之旅，都充分显示83级(2)班是一个凝聚力特别强大、关系特别和谐、感情特别深厚而且特别懂得感恩的优秀团队。

最后一天上午游览的景点是三宝树、黄龙潭、乌龙潭、天桥、险峰、仙人洞等。就要告别庐山了，我们在仙境酒店门口留下一张集体合影照片后，游览三宝树、黄龙潭、乌龙潭等景点，后由于突然下起倾盆大雨而中止游览天桥、险峰、仙人洞等景点。

吃过午饭，我们乘坐中巴车下山。可能是下山车速比较快以致车身摇晃比较厉害的原因，中巴车到达山脚中转站时，好几个人晕车憋不住呕吐了。休息片刻，我们转乘旅行社的中巴车前往庐山动车站，在即将登上动车返回之际，高芳华同学发布散文《缘起长师 情牵三生——贺中国长师83级(2)班30周年聚》，其开头语是："忆往昔，青葱岁月稠。一群十五六岁的少男少女，扬着脸上的自信，带着满满的自豪，揣着朦胧的梦想，一头扎进了长师的怀抱。"大家点赞连连……

庐山归来 情思难平

回到家已经三天，但翁祖兴老师的心还在庐山，他继续发布《庐山行——为长师83级(2)班同学毕业30年聚会戏作(二)》，共16小节，又挑起师生们的"庐山情思"，摘录头尾两小节："谈罢庐山恋，又濯三叠泉，飒飒含鄱口，滚滚云雾绕。……有幸来相邀，花甲庐山行，行行复行行，殷殷师生情。"

　　南昌庐山四日游的行程安排是很宽松的，完全可以说是休闲游，再者许多人已经不是第一次游览庐山，更何况"相聚30年"着重在于回首漫忆长师缘、同窗谊、师生情。"相聚30年"与庐山之旅结合那是相当完美的"情行庐山"，也许有一天会成为《庐山恋》电影又一姊妹篇《庐山情》。

　　庐山之行在于情，那是青春之情、同窗之情、师生之情，真是："情行庐山一路梦，心聚卅年一生缘！""相聚30年"南昌庐山四日游，我与学生相伴相随，倍感时光倒流，欢乐无限，开心无限，梦回无限，感动无限。谢谢你，83级(2)班！谢谢你们，83级(2)班的同学！因为你们的惦记和盛情，我的人生又多了一个美好的记忆，我的"长师情"又增添了一份沉甸甸的骄傲。

写于 2017 年 8 月

庐山含鄱口

从教第一年的记忆

长乐，你好！我如当初轻轻地离开一样，轻轻地回来了！

大学毕业，喜悦和眷恋的情感强烈地交织着，我虽然学习成绩优异，具备了留校（七个名额）和留在省城单位（也有好几个名额）工作的条件，但却毅然决然地选择了福建省长乐师范学校（以下简称"长乐师范"），一则长乐师范是省属中专学校，二则我可以在家乡工作，真可谓一举两得。

长乐师范，你好！我轻轻地来了，为了那个不经意中浮现的梦想！

1984 年夏天，我与其他 11 位福建师范大学毕业生（政教系的方志强，中文系的黄玉明、祁淑兰、白晓梅，物理系的林恩斌，教育系的曾寅春、陈孟流、林新华，艺术系的王新忠、陈绍升，体育系的金辉）"戴帽"直接分配到长乐师范任教。还不到一年，白小梅老师就先行调到福州，但不久便英年早逝。后来断断续续先后调动的有：陈孟流调回老家，到闽清教师进修学校任教；祁淑兰先调任长乐一中政教处主任，后调到长乐教师进修学校任副校长；王新忠、陈绍升调到长乐一中；曾寅春调到长乐教师进修学校；我也于 2005 年 9 月调任长乐华侨中学副校长。

人生翻开新的一页，从教生涯开始了，一切都是那么新鲜和充满希望，尽管长乐师范复办已经六年，勉强说初具规模，但办学条件还是相当的简陋，"道路不平，路灯不明，电话不灵"是真实写照。当初选择长乐师范，我还缘于我的两个高中同学（也是福建师范大学毕业）已经在长乐师范任教，我相信他们的选择。

按规定是8月15日以后才报到，但是我却提前参加工作。由于长乐师范招生面试的体育项目测试工作人手不够，所以学校派人通知我提前报到，参加招生面试的体育项目测试工作，后来听说那是陈恒樵老师（在政治处任职）向学校领导建议的。记得陈振芬老师与我一起负责长乐考生面试的体育项目测试工作，他是物理老师，可见当时长乐师范体育老师确实比较缺乏。就这样1984年长乐被录取的考生，其面试的体育项目测试成绩表上留下我和陈振芬老师的签名。

记得当时面试除了身体外貌观察外，体育测试有三项，即短跑60米、立定跳远和掷铅球。长乐考生面试地点就在长乐师范内，学校没有体育场，短跑和掷铅球就在教学楼前面护坡下一条所谓的"跑道"（东西向，起点和终点高低起码相差五六十厘米）和临时整理出来的"投掷区"进行测试，而立定跳远测试则是在教学楼西侧的耳房前面护坡上的空地上进行，所谓的"沙坑"也是临时用砖砌成长方形状，并请人运了几辆板车的沙放在里面而将就使用。

学校依山而建，没有像样的大门，没有围墙，校园是全开放的，不要说任何人可以随便出入，就是牛羊被赶着上山也是从校园中穿过，而且随地拉屎拉尿，到处是臭味。学校建筑物不多，勉强可以办学，一座四层16间的教学楼，一座多用途膳厅（一层是体育器材室和活动室，二层是膳厅兼礼堂），两座学生宿舍楼（其中一座是三层半，俗称"旧学生宿舍"；另一座是五层半刚刚竣工，俗称"新学生宿舍楼"），一座四层32间的教工宿舍楼（俗称：单身汉老师楼或白砖楼），一座两层8间教室的红砖楼（原先是东关小学的，后来被征用了），还有教学楼前未拆掉的几间简易建筑工棚。教学楼护坡前，虽然有一块比较大的填土空地，但两头的落差起码有八九十厘米，斜坡十分明显。

办公用房和教师宿舍紧缺。行政办公室和教研组分散在不同的地方，有的在三层半那座学生宿舍楼，有的在教学楼耳房，有的在红砖楼，教工开会是在红砖楼二层东侧的第一间教室。膳厅有桌子没有椅子，教师和学生都是站着吃饭。记忆中，当时于伦通书记是住在教学楼西侧二层耳房，施传文副校长的厨房是在简易建筑工棚（与其住宿的地方还有一段距离），林祥彬主任是住在教学楼西侧围墙边的简易房二层（一层是仓库）……

当时学校领导有党支部书记于伦通，主持学校行政工作的副校长施传文，分管教学工作的副校长刘宜勇。于伦通书记是山东南下干部，他讲话山东方言腔调太浓，如果讲话速度快，我就几乎没听懂一句，当他与我讲话时，我出于礼貌和尊重，不管是否听懂都只好装着听懂哼哼应付。主持学校行政工作的副校长施传文是长乐本地的老革命干部，他在上世纪 50 年代曾经担任过三年的长乐初级师范学校副校长兼党支部书记，长乐师范是在他的努力争取和奔波下而兴办起来的，他可谓是长乐师范的兴办元勋。分管教学工作的副校长刘宜勇，富有素养，文质彬彬，和蔼可亲，讲话轻声细语，业务能力很强，十分爱惜人才。1985 年 6 月，于伦通书记和施传文副校长一起退居二线，被福州市委任命为学校督导。

学校部门领导政治处主任是林祥彬，教务处主任是李庭福，总务处负责人是朱启浦。当年学校没有设办公室，政治处统管学校的党政事务、人事调配、教职工政治学习、班主任安排等。林祥彬主任正气凛然、廉洁奉公，平易近人，深得人心，1985 年 6 月经考核被福州市委任命为党支部书记、校长。李庭福主任为人忠厚，工作勤恳，是受人尊敬的长者。总务处负责人朱启浦待人和气，人缘极好，找他办事几乎是有求必应。

当时体育、音乐、美术三个学科合起来老师就十来位，即体育学科有陈传大、郑瑞金、林瑜，音乐学科有陈和忠、刘端佳、黄明华、吴苏敏、曹林，美术学科有郑培源、陈公达、林敏，因为办公用房有限，因此三个学科合成一组，简称体音美教研组，陈和忠老师担任组长，教研组设在教学楼西侧一层耳房。后来随着我和金辉、王新忠、陈绍升四位老师加入，体音美教研组人员就显得多了起来。陈传大虽然是体育老师，但他在我入校时，去学汽车驾驶，学成归来专职驾驶校车，先后驾驶"解放"牌大货车、"北京"牌越野吉普车、"山峰"牌中巴车和"桑塔那"小轿车。

我教82级两个班和83级三个班（都是四年制）各两节体育课，还兼任男生管，住在五层半那一座楼的303房间，相对于同时分配来的其他教师两人一间要宽畅很多。金辉老师教84级四个班（入学时是四年制，后来到二年级第二学期改为三年制提前一年毕业）各两节体育课，还兼任女生管，住在五层半那一座楼的407房间，开始金辉和祁淑兰、曾寅春合住，不久祁淑兰就搬走住在另外的地方。宿舍楼后面是山，且学校地处风口，那刮风的声音与传说中的"鬼哭狼嚎"没有什么两样，对于外地来的三位女教师来说，产生心理恐惧是很自然的，更何况推窗就能看到后山上的一些若隐若现的墓穴。

记得当时除了普师班学生外，还有民师班（两年制）学生。民师班学生年龄都很大，大多数成家有子女，因此校园学习和生活就显得异常辛苦。我和金辉老师因为是初生牛犊，所以工作就特别的认真，不管是普师班学生还是民师班学生，一律按照学校规定严格管理。现在想起来，还真难为了民师班的学生，因为他们是被耽误的一代读书人，长期担任民办教师，经历了千辛万苦，一把年纪再上考场，终于获得重返校园学习的机会，以求得一张文凭和一个名正言顺的正式教师身份。

一分耕耘一分收获。我白天认真上好每一节课，短时间内记住每一个学生姓名，十分有效地开展课堂教学；课余时间特别是早晨、中午、晚上努力做好生管工作。我起早贪黑、全力以赴、埋头苦干、勤奋作为的表现，得到许多老师的认可和部门以及学校领导的充分肯定。

1985年5月中旬，我在《体育报》上看到陕西健身运动学院（在西安市区）将举办为期一个月的"全国健美教练员培训班"的消息，随便填写并邮寄了参加"全国健美教练员培训班"的报名单。没想到十几天后，陕西健身运动学院还真的寄来了同意我参加"全国健美教练员培训班"的通知函，当时我有一点骑虎难下。我大学毕业工作还没有一年，学校领导会批准吗？我拿着陕西健身运动学院的通知函，并不报什么希望地向学校领导申请前往西安参加为期一个月的"全国健美运动教练员训练班"学习。可能是我平时工作有上乘表现的原因吧，分管教学工作的刘宜勇副校长很快就同意我的请求，接着主持学校工作的施传文副校长也批准了我的请求。我喜出望外，真没想到学校领导这么厚爱我！于是我有了人生的第一次远行，而且收获颇丰。在陕西健身运动学院，我比较系统地学习了健美运动理论以及训练方法，授课者是被誉为"中国健美之父"的娄琢玉教授（那时他已经60岁，2005年去世）；还比较系统地学习了健身操（包括青春操和减肥操）和健美舞（就是如今盛行的"广场舞"）的编排理论和练习方法，授课者是北京体育学院的一位著名女教授（时过30多年，姓名已经记不起来）。健美运动在我国是新兴的体育项目，"解放思想"的春风吹拂神州大地，健美运动的先行者闻风而动，北京、上海等地先后举办了"全国健美教练员培训班"，但那个时候人们的健美健身意识还羞羞答答，什么"比基尼"、"交谊舞"等还不能大方地接受，因此健美运动和健美操、健美舞不要说在长乐难以推广，就是在省城福州也很难推广。可现在人们健身积极性空前高涨，已经不止"一亿人民在跳舞"，无论是旭日东升还是华灯初上，雨后春笋般遍地的公园、广场，音乐激昂，人影晃动，尽是"莺歌燕舞"

的风景。

1985 年 9 月，新学期伊始，我被学校安排担任 85 级(5)班班主任，生管工作由陈桂柏老师接手。

1985 年 10 月，学年度评选先进，经教研组几个老师提议和组长陈和忠老师的极力推荐，以及学校领导的研究决定，我被评为"1984—1985 学年福州市教育先进工作者"。

1985 年底，体音美教研组分设体育、音乐、美术三个教研组，我被任命为体育教研组组长。

风华正茂劲冲天，豪情万丈疾向前。我在充满阳光的路上，信心百倍，放飞梦想……

写于 2018 年 6 月

说不完道不尽

——再致福建省长乐师范学校 85 级(5)班

今天的聚首，真的好像是在做梦，因为 30 年一晃而过！一年说一句话，30 年说 30 句话，恐怕也说不完从前相遇的缘分，道不尽握手挥别的怀念。

今天，我们又相约长乐，欢聚一堂，这是缘分修来的福气。见到这么多同学，我感到由衷的高兴。相约是因为怀念从前，牵挂彼此，那是心灵的呼唤；欢聚是因为缘分美丽，开心快乐，那是情感的涌动。

33 年前，同学们正值青葱花季，而我风华正茂，刚刚从教一年，有幸成为同学们的班主任，与同学们共同拥有了福建省长乐师范学校（以下简称"长乐师范）85 级(5)班的名号，从此缘定一生，魂牵梦绕。

当年我带领同学们走进新的天地，豪情满怀扬信心，同舟共济挂云帆，风雨兼程把歌放，抱团取暖共成长，那如歌岁月、如画情景已深刻地留在那脑海里，至今，我为自己有中师教育的经历而自豪满满。

当年因为年轻，还没有经历太多的世态炎凉、现实骨感的磨砺，所以，我成为同学们的老师并没有过多的思考和感悟，直到长乐师范荣耀谢幕，校园里不再有昔日那般"语音范读、三笔挥舞，歌声荡漾、琴声悠扬，操场喧闹、加油呐喊"的浓郁氛围，我才倍感自己成为一代优秀中师生的老师是十分的骄傲和荣幸，因为同学们的优秀已经被载入共和国教育的史册，辉映了一个时代的进步。

30年时光荏苒，同学们都已经成为一方翘楚。我在《独领风骚的一代人》文章中写道：由于中师生是中考"佼佼者"中的"佼佼者"，再加上年龄小，可塑性强，因此通过三年或四年的普师专业学习，他们成为教师队伍中发展最全面、素质最高、业务最强的一个非常特殊的群体。中考的"佼佼者"当小学教师，这在共和国的教育史上恐怕是空前绝后的风景！现在到小学任教虽然是高师毕业生甚至是研究生，表面上"文凭"提高了，但为师的能力与"一代中师生"比起来，不少方面还是难以望其项背的。

今年是长乐师范复办40周年，荣耀谢幕15周年，为了长师情结和难以忘却的记忆，我心血来潮决定编撰《留住时光的脚步——福建省长乐师范学校的记忆》，献给"长师人"，以深情的文章和详实的史料告慰未来，曾经有那么一群优秀的"长师人"谱写了共和国教育辉煌的一个篇章。

谢谢同学们给予共和国的感动，谢谢同学们给予母校的骄傲，谢谢同学们给予曾经的中师教育工作者的光荣！

我为同学们长乐师范毕业30年再聚首——"相约长乐，欢聚鼓岭"点赞！祝同学们吉祥如意、身体安康，家庭幸福！

注：这是2018年7月14日晚上，在福建省长乐师范学校88届(5)班毕业30年再聚首酒宴上的讲话。

写于2018年7月

情思又一次飞扬

相约长乐再聚首，记忆往事心潮涌；

三载情，一生缘，魂牵梦萦三十年。

巍巍的六平山，依然那么翠绿高昂；

清清的汾阳溪，还是那般不息流淌。

我们回来了，举目寻觅，东张西望，

从前的教学楼、宿舍楼、膳厅，影踪不见。

哦！记忆中的长乐师范，已荣耀谢幕15载；

星移物换，惆怅的情绪在传染，在弥漫。

你如烟飘逝，渐行渐远，恋想变成无尽的感慨；

时光的脚步啊，请你慢一点，再慢一点！

25年樟城聚首，我抒发情思《真的没想到》，

30年航城再聚首，我的情思又一次飞扬。

88届(5)班又给我一次"真的没想到"的惊喜，

因为两位翘楚为《留住时光的脚步》出版发行慷慨解囊。

啊，太平桥，美丽的愿望，地久天长；

啊，长乐师范，深情的怀念，地老天荒！

注：① 2018 年 7 月 14 至 16 日，福建省长乐师范学校 88 届(5)班举行毕业 30 周年"相约长乐 欢聚鼓岭"活动。 ②"30 年"是指 88 届(5)班毕业 30 周年，即 1988 至 2018 年。③"15 载" 是指福建省长乐师范学校退出历史 15 周年，即 2003 至 2018 年。④"25 年"是指 2013 年 88 届(5)班毕业 25 周年。⑤"樟城"是永泰县的别称。⑥"航城"是长乐区的别称。⑦"惊喜"是指俞建和曾颖凌两位学生在聚首期间，分别表示为《留住时光的脚步——福建省长乐师范学校的记忆》（上、下册）编撰出版发行捐款 10 万元、3 万元。

写于 2018 年 7 月

原福建省长乐师范学校，现福建省长乐高级中学

时光脚步 辉映千秋

——《留住时光的脚步——福建省长乐师范学校的记忆》后记

2018 年，改革开放 40 周年，福建省长乐师范学校"荣耀"谢幕 15 周年。在这特别的时间节点，为了纪念福建省长乐师范学校办学 25 周年和记忆那份"荣耀"，我心血来潮，建立"长师人的精神家园"——"长师缘·一生情"微信群，以一个"长师人"的名义，于 2017 年 7 月上旬发出了《留住时光的脚步——福建省长乐师范学校的记忆》征文通知（节选）——

福建省长乐师范学校已经随风而去，留下的是风干的记忆。"教育改革"的浪潮把"直挂云帆济沧海"的中等师范教育这艘航船拍到了沙滩上，福建省长乐师范学校退出历史，尘埃落定已经 14 周年，但"长师人"不会忘记 1978 年，施传文校长等一班人乘着"教育春天"的东风，开启了福建省长乐师范学校新的时代。"长师人"栉风沐雨，砥砺前行，走过一个又一个春秋，默默无闻地为共和国的基础教育大厦添砖加瓦……那垦荒建校的艰辛，那一专多能的追求，那书声琅琅的早晨，那琴声悠扬的夜晚，那周末晚会的欢乐，那桃李芬芳的喜悦，无不历历在目，记忆犹新，深情怀念。

那一段峥嵘岁月，正在远去，为了留住时光的脚步，也为了更好地纪念曾经历过的那一段历史，拟准备编撰《留住时光的脚步——福建省长乐师范学校的记忆》。如果你对福建省长乐师范学校一往情深，说起那些流金往事，还心潮澎湃的话，那就请你一起同行，把你的记忆跃然纸上，把"长师人"的故事娓娓述说，让一张张熟悉的面容永远辉映在历史的天空。

纪念福建省长乐师范学校（简称"长乐师范"或"长师"）办学25周年活动就此点燃引信，声响四方……

岁月匆匆 往事悠悠

在改革开放的春潮中，应运蹒跚起步的长乐师范，从一无所有到初具规模，从荒山僻地到高楼林立，"长师人"千辛万苦，克艰攻难，齐心协力，走过了25周年的光辉历程。

当年的中等师范学校顺应民意，起初让那些在非常时期命运突然逆转的黉门学子，终于有了重回校园学习从教、安身立命的机会，从而为共和国撑起基础教育的蓝天。后来在"教育三个面向"的春雷声中，许许多多的中考"佼佼者"蜂拥而至，从此小学教师素质提升到前所未有的高度，教育强国的梦想阳光终于照进现实。

在长乐师范即将完成"311工程"（即：三年之内，一年登上一个新台阶，1997至1998学年创建福州市文明学校，1998至1999学年创建省级文明学校，1999至2000学年建成面向全国具有良好声誉和雄厚实力的学校），被授予"福建省文明学校"荣誉称号之际，教育改革风起云涌，先是1998年又把中等师范教育由三年制改为四年制，长乐师范招收六个班共255人，但没有明确毕业后是否包分配，直到学生入校后才被告知他们中等师范毕业且必须具有大专师范文凭后才能被分配到学校从教，结果这一届学生进退两难，压力山大，在校期间一边学习中等师范课程，一边业余学习电大函授大专师范课程，中等师范毕业生不再是"香饽饽"了……1999 年中等师范教育招生跌入低谷，长乐师范只招收一个班共 55 人，中等师范教育改制沉浮两年后于 2000 年停止招生。长乐师范虽然登上历史的巅峰，为福州六区六县（市）以及平潭综合实验区培养了 6000 多名的合格毕业生，但不得不荣耀谢幕，和其他中等师范学校一样断崖式地改弦易辙，淡出历史。那些中等师范教育工作者不无遗憾地重新开始，或从事普通高中教育，或从事高等师范教育，或从事职业中专教育，但峥嵘岁月孕育的中等师范教育的情感却难以释怀；那些中等师范毕业生仿佛一夜之间成为"孤儿"，没有了时常可以惦念的母校，正如张善应在《谁人一生有此幸》诗中所言："母校兴时我忙碌，我退休时校无踪。"

长乐师范也罢，福建省中等师范教育也罢，无愧于时代，无愧于共和国的教育事业；长师人也罢，中师人也罢，应当自豪骄傲！正基于此，我要编撰《留住时光的脚步——福建省长乐师范学校的记忆》，纪念长乐师范和福建省中等师范教育，并让长乐师范如绚丽的彩虹永远高挂于天际。

情怀依依 回声阵阵

一石激起千层浪，心灵佳作如潮涌！无论是白发苍苍的"长师人"，还是如日中天的"长师人"，人人积极响应，热情参与，打开尘封的记忆，挥笔抒写珍藏在心中 10 年、20 年、30 年、40 年那太平桥头、汾阳溪畔、六平山下的师苑故事。那情真意切的岁月回声，不知拨动了多少驿动的心弦？那天籁之音般的热忱告白，不知撼动了多少"长师人"？我读罢那发自肺腑的心灵佳作，每编辑一篇文章或一首诗歌，心房就受到一次强烈的撞击，常常会随着那"时光的脚步"，穿越在岁月的隧道中……我及时把每一篇心灵佳作分享到"长师缘·一生情"微信群和朋友圈，"长师缘·一生情"微信群因此在短时间内集聚了两百多位"长师人"。为了进一步广而告之，我于2018年2月底注册开通了《无言浪花》微信公众号，正式发布每一篇心灵佳作，有一篇文章居然不到一周时间有一万多人点击阅读。目前"长师缘·一生情"微信群和《无言浪花》微信公众号正在以"一传十，十传百"的态势扩大影响。

《留住时光的脚步——福建省长乐师范学校的记忆》除了"映像编"外，共收录140多篇（首）诗文，分为"怀想编"、"欢聚编"、"点赞编"和"歌声编"等以及"序"和"后记"，在即将付梓之际，千言万语难以表达我心中的感动和谢意，一年来"四方响应情暖人心"的佳话不得不表。

首先，十分感谢80多位作者积极响应，用心写作，踊跃投稿。

特别要感谢率先响应立马投稿（以时间先后为序）的作者，如陈传大主任、陈海柱副主任、陈震旦校长、翁祖兴副校长、郑玉老师、1987届(2)班（四年制）的高芳华、1996届(7)班的林美芳、1988届(3)班的郑章容、1990届(1)班的卢强祯、2000届(5)班的陈腊梅，他们给予我的不仅是鼓励，更多的是信心。

良好的开端是成功的一半。春节后，征文进入了全方位的广泛发动阶段，林文干副校长立下了汗马功劳。首先按届别班级、县市（区）进行宣传发动，然后通过推荐、筛选、点将布置"作业"，掀起了踊跃投稿的热潮。我原先仅计划编撰出版《留住时光的脚步——福建省长乐师范学校的记忆》一册，征文70篇20多万字300页左右，但结果却出乎意料，征文像雪花一样纷至沓来，居然有140多篇（首）40多万字近500页，计划没有变化快，高兴之余考虑再三，调整思路改变计划，把《留住时光的脚步——福建省长乐师范学校的记忆》分为上、下两册出版。

征文完美收官，那些魂牵梦萦的往事佳话终于化为深情的文章，有了美好的归宿，得以流传和珍藏。《留住时光的脚步——福建省长乐师范学校的记忆》

凝聚了80多位作者深厚的长师情怀，因为他们的记忆，留住了时光的脚步；因为他们的诗文，传承了岁月的风景；因为他们的佳作，如磅礴画卷让长师人乃至福建中师人浮想联翩……

第二，十分感谢热情参与，热心助力《留住时光的脚步——福建省长乐师范学校的记忆》编撰出版的人士。

苏文锦处长、陈震旦校长、郑光中书记、林文干副校长、陈恒樵副校长、翁祖兴副校长、陈传大主任、陈海柱副主任和原长乐市政协副主席林道维、原长乐市教育工会主席张善应、永泰县委宣传部副部长邵永裕等不仅热情参与，热心助力，还身体力行撰写诗文。如何让《留住时光的脚步——福建省长乐师范学校的记忆》精彩面世？我集思广益，不时讨教，他们提出了非常好的指导性意见和建议，让《留住时光的脚步——福建省长乐师范学校的记忆》编撰出版有条不紊地进行。

请谁为《留住时光的脚步——福建省长乐师范学校的记忆》作"序"？我不假思索地首先想到了省教育厅原师范教育处的苏文锦处长，因为他是福建中师发展的亲历亲为者。陈震旦校长知道我的想法后，支持有加并立即想方设法联系苏文锦处长。苏文锦处长听罢原委，怦然心动，允诺作"序"。时隔不久，苏文锦处长就通过微信发来洋洋洒洒的"序"——《中师教育 青史可鉴》。他如数家珍地叙述了他与福建中师25载朝夕相处的岁月，以及目睹长乐师范艰难办学并在上个世纪80、90年代与福建中师一起快速发展壮大直至荣耀谢幕的光辉历程，那字里行间流露出来的真挚情感引人共鸣，无形中为《留住时光的脚步——福建省长乐师范学校的记忆》增光添彩。

吴忠平主动协助为《留住时光的脚步——福建省长乐师范学校的记忆》写了编首词；陈腊梅、杨雪萍主动承担《留住时光的脚步——福建省长乐师范学校的记忆》的审稿校稿，他们为提高《留住时光的脚步——福建省长乐师范学校的记忆》品质作出辛勤贡献；友人漳州大彬、黄美美因感动而义务为《长乐师范　永恒思念》等三首歌词谱曲，陈晨为校歌等五首歌曲义务制作音乐，让长师人的心灵之歌再次响彻云霄。

第三，十分感谢为纪念长乐师范办学 25 周年活动慷慨解囊赞助捐款的人士、班级和单位。

第一个立马表示帮忙筹集经费的是 1990 届(3)班的林春（连江籍）。他信心十足地对我说，举行纪念长乐师范办学 25 周年活动并编撰《留住时光的脚步——福建省长乐师范学校的记忆》很有意义，需要经费他可以帮忙筹集，他的热诚极大地增强了我前行的决心。他当初承诺筹集人民币 3 万元，但结果却筹集人民币 5 万元。

第一个把赞助捐款汇到指定账户的是 1987 届(2)班（四年制）旅居澳大利亚的校友、陈和忠老师的女儿陈昭航（长乐籍）。她特意通过父母亲向我转达赞助捐款人民币 1 万元的意愿。为此，陈昭航在微信中与我聊天，她说我是她的体育老师，我的爱人是她的班主任，她生长于长乐师范的怀抱（其父曾经担任学校的音乐组组长，当年一家子住在学校），如今举行纪念长乐师范办学 25 周年活动并编撰《留住时光的脚步——福建省长乐师范学校的记忆》非常有意义，她理应表达心意，感谢长乐师范的老师。当她了解了举行纪念长乐师范办学 25 周年活动的计划后，马上将赞助捐款增加到人民币 3 万元，而且时过两天从澳大利亚汇款到指定的账户，后来听说经费还是有点紧，再次从澳大利亚汇款人民币 2 万元到指定的账户。她一而再再而三地增加赞助捐款共计人民币 5 万元，让我喜出望外。

今年夏天，1988 届(5)班举行"相约长乐　欢聚鼓岭"毕业 30 年再回首，在聚会晚宴上，当我以班主任的身份讲话谈及举行纪念长乐师范办学 25 周年活动并编撰《留住时光的脚步——福建省长乐师范学校的记忆》事宜后，俞建

（平潭籍）当众表示赞助捐款人民币 10 万元，曾颖凌（平潭籍）则悄悄地把我请到旁边，说她先赞助捐款人民币 2 万元，如果还需要的话再增加，后来又增加人民币 1 万元，她赞助捐款人民币计 3 万元。我虽然仅担任 1988 届(5)班一年的班主任，但俞建和曾颖凌的热忱奉献给了我极大的惊喜，令我十分感动和骄傲。

"关于为举行纪念福建省长乐师范学校办学 25 周年活动并编撰《留住时光的脚步——福建省长乐师范学校的记忆》筹集经费的启事"在"长师缘 · 一生情"微信群发布后，立即回应声声。1986 届(2)班旅居澳大利亚的校友赞助捐款人民币 2 万元，1987 届(2)班（三年制）赞助捐款人民币 2 万元；1980 届(3)班的陈顺章（长乐籍）赞助捐款人民币 3 万元；1994 届(4)班旅居爱尔兰的林钱（长乐籍）一再表示要赞助捐款，需要多少金额电话通知即汇款。我经过粗略测算后，就让他赞助捐款人民币 7 万元，但他一直问我够不够，如果不够，他还可以再捐一些，甚至还可以发动旅居加拿大的其他校友赞助捐款。

1988 届(5)班的俞建和曾颖凌、1994 届(4)班的林钱、1987 届(2)班（四年制）的陈昭航、1990 届(3)班的林春、1980 届(3)班的陈顺章、1986 届(2)班旅居澳大利亚的校友、1987 届(2)班（三年制）等六个学子和两个群体赞助（筹集）捐款共计人民币 37 万元，留下了"滴水之恩涌泉相报"的大爱佳话，让"时光的脚步"更加铿锵。

豪情满满 感念多多

纪念长乐师范办学 25 周年活动，无论是征集诗文还是筹集经费，都像雪球般越滚越大，令人惊喜不断，赞叹不已！那份缘，那份情不仅留住了时光的脚步，而且将辉映千秋的心灵佳作和奉献善行美丽定格！

无言浪花彩虹情 *********

　　感慨于如梦的 25 载流金时光，感想于一年来拜读编辑的 140 多篇（首）诗文佳作，感动于六个学子和两个群体的赤诚赞助（筹集）捐款，我特意创作歌词一首《缘之情 心之恋》，献给长乐师范，献给情怀博大的长师人！

　　那年遇见，就深深地恋上你。恋上六平山，恋上汾阳溪，恋上太平桥和大榕树，恋上"学高为师，身正乃范"。

　　你是一个精神家园，无愧师苑的名号。那菁菁校园的往事记忆，历久弥新；那引以为豪的如酒情怀，浓郁醇香。

　　你是一座精神丰碑，矗立长师人心间。那美丽遇见的时光脚步，深情留住；那波澜壮阔的如歌青史，永远镌刻。

　　你捧着一颗心来，不带半根草去。你轻轻地走了，带走了岁月芳华，带走了心中愿景；你渐行渐远，留下无尽的缘之情，心之恋！

　　最后，纪念长乐师范办学 25 周年活动，特别是编撰编撰《留住时光的脚步——福建省长乐师范学校的记忆》，如存在挂一漏万之处，那是因为我的水平不高，能力有限，敬请大家批评指正并给予谅解！

　　　　　　　　　　　　　　　　　　　　　　　　　写于 2018 年 8 月

昙花再现 共同追忆

——在《留住时光的脚步——福建省长乐师范学校的记忆》首发仪式上的讲话

尊敬的各位领导嘉宾、各位长师人：

上午好！非常欢迎大家光临今天的《留住时光的脚步——福建省长乐师范学校的记忆》首发仪式，一起走进历史时光的长廊，共同纪念改革开放 40 周年，共同追忆福建省长乐师范学校（简称"长乐师范"或"长师"）。

一年半的辛苦，终于换来今天满满的收获，十分感谢与我再次一路同行的长师人。我主编《留住时光的脚步——福建省长乐师范学校的记忆》有感于改革开放 40 周年的辉煌成就，有感于赶上新时代，有感于长乐师范"荣耀"谢幕 15 周年。

40 年前，雄狮惊醒，巨龙腾飞，中国改革开放拉开大幕。长乐师范应运而生，成为国务院备案的福建省首批 18 所中等师范学校之一。经过艰苦建校、盛世崛起，于 1999 年被评为"福建省文明学校"，2003 年完成使命荣耀谢幕。

四季轮回，春暖花开。长乐师范似一朵昙花，艳丽绽放。星移斗转，阳光斑斓。长乐师范似一条彩虹，天空璀璨。

为了那个记忆和那份"荣耀"，我心血来潮，以一个"长师人"的名义，于 2017 年 7 月发出了《留住时光的脚步——福建省长乐师范学校的记忆》征文通知，"长师人"积极响应，热情参与。

众人拾柴火焰高。80 多位作者共撰写 140 多篇文章和诗歌；6 个学子和 2 个群体或赞助或筹集捐款共计人民币 37 万元。这些至真至善至美的情怀，已经化为文字载入史册，告诉世人：长乐和平街曾经有一所学校叫"长乐师范"，有 6000 多名学子从六平山麓、汾阳溪畔和太平桥头走向福州的 6 区 6 县（市）和平潭综合实验区，为基础教育建功立业做出卓越贡献。

《留住时光的脚步——福建省长乐师范学校的记忆》主要有五个部分，分别是"映像编"、"怀想编"、"欢聚编"、"点赞编"和"歌声编"，另外还有"序"和"后记"。80 多位作者打开尘封的记忆，挥笔抒写珍藏在心中 10 年、20 年、30 年、40 年六平山麓、汾阳溪畔和太平桥头的师苑故事。那 140 多篇诗歌和文章，从不同年代不同视角，依依述说长乐师范的峥嵘岁月，切切怀念六平山、汾阳溪以及太平桥古街悠久的历史文化给予的思想滋养。福建省教育厅原师范教育处处长、福建信息职业技术学院原党委书记苏文锦为《留住时光的脚步——福建省长乐师范学校的记忆》作序《中师教育 青史可鉴》，那字里行间流露出来的真挚情感引人共鸣。我以"时光脚步 辉映千秋"为题写的"后记"，把"岁月匆匆 往事悠悠"、"情怀依依 回声阵阵"和"豪情满满 感念多多"的感叹，浓缩为心灵之歌《缘之情 心之恋》，献给长乐师范，献给长师人，献给福建中师！

"长乐和平街特色历史文化街区"建设终于启动，方兴未艾。当年县委书记延国和和教育局长陈和锁把长乐师范建在六平山麓、汾阳溪畔和太平桥头，看中的就是和平街所积淀的深厚历史文化。如今长乐师范已经成为历史，渐行渐远，带走岁月芳华，不仅留给长师人"缘之情，心之恋"，更多的是留给人们对教育改革的思考，留给长乐一个历史文化故事。长师人真诚希望在和平街特色历史文化街区能建立一个"师苑亭"或"长师亭",以纪念"长乐师范"曾经来过,并让游客在观瞻之余,坐在亭椅休憩之中,感受和平街悠久厚重的历史文化!

最后,要感谢福州市长乐区文化艺术交流协会会长林道维为《留住时光的脚步——福建省长乐师范学校的记忆》出版首发,提供这么大追忆长乐师范的平台,感谢各位领导嘉宾光临《留住时光的脚步——福建省长乐师范学校的记忆》首发仪式,特别要感谢陈航星副区长以及宣传部、教育局、文体旅游局领导对《留住时光的脚步——福建省长乐师范学校的记忆》出版首发仪式的支持,充分彰显长乐领导历来重视历史文化传承的特质,长乐因此不愧为文献名邦。

2019 年即将到来,我恭祝大家新年快乐、幸福安康!

写于 2018 年 12 月

附通讯报道:

25 载脚步铿锵 40 载回声嘹亮

2018 年 12 月 22 日,福州市长乐区文化艺术交流协会在国惠大酒店国宴厅隆重举行《留住时光的脚步——福建省长乐师范学校的记忆》首发仪式暨文艺演出,庆祝改革开放 40 周年,纪念福建省长乐师范学校(简称"长乐师范"

或"长师")办学 25 周年。出席首发仪式暨文艺演出的有福州市长乐区的副区长陈航星以及宣传部、教育局和文体旅游局的领导，还有福州市长乐区老领导李金福、郑声彬、陈惠柔等；应邀出席首发仪式的嘉宾有省文联原党组书记、省文史研究馆诗书画研究院院长林德冠，福建省教育厅原师范教育处处长、福建信息职业技术学院原党委书记苏文锦以及原福建省各个中等师范学校的 14 位老书记、老校长张昌勋（原福州师范）、陈代伟（原福州幼儿师范）、陈华（福州艺术师范）、林雨（福建幼高专）、刘彬根（原建阳师范）、魏永嘉（原建阳师范）、詹昌平（原南平师范）、邱德奎（原宁化师范）、林文光（原莆田体育师范）、宋福耀（原莆田体育师范）、颜明（原福清元洪师范）、林祥彬（原长乐师范）、郑光中（原长乐师范）、陈震旦（原长乐师范），香港著名诗人张诗剑、香港著名作家陈娟、爱国侨领陈荣华等。

国惠大酒店国宴厅彩灯闪烁，光束摇曳，三个巨型屏幕滚动播放主题视频"《留住时光的脚步——福建省长乐师范学校的记忆》首发仪式"字幕和介绍捐款赞助者、作者的"时光脚步 辉映千秋"的视频，领导嘉宾和长师人 500 多人欢聚一堂，在摄像机和照相机前，留下了灿烂的笑脸。

在《留住时光的脚步——福建省长乐师范学校的记忆》首发仪式上，福州市长乐区副区长陈航星，福建省教育厅原师范教育处处长、福建信息职业技术学院原党委书记苏文锦，省文联原党组书记、省文史研究馆诗书画研究院院长林德冠三位领导作了热情洋溢的讲话，他们一致赞赏《留住时光的脚步——福建省长乐师范学校的记忆》出版发行，对长乐师范办学 25 年取得成绩给予充分肯定。

原长乐市政协副主席、福州市长乐区文化艺术交流协会会长、福州市长乐区诚儒书院院长林道维致辞，对各位领导嘉宾、各位长师人莅临《留住时光的脚步——福建省长乐师范学校的记忆》首发仪式表示热烈欢迎。原长乐师范副校长、福州市长乐区文化艺术交流协会常务副会长兼秘书长、《留住时光的脚步——福建省长乐师范学校的记忆》主编林华，原长乐师范历任学校领导代表、原长乐师范党总支书记、校长陈震旦，捐款赞助者代表、原长乐师范1994届校友林钱，作者代表、原长乐师范首届校友、原长乐市教育工会主席张善应，福州市长乐高级中学校长陈传意先后讲话。原长乐师范副校长、福州市长乐区文化艺术交流协会副会长陈恒樵主持《留住时光的脚步——福建省长乐师范学校的记忆》首发仪式。

《留住时光的脚步——福建省长乐师范学校的记忆》首发仪式后，是80分钟的文艺演出，由原长乐师范校友、福州市长乐电视台资深主持人李晓和原长乐师范校友、福建省音乐创作人协会理事、福州市福州语歌曲协会副主席林书文主持，文艺演出12个节目都是长师人的原创作品，是从《留住时光的脚步——福建省长乐师范学校的记忆》（上下册）中精心选择出来的：1. 合唱《长乐师范校歌》、2. 配乐诗朗诵《无言浪花 拍岸有声》、3. 男声独唱《长乐师范 永恒思念》、4. 配乐诗朗诵《曾记否》、5. 女声独唱《缘之情 心之恋》、6. 配乐诗朗诵《情思再一次飞扬》、7. 配乐散文朗诵《那山那水老区班》、8. 男女声二重唱《生命中有你真精彩》、9. 配乐散文朗诵《遥远的呼唤》、10. 女声独唱《长师老友有知音》、11. 配乐诗朗诵《倾听历史的回声》、12. 男女声二重唱《请记住这一天》。

风云际会　煮酒笑谈

题记：全省中师一家亲，去冬今秋两聚首。福建中师人因为《留住时光的脚步——福建省长乐师范学校的记忆》首发式而冬聚滨海新城长乐，时隔不到一年，福建中师人又秋聚闽都旗山大学城，再次风云际会，煮酒笑谈。

穿越历史长廊　倾听脚步回声

去年冬至时刻，为了纪念福建省长乐师范学校（简称"长乐师范"或"长师"）办学 25 载，谢幕 15 周年，《留住时光的脚步——福建省长乐师范学校的记忆》首发式在福州市长乐区国惠大酒店国宴厅隆重举行。原长乐师范的老师和校友高兴地说，这不是校庆但却胜似校庆，这不仅是"长师人"的盛会，也是福建中师人的幸事，因为在《留住时光的脚步——福建省长乐师范学校的记忆》的扉页上这样写道："谨以此书纪念——福建省长乐师范学校、福建省中等师范教育！"

省市有关部门的老领导来了，福州市长乐区以及有关部门的领导和社会各界知名人士来了，福建省教育厅原师范处处长苏文锦牵头组织原福建省各个中等师范学校的十四位老书记、老校长来了，原长乐师范的老师和校友来了，有的老教师或坐着轮椅或拄着拐杖或在别人的搀扶下来了，有的校友专程从国外、省外来了……总之，500多人兴高采烈地来了。

国宴厅张灯结彩，光束摇曳，歌声荡漾，脸庞喜悦。这是中等师范学校退出历史15年后，"长师人"自发的一次规模盛大的聚会，更是福建省各个中等师范学校老书记、老校长在中师教育退出历史后的第一次聚首，他们虽然都已经是七八十岁高龄，但中师教育的情感依然在胸中澎湃不息！

《留住时光的脚步——福建省长乐师范学校的记忆》由福建省教育厅原师范教育处处长、福建信息职业技术学院原党委书记苏文锦作序，序文《中师教育 青史可鉴》字里行间流露出来的真挚情感引人共鸣。主编原长乐师范副校长林华以"时光脚步 辉映千秋"为题写的"后记"，把"岁月匆匆 往事悠悠"、"情怀依依 回声阵阵"和"豪情满满 感念多多"的感叹，化为心灵之歌《缘之情 心之恋》，献给长乐师范，献给长师人，献给福建中师人！

福建省教育厅原师范教育处处长、福建信息职业技术学院原党委书记苏文锦在首发式上掷地有声地点赞："这是一场别开生面的首发仪式，80多位作者，既是老师又是校友，有的还是参加今天文艺演出的演员。《留住时光的脚步》出版首发仪式及文艺演出，无疑是长师人奉献的历史文化盛宴。这是一场不同寻常的师生、校友聚会，说它不同寻常，是因为虽然长乐师范15年前就停办了，但大家依然、并且永远是长乐师范的老师、学生、校友。这又是一场纪念改革开放40周年的精彩活动。长乐师范是改革开放的产物，它为改革开放事业作出了历史性的贡献，今天大家共同回忆长乐师范，也是对改革开放40年的最好纪念。《留住时光的脚步——福建省长乐师范学校的记忆》是原长乐师范的领导、老师和校友们，对长乐师范25年办学的一次全面、生动、深刻的经验总结，是我省26所中等师范学校在改革开放大潮中的缩影，揭示了中等师范教育办学的特点和规律，是一笔关于师范教育、小学教师培养的极其宝贵的精神财富，在新时代的今天仍值得教育界很好继承和宏扬。"

福州市长乐区副区长陈航星百忙之中莅临首发式，热情洋溢地说道："很荣幸能够参加今天《留住时光的脚步——福建省长乐师范学校的记忆》首发式，我们共同追忆往昔，回望历史。这部文集凝聚着长乐师范老师、校友和社会各界对老师范的深厚感情，是喜事、乐事，也是长乐区文化界、教育界的一大盛事。《留住时光的脚步——福建省长乐师范学校的记忆》从一个侧面记录了长乐师范荜路蓝缕的发展历程，真实刻画了长师人生生不息、乐观向上、追求理想的岁月影痕，是一代又一代教育工作者矢志不渝、立德树人、师风传承的生动写照！最好的纪念就是传承，我认为《留住时光的脚步——福建省长乐师范学校的记忆》出版最大的意义，不仅是纪念长乐师范曾经的记忆和辉煌，不仅是回望一段历史、一种情结，更在于凭借这一种追寻、感念，继承长乐师范的优良传统，立足当下，把长乐师范创校办学、育人立范的精神，更好地挖掘提炼、发扬光大！"

情感和记忆在穿越，诗乐与歌声在交响，100分钟的文艺演出再一次把《留住时光的脚步——福建省长乐师范学校的记忆》首发式推向高潮。激情欢歌留住时光的脚步，无言浪花拍击心灵的回声……不知长师人、中师人还能有几次这样的机会？天下没有不散的宴席，相见时难别亦难，几多不舍几多期待！

中师星火闪烁 群雁旗山秋鸣

今年深秋时节的一个周末，曾经为福建中师教育举旗躬耕的40多位"中师人"，如高飞蓝天的鸿雁，从八闽大地汇聚旗山大学城闽江师范高等专科学校（简称"闽江师专"），参加福建中师教育恳谈会。福建中师虽然退出历史已经16年，但"中师人"对福建中师依然敬意满满，情怀深深，雁声阵阵，呼唤切切，再现了"雁群高飞头雁带"的梦幻情景。

省教育厅原分管中师的老领导来了，省教育厅原师范教育处的处长来了，原 26 所中师学校有 19 所的老书记、老校长来了，原中师学科中心组的组长代表来了；退休许多年的"60 后"、"70 后"和"80 后"甚至"90 后"都来了，在职"奔六"的我也来了！我和陈震旦校长带着《留住时光的脚步——福建省长乐师范学校的记忆》来了，原龙溪师范陈宗厚副校长带着《躬耕八闽园丁园——纪念福建中师教育研究会成立 30 周年》来了，原元洪师范颜明校长带着《星火流传 辉映一方——元洪师范历史回眸》来了！在闽江师专师训楼报到处，原福州师范党委书记、校长，后任闽江师专副校长的张昌勋正不亦乐乎地忙着接待四方宾朋……

走进闽江师专校史馆，我仿佛有了回家的感觉。哦！闽江师专是原福州师范和原福州教育学院合并涅磐重生，而福州师范其前身可追溯到始创于 1903 年被誉为"闽师之源"的"全闽师范学堂"，有一百多年的办学历史。校史馆里福州师范的许多十分珍贵的史料醒目陈列，那十分熟悉的如诗画面通过一块块精致的展板美丽呈现，唤醒我沉睡多年的记忆……

闽江师专校史馆给我深刻印象之一，应该是在玻璃橱里树立转动的"福州师范学校"校牌。陪同我们参观的张昌勋副校长说，"福州师范学校"这块校牌是校史馆的镇馆之宝，旁边墙壁上贴着那张纸，虽然仅寥寥数语，但道出了校牌的宝贵之处。于是，我便好奇地认真观看墙壁上那张不起眼的粉红 A4 纸上的文字："这是目前唯一保存的校牌，系学校于上世纪 80 年代延请我省著名书法家沈觐寿先生题写。校牌背面系清代书法家刘墉题写的杭州钱武穆王祠联之下联……原联墨迹前几年出现在拍场，得价颇昂。"其间的省略号隐去了关于校牌来历的故事，"福州师范学校"这块校牌无论从那一个方面去考究观赏，都具有不菲的文物价值。

我们一边参观闽江师专现代化的办学设施，一边谈论闽江师专的招收生源，无限感叹优秀中考生报考中师从教的风景不在……值得欣慰的是，透过闽江师专，我依稀感觉中师星火还在闪烁，中师脉络还在延续！

无言浪花彩虹情 *********

福建中师教育恳谈会上，省教育厅原巡视员、国家督学马长冰向与会人员赠送亲自撰写的《华林史话》等书籍，陈宗厚副校长向与会人员赠送亲自编撰的《躬耕八闽园丁园》，颜明校长向与会人员赠送《星火流传 辉映一方》，我向与会人员赠送《留住时光的脚步》。《躬耕八闽园丁园》、《星火流传 辉映一方》和《留住时光的脚步》三本书融史料和文学于一体，从不同角度栩栩如生地再现了福建中师波澜壮阔的风景，打开了与会者尘封多时的记忆，活跃了福建中师教育恳谈会的气氛……

《躬耕八闽园丁园》以"雁群高飞头雁带"、"笔耕墨耘奇葩绽"、"五彩缤纷活动忙"、"福建中师一家亲"和"外出取经视野宽"五个篇章，叙说福建省中师教育研究会（成立30周年）和《福建中师》（创刊34周年）的"躬耕业绩"。《星火流传 辉映一方》以"桑梓情泽 兴教报国 泽敷六邑"、"真龙引领 指点江山 铸就辉煌"、"广聚英才 立身为师 立德为范"、"教学相长 建构内化 全面发展"、"厚德载物 求实创新 育人为本"和"蓬勃发展 英俊辈出 再续华章"等六个部分全方位地展示元洪师范的磅礴历程。《留住时光的脚步》集聚了80多位师生撰写和创作的140多篇（首）诗文和歌曲，以"映像编"、"怀想编"、"欢聚编"、"点赞编"和"歌声编"等五个编章，从不同年代不同身份，深切怀念长乐师范的如歌岁月……这三本书在福建中师退出历史十五六年，特别在中师不复存在的情况下面世，尤其显得十分的宝贵和难得。尽管陈宗厚副校长和颜明校长都已经80多岁高龄，我已经离开长乐师范的今生——长乐高级中学13年，但仍一门心思地为福建中师撰书立说，这是源自中师教育给予的快乐、幸福和光荣。

闽江师专校长林贤出席福建中师教育恳谈会，在表示热烈欢迎之余，热情介绍了学校情况。省教育厅原巡视员、国家督学马长冰以《中师教育的芳华岁月》为题，为福建中师教育恳谈会点燃了引信。省教育厅原师范教育处处长苏文锦娓娓道出举行福建中师教育恳谈会的缘由，一是今年原龙溪师范副校长、省中师教育研究会副理事长、《福建中师》主编陈宗厚编撰《躬耕八闽园丁园》，以纪念福建中师教育研究会成立 30 周年，他应邀写序；二是去年原长乐师范副校长林华主编的《留住时光的脚步》首发式隆重举行，影响不凡，他既写序又参加首发式并讲话；三是欣闻原元洪师范出版《星火流传 辉映一方》。于是他便牵头筹划，得到闽江师专领导的大力支持，福建中师人也就有了重逢聚首、再话中师的机会。

教育改革轰轰烈烈，唯有中师遗憾出局！全省 26 所中师在 2000 年停止招收 4 年制普师后开始转轨分流，在 2003 年送走最后一届毕业生后，陆续摘牌。2005 年底转轨分流基本完成，其中 5 所与师专合并升格为本科高校，9 所升格为高专或高职学校，8 所改为高级中学，4 所改为职业中专。各位老书记、老校长历数各所中师涅槃重生的困苦艰辛，多是"无可奈何花落去"的感慨。

人非草木孰能无情，更何况福建中师人那么凝心聚力地办好中师教育，培养了历史上最优秀的一代小学幼儿园教师。"全国教育学师范，师范教育学中师"这是原国家教委副主任柳斌曾经说过的一句话，似乎还在耳旁回响，与会的中师人经过思考，一致认为中师教育为我省实现普及九年义务教育、尽快扫除青壮年文盲、建设高素质的小学幼儿园教师队伍，以及为新世纪我省高等教育、高中教育和职业教育快速发展等方面，都做出不可磨灭的历史性贡献！

中师已经远去，但中师精神永恒。苏文锦处长认为中师办学遵循规律，有口皆碑，他从六个方面提炼了中师精神，即献身教育、求实创新、教书育人、勤学苦练、艰苦奋斗和团结协作。陈宗厚副校长更是以独到的感悟侃侃而谈中师人精神：红烛精神、春蚕精神、绿叶精神、蜜蜂精神、木桶精神和莲藕精神。老书记、老校长个个发表真知灼见，希望中师办学经验得以传承，中师精神得以弘扬光大。

无言浪花彩虹桥 ********

因为曾经的中师教育情怀，头雁呼唤群雁响应，一壶浊酒喜相逢，中师峥嵘岁月，都付谈笑风生中！

写于 2019 年 11 月

[附]

不忘初心喜相聚

——赞林华的《风云际会 煮酒笑谈》皓首豪气

翁祖兴

曾经辉煌唱九霄，绕梁余音亦袅袅。

首山旗山两相聚，却忆初心喜牵手。

天下师范曾一家，多少忆念在笔下。

难得老骥风云会，煮酒论道皆大咖。

注：首山是指福州市长乐区首石山。

写于 2019 年 11 月

同窗情

碧桃丹桂春秋结，翠柏苍松故旧心。

几度重逢何感慨，犹言青涩少年音。

又到约定重逢时

——贺福建师范大学体育系 80 级崇武古城之约

体育情缘长安山，青春摇曳运动场，
晨曦信步迎霞光，身影腾跃追斜阳；
文科大楼图书馆，无尽梦想竞飞扬；
四年时光转眼间，惜别挂念常怀想。

首聚母校忆往昔，已是相识十八年；
时过两年会厦门，鹭岛轻歌千禧缘；
毕业廿年聚荔城，妈祖神奇心震撼；
入学卅年会榕城，新老校区乐开颜。

毕业卅年鼓浪屿，波涛还在耳边响；
放歌醉舞秀青春，晚会还在心头暖。
又到约定重逢时，八方呼应联系忙；
独俏风情惠安女，崇武古城人向往。

写于 2017 年 7 月

情之聚 梦之行

题记：2017 年 7 月 22 至 24 日，福建师范大学体育系 80 级同学在惠安崇武古城如约聚会；7 月 24 至 26 日，我等十几位同学紧接着"相约永安"。如果说崇武古城是情之聚，那么永安燕城便是梦之行。

崇武古城情之聚

毕业 30 周年的聚首还历历在目，鼓浪屿之波还在心海荡漾，转眼又到约定重逢惠安崇武古城的日子。一颗颗不老的心，又随着青春记忆的交响曲律动不已……你呼我应，真诚相约，为了那份弥足珍贵的"长安山·四载情·体育缘"，也为了观赏闻名遐迩的崇武古城和领略风情万种的惠安女。

小学时候，我经常从广播中听到关于"崇武"的天气预报，"崇武以南（或北）沿海阵风……"但并不知道"崇武"在哪里。直到 20 世纪 80 年代末，带领福建省长乐师范学校的学生到泉州参加全省中等师范学校田径运动会比赛，从某部特意开着军用三轮摩托车前来"观战"的弟弟口中知道"崇武"是惠安县沿海的一个镇，而且还是一个闻名遐迩的"古城"。20 世纪 80 年代初，由福州军区前锋文工团葛军首唱的《惠安女》这首歌，福建人民广播电台经常播放，曾风靡一时，我在那优美动听的歌声中，不知不觉对惠安有了向往之心愿……

我终于如愿以偿，那是 2005 年 5 月的自驾游。那时，我拿到汽车驾驶证才两年多，特别喜欢开车游玩，于是在一个周末便带着妻子并约了三个朋友，开着弟弟的"桑塔纳"轿车慕名而去惠安县崇武古城。校长班同学、惠安县教师进修学校校长杜邵玉热情陪同我游览崇武石雕工艺博览园，时间匆匆，走马观花，但石像群、古城墙还是给我留下特别深刻的印象。

那些《水浒》、《红楼梦》和《西游记》石像群，每一尊石像栩栩如生，惟妙惟肖，美不胜收；惠安女石像引人注目，"斗笠、头巾、短上衣、宽筒裤、腰链"等服饰清晰明显，无不体现惠安女的独俏风情。凝视着惠安女石像，葛军演唱的《惠安女》的歌声又回响在耳际："假如你来到惠安城里，到处都看到惠安女……惠安女的头巾比花还美丽……"崇武石雕工艺博览园展现了惠安县石头文化特色，彰显了惠安县深厚的石雕文化底蕴，那巧夺天工的石雕艺术作品和千姿百态的石像以及海边岩石上苍劲有力的题刻，如刘海粟大师 98 岁高龄时题写的"天风海涛"、老艺术家朱祀瞻 101 岁高龄时题写的"天趣"等风景，给我留下特别深刻的记忆。

时隔 12 年，应惠安籍大学同学盛情之邀，我欣然前往崇武古城，参加福建师范大学体育系 80 级同学聚会。当今出行乘坐动车十分便捷，但由于要把我的个人文集《年轮圈圈道道情》（十包 100 本）赠送给老同学，因此，我便自驾奥迪 Q5 携妻子以及女同学 8 号（闽侯籍，当年与我一起分配到福建省长乐师范学校）奔赴"崇武古城情之聚"。我携妻子参加同学聚会，是因为妻子意外摔倒，手臂骨折还在 100 天之内，生活不能自理。

经过两个多小时的自驾，我们顺利到达惠安县崇武镇五星级的西沙湾假日酒店。分别三年仿佛只是瞬间，老同学相见格外亲热，到处是握手问好、合影留念的笑脸。

自从 1998 年春暖花开时节，以"相识 18 年"的名义首聚榕城，同学聚会便一发不可收，或三年或五年便择地聚会，惠安崇武古镇同学聚会已经是第六次。整个年段三个班 91 位同学，女生(1)班 1 至 32 号，男生(2)班 33 至 61 号，男生(3)班 62 至 90 号（后来增加一个 79 级休学复读的同学），年龄最大的是 1956 年出生（现在已退休），年龄最小的是 1965 出生，这次聚会仅来了 50 多位，比想象的要少一些，但同学们的热情丝毫没有受到影响，令人感动的是很多同学远道而来，在深圳珠海工作的五位同学来了四位，在国外旅居的如美国、澳大利亚、马来西亚、匈牙利的同学都专程前来了。女同学 22 号终于在毕业失联 33 年后出现了，同学们欣喜不已。

惠安籍同学仅有男同学 48 号一个人，但当初他却十分热忱邀请老同学会聚惠安崇武古城，而且承诺一定让老同学满意尽兴。我曾经组织过 400 多人参加的长乐一中 79 届高中同学毕业 30 周年聚会，深感组织同学聚会不是很容易，而一个人操办同学聚会更是十分的不容易，但 48 号同学却胸有成竹，发动泉州籍的同学一起参与具体事务，还真的把"崇武古城情之聚"搞得有声有色、沁人心扉。

第一个夜晚，同学们开怀畅饮，酒量好的和不胜酒力的同学都频频举杯，或表高兴之情或表敬意之心，人人脸上红晕弥漫，真是"酒不醉人人自醉"，说话声音也自然提高了八度。酒足饭饱转场到 KTV 大包厢，K 歌醉舞释放激情。张三唱罢李四上场，一曲《真的好想你》不知温暖了多少人的心。"涛声依旧不见当初的夜晚，今天的你我，怎样重复昨天的故事，这一张旧船票，能否登上你的客船？"声情并茂不知唱给谁人听？503 宿舍的女同学有备而来，奔放潇洒的广场舞把同学们带回到青春岁月，其他宿舍的女同学也情不自禁地上场手舞足蹈；欢快的音乐激荡心房，男女同学踊跃上阵，一个跟着一个绕起圆圈，尽情地跳起集体舞，好像在宣示时光依旧，青春不老。唱起来！跳起来！嘿起来！时不我待炫起来！"光荣属于八十年代的新一辈"！

同学重逢千杯少，男同学 63 号由于激动兴奋空腹喝快酒，终于支撑不住而烂醉如泥地倒在 K 歌现场的沙发上，那脸色苍白的样子很是吓人，同学情深照顾者有之、担心者有之，眼看时到午夜要散场，但男同学 63 号还是不省人事，其他同学忧心忡忡。为了安全起见避免发生意外，我们拨打了 120。救护车来了，我和男同学 41 号、64 号等同学与医务人员一起七手八脚用担架把男同学 63 号抬下楼、抬上车，紧接着男同学 58 号、64 号、66 号一起跟车陪同男同学 63 号前往医院，还好男同学 63 号没有大碍，深更半夜平安归来，同学们虚惊一场。

既然与体育结下不解之缘，那体育人聚会没有一点体育特色也实在说不过去，于是女同学 17 号、女同学 18 号、男同学 49 号三位同学发出倡议，男同学 84 号等同学积极响应参与，从三年前厦门聚会开始，气排球比赛也就成为同学聚会的一项相当重要的活动。这次聚会前夕，微信群里就你一言我一语喋喋不休，尽是组队啊 PK 啊打遍天下无敌手啊！上午报到，许多同学就跃跃欲试，问询下午的赛程。下午以各地市组队统一着装进行 PK，结果一个个打得精疲力竭，返回坐在车上昏昏欲睡。第二天上午仍然乐此不疲，以"80 级梦之队"名义继续与惠安县西北社区队进行友谊赛，雄风仍不减当年。

照相合影留念是聚会绝对不能少的。女同学大都喜欢照相，年段照完照班级，班级照完照宿舍，宿舍照完照闺蜜，没完没了……女同学嘛，天性使然，这样才充满生活的乐趣，才会心态年轻永远漂亮。男同学的生活线大都是粗线条的，年段合影完就基本散伙了，个别余兴未尽就滞留再照一两张，于是"师大体育系 80 级"群主、女同学班的"编外班长"——男同学 84 号美滋滋地在女生的簇拥下，留下了"万花丛中一棵树"的经典画面。当年，男女同学授受不亲、鲜于接触，更不要说两人合影；如今，男女同学两人合影已不再羞涩，更多的是落落大方，甚至是挨肩搭背，那情感已不是男女之情，而是至真至纯的同窗之谊、手足之情。

聚会活动丰富多彩，除了 K 歌醉舞、打球（包括羽毛球、乒乓球）PK、合影留念，还游览崇武石雕工艺博览圆，参观石雕工艺品厂，以及观海戏浪看日出和吃海鲜品尝惠安风味美食等，每个同学都收获满满的感动。感谢 48 号同学，感谢泉州籍的全体同学，感谢为"崇武古城情之聚"舍得付出的各位同学！

体育人就是体育人！热情好客，奔放豪迈，争先恐后，情真意切……历时三天的"崇武古城情之聚"又要说再见了，在别离之际商议 2020 年聚会地点时，由于有福州、莆田和深圳三个城市争着承办，因此引用"奥运申办模式"，采用无记名票决，与会的九位同学，六位同学投莆田，两位同学投福州，一位同学投深圳。莆田申办成功，将第二次承办同学聚会，在离别晚宴上，莆田籍的同学高兴之余每桌敬酒，并发出热烈邀请——2020 年莆田见！

岁月的风霜已经化为眼角的皱纹，时光留下的是永远的怀念，怀念那长安山·四载情·体育缘。当年，那女同学秀发飞扬、裙摆飘逸、亭亭玉立的美样和男同学长发披肩、喇叭裤扫地、追求时髦的轻狂仍历历在目；运动场上"欲与天公试比高"的风度和试卷上的佳绩，引无数少男少女竞折腰，终成眷属者凤毛麟角，更多的由于情窦初开的矜持，钟情怀春的忐忑，可望不可即的胆怯，而留下一生酸甜的遗憾，但"只要你过得比我好"永远是心中最纯真的祝愿。

"岁月长，事无常，心放下，情温暖。"这是我向老同学和友人赠送《年轮圈圈道道情》的签名寄语。当年相遇长安山的嫣然少女、英俊少男已经一路相伴、彼此牵挂地穿越 37 年时光隧道，如今还有什么不能释然？"请把我的歌带回你的家，请把你的微笑留下……"有同学的地方，风景一定别样的秀丽。

老同学相聚，不为别的，只为了同样的感受和渴望，那就是好好地看看那灿烂的笑脸和听听那动人的歌谣！

再见，辽阔连天的西沙湾！再见，魅力独具的崇武古城！再见，风情独俏的惠安女！亲爱的同学，2020年莆田再见！

永安燕城梦之行

在"崇武古城情之聚"筹备进行中，同学们在微信群高兴穷聊，有一天，女同学12号挑起"永安话题"，我和男同学84号立即随之跟进，接着便星火燎原，但由于我眼睛的原因平时不是很注意关注微信，因此他们相约在"崇武古城情之聚"后一起去永安的具体情况，我并不知道。直到"崇武古城情之聚"与男同学84号见面，他问我同学聚会结束是否一起去永安，我才知道有"相约永安"的安排，我当即表示要参加。好像有预感似的，我这次出行多带了三四套衣服，而且还交代妻子也要多带衣服。

"崇武古城情之聚"开始了，"相约永安"群建立了！永安燕城已经成为我们心中的"圣地"，那是因为当年我们在永安一中教育实习40多天，留下了"燕江流水长，师生情谊深"的故事。往事悠悠，情思切切，几度念想，几度梦回。

"崇武古城情之聚"完美落幕，"永安燕城梦之行"火热开始。听说有"永安燕城梦之行"，曾经在永安一中教育实习的许多同学都想参加，但因为两部汽车已经座无虚席而只好作罢。男同学84号牵头率领十位与永安、三明有渊源或者情有所系的同学以及两位家属分乘两部汽车快乐出发，而我和男同学89号则分别驾驶"奥迪Q5"和"别克商务车"，鱼贯而行。长途奔波为哪般？只因美梦还未醒，我们一路谈笑把梦回……

时至中午，车行两小时到达大田县，岂能错过大田美食"大骨头"！品尝过大田美食"大骨头"的同学极力建议在大田县吃午饭、品尝美食"大骨头"，其他同学则异口同声叫好，但可苦了女同学18号的朋友冒着夏日炎炎酷热在"老字号汇龙大骨头店"迎接张罗埋单。

不吃不知道，吃了准称赞。大田美食"大骨头"真如宣传所云：鲜嫩可口、香而不燥、温而不火、油而不腻、口感醇和、开胃顺气，令你吃了还想吃。谢别女同学18号的朋友，我们继续北行接着一路谈笑把梦回……

穿山越涧下高速，盘山慢行抵永安，我们入住"霞鹤生态农庄"。"霞鹤生态农庄"离永安市区仅3公里，交通便捷，九龙溪畔，青山环绕，环境优美，独栋别墅（三层四间）一字排列，置身这里，仿佛有世外桃源的感觉。

我们包了5号和6号两栋别墅，女同学12号不顾劳累，忙前忙后，为大家安排住宿，提供方便，极尽"地主之道"。三明籍男同学37号告别离队回三明，男同学89号和女同学12号送他去汽车站……

由于"崇武古城情之聚"连日的"嗨"和"炫"，以及250多公里长途坐车，大家真累了，个个都想赶紧好好休息一下，并等待两位"地主"的到来。这两位"地主"是一对夫妻，也是我们的同学，即女同学17号和男同学49号，他们曾经在三明市工作过几年，后来夫妻双双调到厦门工作。他们本来在"崇武古城情之聚"结束后直接回厦门，但听说我们的"永安燕城梦之行"以后，执意要乘坐动车先到三明北（只有下午四点多的有票），然后再打的赶到永安。这不禁让我想起《论语》中的子曰："有朋自远方来，不亦乐乎？"夫妻俩因为同学情深而来回奔波着实令人感动。

经过两个多小时的休息，大家精神有所恢复，状态良好，云集客厅喝茶，发现男同学89号和女同学12号在大家休息时间，"为人民服务"做好事，运来一箱葡萄、一箱啤酒和几个大西瓜，还带来一位风韵佳人……

由于那一对同学夫妻很晚才会到，因此晚饭七点才开席，大家边吃边聊边等那一对同学夫妻……端起酒杯，越聊越开心，不久话闸就完全打开，当年的事、握别后的事越说越起劲，故事多多，笑点多多……为了让"永安燕城梦之行"神聊调侃有话题，我们旧情新说、春梦戏说，无事生非胡说，但可不是没有渊源的。

文章写到这里，不得不写一下"永安燕城梦之行"11 位同学的有关背景：三明籍女同学 18 号、莆田籍男同学 34 号、长乐籍男同学 82 号、福清籍男同学 84 号曾经在永安一中教育实习；永安籍女同学 12 号、福州籍女同学 16 号、福清籍女同学 17 号、明溪籍男同学 49 号、莆田籍男同学 89 号曾经在三明一中教育实习；福清籍男同学 57 号曾经在建瓯一中教育实习；漳州籍男同学 69 号曾经在师大附中教育实习。如果你能认真梳理，也许在接下来我们的笑谈神聊中可以悟出一二，并感受别有一番的风趣！

(一) 成双成对"地瓜印"

相约永安快乐行，寻梦神聊地瓜印。11 个人举杯喝酒，男同学 57 号别具匠心地提出"地瓜印"配对找乐趣的创意，得到大家认可，于是酒过一巡，寻梦神聊便进入"配对成双"的话题。几时共相约，几对遥相望，几颗心相对，几何情相悦。11 人中四人是经钢印确认的两对自不必说了，其他四男三女在"情深深，意蒙蒙"中开始配对，成功了就盖"地瓜印"确认，可惜要有一个男同学暂时落单。

"崇武古城情之聚"带家属参加仅我一人，在第一个晚上的宴会中，我就携妻子每桌敬酒并介绍妻子是福建师范大学教育系 80 级的，现在难得聚坐一桌，便有同学问我是在师大就开始往教育系跑吗？我说我的个人文集《年轮圈圈道道情》已经有所写，请大家回家后好好看看就知道了。

男同学 34 号仅携妻子（因姓黄所以大家亲切地称她黄妹）参加"永安燕城梦之行"，夫妻俩一唱一和相当的幽默，时不时让我们开怀大笑。"你是怎么把黄妹泡到手的？""我当时教她的堂妹跳舞，结果她的堂妹把我引荐给她。以前本科大学毕业很神气，找对象都要找有单位的，我找她是高看她了。""不管怎样他是我心中的最爱，我一夜之间让他从'处长'变成了'科长'！"什么"处长"、"科长"？我们愣了一下才反应过来，随之捧腹大笑。

男同学 84 号和女同学 18 号配成一对，众望所归。男同学 84 号和女同学 18 号、女同学 28 号、男同学 34 号四个人当年在永安一中教育实习分在一个组，留下故事一串串。当年负责指导他们组的是黄瑞林老师，黄瑞林老师指导他们非常严格，因为有失眠症（我在毕业好几年后才知道他失眠症的故事，因此我对他十分敬佩），于是经常在晚上带他们到操场进行备课指导，他们坐在草地上一边听讲一边"拔草"，也就有了"拔草"的传说并流传至今，曾几何时"拔草"一词作为谈恋爱的代名词在学校尤其在体育系迅速广泛流行。这次"永安燕城梦之行"，他们组有三个，男同学 34 号带妻子，剩下男同学 84 号和女同学 18 号也就自然成了"天造地设的一对"，他们俩性格好，同学们喜欢拿他们俩开玩笑。

女同学 16 号是调侃说笑高手，她的体形还是当年那样苗条，真担心哪一天大风会把她刮走，我的记忆中我们 80 级的女生好像数她跑得最快。在微信群里乃至"崇武古城情之聚"，同学们经常拿她与男同学 57 号或男同学 64 号进行调侃说事找乐趣。"这次聚会，我已经被人家转让几次了，为了不扫大家的兴，我再将就一次。我已经被他转让一次了，现在也就和他熟，那就和他再试试吧！"她一本正经娓娓说道，让人笑也不是不笑也不是，但过后大家却顿然会心一笑。她说话自己从来不笑，哪怕大家听了她的话笑翻了天。许多时候，她说的话会让大家回味无穷。

男同学 57 号也是调侃说笑高手，并且唱歌还有声有样，好像经过音乐老师专业调教似的。从前面所述的人员有关背景中，有两个同学好像与永安、三明没有什么渊源，男同学 57 号是其中的一个，他是因为与男同学 84 号都是福清人很要好来作陪。

女同学 16 号和男同学 57 号比较"自知之明"，识趣听人劝，在同学们的热情撮合下，再次配对成功。

女同学 12 号、男同学 89 号一起在三明一中教育实习，三言两语简单明了就配对成功。

事已至此，我和妻子起身向已经盖了"地瓜印"确认的双双对对的同学敬酒并留下瞬间的影像，接着都是双双对对的同学互相敬酒……气氛浓烈，其乐融融。

晚上九点半多，钢印确认的那一对同学夫妻女同学 17 号和男同学 49 号终于到了，新一轮的双双对对轮番敬酒让男同学 57 号创意的"地瓜印"意境更加迷幻妙漫……

钢印确认真情假不了，"地瓜印"亦真亦假总是情，地瓜甜到心头情亦真，且乐且珍惜。

㈡ 回忆笑谈"秀故事"

男同学 84 号人缘极好，不管是学生时代还是现在都是文质彬彬，很有绅士的风度，很有幽默感。从小学开始，我和他几乎每年都会在排球赛场上见面，我代表长乐县，他代表福清县。在大学，他是与我走得最近的一个同学，一起吃饭，一起散步（晚饭后），一起经常晚上外出看电影，一起在永安一中实习等等，如果我和他也一样选修排球，也安排在一个宿舍，那我与他就完全可以称得上形影不离了。毕业分别前，他给我的留言是："四年相处甚密，希望不要忘记。"他毕业分配到厦门工作，后来出国旅居澳大利亚墨尔本。每一次同学聚会，他都十分踊跃参加而且舍得赞助，哪怕远隔重洋。平时如有回国，都会珍惜机会，想方设法联系召集同学从厦门一路小聚到福州，因此同学们都希望他能经常回国。

男同学 84 号用心策划和组织这次"永安燕城梦之行"，同学们极其开心快乐。他善于捕捉时机，调动同学们的积极性，让每个同学的特长都发挥得淋漓尽致。当同学们激情澎湃侃侃而谈时，他静静聆听；当冷场或同学们拿他说事时，他或抛砖引玉或转移话题。他说他与男同学 34 号一起住院（福建师大医院），许多女同学拿着鲜花来看望男同学 34 号，而没有一个女同学拿着鲜花来看望他。他说医生检查男同学 34 号身体后，说男同学 34 号还未发育成熟，不宜谈恋爱……等等，我们笑而不止，明眼人都听得出来，这"故事"完全是编的，男同学 34 号的妻子黄妹并没有被他所忽悠，知道他是为了找乐趣让同学开心。他说下午大家休息，女同学 12 号和男同学 89 号一起送三明籍男同学 37 号去车站，过了 3 小时 9 分 99 秒才回来，问题很大，要打很多问号，但他们俩还不错还有良心，回来时特意买了一箱葡萄、一箱啤酒和几个大西瓜，还带来一位风韵佳人，以自圆其说。大家听他这么一说，个个乐呵呵地对女同学 12 号和男同学 89 号刮目相看，要他们俩老实交代双双离队那么久干什么。

男同学 34 号善于调侃说笑而且很滑稽幽默诙谐，常令人禁不住发笑。他说他的脸蛋像坏人，但他绝对是一个好人。他当年入学年龄小、个子也小，在男同学(2)班排序是第 2 号。他说完"有心栽花花不开，无心插柳柳成荫"的爱情史后，继续笑呵呵地爆料自己当年的"劣迹"：超常顽皮，经常招惹同学，平时站在宿舍门口，不管是男同学还是女同学路过，看见他们手上提的有好吃的就会伸手拿一点。他说他当年当地下通讯员，为人作嫁送情书。他说当年自己还小，还没有完全发育好，因此仅能看着人家双双席地而坐不断地"拔草"，心里还犯嘀咕：小草惹你了？后来发育好了，也就知道原来"拔草"是很甜蜜很幸福的一件事情，但是机会已错过。他眉飞色舞地说《庐山恋》是改革开放后的第一部有"吻戏"的爱情电影，当年他和一个男同学一起连续看了十几遍，从省军区礼堂看到台江电影院，就是冲着那"吻戏"去的，每当到了"吻戏"时，那个男同学就相当兴奋……他相当夸张地边说边惟妙惟肖地模仿那个男同学的兴奋神态，大家一个个都笑得前俯后仰。他说有一件事他自己都忘了，在一次同学聚会时，女同学 20 号问他还记得穿错鞋的事吗？她说当年有一天晚自修结束，她穿着他的一只皮鞋回宿舍睡觉，第二天早晨，上铺女同学 26 号起床下地，看见一只男的皮鞋，以为男的跑到宿舍睡觉，吓得大声惊叫。后来他想起穿错鞋的事，好像是在大二，那时街上流行男的中跟皮鞋，他也去买了一双赶时髦。那天晚自修在 3 号楼与女同学 20 号坐在一起，当年那个椅子有靠背并带有用以放书写字的小台板。因为两个人的脚大小都差不多，鞋跟又差不多高，于是出于好玩，两个人试着交换穿对方的鞋，结果晚自修结束忘记把鞋换回来就回宿舍，惹出了"故事"，第二天辅导员还找他谈话。他讲起往事口若悬河、绘声绘色，常使人笑弯了腰。他的妻子长得小巧玲珑、热情大方，也绝对是一个调侃说笑的高手，从夫妻俩的话语中可以看出，她是做饭烧菜的好手。他诚邀同学到他家作客，他的妻子将会烧几盘好菜招待大家。透过他们所讲述的生活家事以及现场夫唱妇随的表现，我强烈地感觉到他们是令人羡慕、十分幸福的一对。

吃饱了，喝足了，似醉非醉，激情澎湃。俗话说：酒后吐真言，机会来了，女同学 17 号坐在我旁边，她是一个性情中人，喝了酒谈兴正浓。我先从她在哪里教育实习问起。她说："她与男同学 49 号都在三明一中教育实习，人家以为我们俩从教育实习开始谈恋爱，其实不是的，但我们俩结合与三明一中教育实习是有关系的。"她说："当时带队的陈尚仁老师把我们俩叫到一起想为我们俩做媒，但可惜当时我们俩都还没有这个想法。教育实习结束回到学校以后，眼看就要毕业，我们俩才心有所动开始接触……毕业分配，他本来是被分配到省体科所，但后来被调整掉，心不甘情不愿地回三明分配。"她说她毕业后回福清任教，与他结婚后才调到三明，然后夫妻俩又一起调到厦门工作。她兴奋而骄傲地说他事业很有成就，获奖许多。他指导"三明女排"梦圆赫尔辛基（芬兰首都）并获得金牌（1996年7月7日《三明日报》文化教育周刊专版报道），《中国体育报》周末特刊以"这里有个人才库"为题报道"三明女排"；他还去攻读研究生，拓展新的研究领域……感动和敬佩之情在心中油然而生，我真想为他们俩好好写一篇文章，因为他们俩是：有缘千里自相遇，情投意合比翼飞。

女同学17号讲到当年大学毕业分配，特别是男同学49号回三明分配的事情，让我想起"崇武古城情之聚"，莆田籍女同学24号告诉我的一件往事。她说当年三明市教育局的领导特意来找系领导，强烈要求三明籍的毕业生都要回三明工作，而且还希望其他地方的毕业生能到三明任教，支援山区教育。她还说因为莆田籍毕业生很多，因此系领导找她谈话，希望她能去山区工作，但她坚决表示不去山区，去沿海任何地方都可以，后来厦门突然冒出好几个名额，她就和其他几位同学一起被分配到厦门。

女同学12号与我有多重缘分，大学四年与我较常接触的女同学为数不多，而她是其中之一。我高考体育专项是考排球，但却鬼使神差地选修篮球，与她一起被编在篮球选修二班（五个女生四个男生），共度那球场上"男女搭配打球不累"的神仙时光，凭着一年半载的接触，她写给我的毕业赠言是："对待事情，扎扎实实，讲究实效，这是你的美德，动作'慢镜头'又是你的不足。愿你将来的事业与爱情能够讲质量、加速度，完美无缺。"我教育实习是在她的家乡她的母校永安一中，如果说大学四年在福州，福州算我的第二个故乡，那么教育实习一个多月在永安，永安是否可以算我的第三个故乡？记忆中我还没有在其他地方有待过一个多月时间。她是永安人，我是长乐人，永安长乐，长乐永安，两个地名连在一起不管怎么说，寓意都是非常好。就要毕业分别了，我写给她的赠言是："你不愧为一个刚柔相济的人物！"她毕业后回到母校永安一中任教，如今一家人旅居匈牙利。男同学84号听风韵佳人说，她是运动健将，至今永安市没有人超越她的成绩。

(三) 故地重游"梦当年"

踏上永安燕城，我心底立即涌起刘秉义所演唱的那首歌曲《回延安》给人的深厚感情，"离别三十年今日回延安……我心潮澎湃忆当年！"久违了，美丽清新的山城，秀水流淌的燕江！

那天上午，大家去永安一中寻梦，而我则陪同妻子游览"桃源洞"，因为妻子没有来过永安，我计划下午气排球比赛结束后去永安一中走走看看。从大家发在微信群里的相片可以看出："故地拔草像模像样，旧梦新欢兴高采烈"。大学毕业前夕，女同学18号曾给我写下这样的留言："四十多天紧张的实习让我接（结）识了你，你是那般的耿直、认真、鲜明，有自己的观点，有自己的性格……记得40多天同饮燕江水的日子吗？40多天紧张而辛苦的实习生活，使我们的思想得到了极大的锻炼，许多的问题值得我们去深思去挖掘，这给（对）我们这些单纯幼稚的青年人走上社会是很有益的，40多天的实习有美好难忘的，也有不（快）乐的，就让我们从今以后将不值得留念的东西忘却，将友好的难忘的、值得留念的，永远留在记忆中！"

我再次攀爬穿越号称天下第一的绝壁裂缝"一线天"，34 年前曾有的些许恐惧感又袭上心头，人到最窄处，抬头仰望低头俯视，不禁发出"真窄真险"的惊叹；我站在望象台，放眼眺望，前方群山迭翠，山下溪水碧绿宛如一条闪亮的缎带，令人遐想无限，我真想大声喊：永安，我又来了！

记忆中没有"鳞隐石林"，但是"桃源洞"景区却有醒目的"鳞隐石林"的宣传广告。"云南石林"奇观给我留下难忘的印象，那"鳞隐石林"如何？既然还有时间，那就去看看吧！游览完"桃源洞"，马不停蹄，我继续驾车和妻子一起前往"鳞隐石林"景区。经过打探了解，知道了"鳞隐石林"是在 1984 年以后才开发的，难怪我一点印象都没有。"鳞隐石林"与"云南石林"没有什么好比，但没有看过"云南石林"的人，倒是可以来看看"鳞隐石林"。

那天下午，无巧不成书，我随"80 级梦之队"前往体育中心训练馆，见到永安一中的黄永健老师，于是气排球比赛结束后，在黄永健老师的陪同下，我们特意到永安一中校园走了一圈。34 年了，学校发生天翻地覆的变化，当年的景物似乎都不存在了。黄永健老师介绍说，学校目前仅剩下办公楼是旧的，其他都是新建的。站在教学楼前，凝望着若大的标准化运动场，我梦回当年，思绪万千……

1983 年 10 月，我们 12 位同学（女同学：一班的 18 号、19 号、22 号、28 号、32 号，男同学：二班的 34 号、40 号、45 号、46 号，三班的 77 号、82 号、84 号）在黄瑞霖和陈少坚两位老师的率领下，在永安一中进行为期六周的教育实习，教育实习中期系领导又派陈国瑞老师到永安一中教育实习队加强指导工作。

初为人师，既新鲜兴奋又诚惶诚恐，我被安排在初中三年级任教，还兼任初三(2)班的班主任。由于上课以外，我在原班主任的指导下，经常组织这个班学生开展活动并留下不少照片，因此师生关系非常融洽。教育实习结束，我离开永安一中，这个班许多学生在送别时都依依不舍地热泪盈眶，很长一段时间，好几个学生还与我保持书信来往。那一张张天真活泼的笑脸，我记忆犹新，如今你们在哪里？还记着我吗？

当年永安一中体育组老师有：王宏璋（组长）、章凤举、郑为志、黄永健、翁建生等，其中郑为志是我的指导老师。郑为志老师身高一米七多，体形魁梧，人很憨厚，"三铁"很棒，我十分尊重他，虚心向他请教，而他则悉心指导，热情鼓励，大胆放手。我在他的精心指导下，很快就能独当一面，得心应手地开展教学工作。谢谢您，郑为志老师，您是我从教为师的启蒙老师之一，这次"永安燕城梦之行"由于是暑期，且事先没有思想准备，再加上不甚了解您的近况，所以不敢去打搅你。从黄永健老师那里，我知道体育组当年年纪稍大一些的老师都已经退休，在家安度晚年。郑为志老师，没能见到您，我实感遗憾。

站在永安一中学校门口留影纪念，我不禁感叹：流年似水惊回首，人生浮云须珍惜。永安一中是我为师梦想起飞的地方，那一位位不忘初心的体育老师，那一个个酸甜苦辣的故事，都已永远铭刻在我的脑海深处。临别之际，我向黄永健老师赠送了我的个人文集《年轮圈圈道道情》，以表示对他由衷的敬意。

（四）必不可少"赛一场"

男同学84号在国外没有气排球可打，已经憋了三年，这次回国要不失时机好好打气排球，因此，他每到一个地方都要安排打气排球。第二天下午三点多，"80级梦之队"在风韵佳人的引领下，前往永安市体育中心训练馆与永安的一个队PK气排球，我则跟随前往现场观战助威喝彩。打了四局，双方互有输赢，有的局比分非常接近，因此比赛很激烈精彩。

我从小学开始就一直代表长乐县参加地市各类排球比赛，而且多为主力队员，后因把时间和心思放在学校管理上而鲜于打排球。前几年曾经一起打排球的伙伴叫我参加打气排球，但我只是笑呵呵没有回应，没有把打气排球放在心上，原因嘛就是认为那是年纪比较大的人"玩"的项目，自己还未老，打气排球还为时尚早。

三年前厦门同学聚会气排球比赛，我不仅没有参加而且现场没有我的一点影子。"崇武古城情之聚"照例有气排球比赛，但我还是"外甥打灯笼——照旧（找舅）"。想不到"永安燕城梦之行"给了我与气排球零距离接触的机会。

至今我对气排球还是没有全面的了解，其实气排球运动是一项集运动、休闲、娱乐为一体的群众性体育运动项目，作为一项难度不大、运动量不大、不易受伤的新兴体育运动项目，如今已受到越来越多中老年人的青睐。气排球与排球没有多大差别，主要是球的材料和大小有一些不一样，像我这样曾经打过排球的人，稍微花点时间接触适应一下，就可以掌握了。奔六的人特别是奔六的体育人在户外运动，打气排球是最明智最佳的选择。看来我真的要开始学打气排球，争取下一次同学聚会也参加气排球 PK。

（五）三言两语"表心意"

"永安燕城梦之行"，女同学 16 号、男同学 34 号以及他的妻子黄妹、男同学 57 号、男同学 84 号等一路调侃说笑，他们妙语连珠，逗人发笑，而我则笑口常开地收集着、收集着……满载而归！

"永安燕城梦之行"，男同学 89 号很辛苦，既要参加气排球比赛，又要一路开车，甚至还要为同学做一些服务性的事情，精神可嘉，谢谢了！男同学 69 号是摄影摄像行家里手，不辞辛苦，背着设备，跑前跑后，随时捕捉稍纵即逝的精彩瞬间，为同学留下珍贵的画面，谢谢了！

在"永安燕城梦之行"即将结束之际，大家与女同学 12 号道感谢，但女同学 12 号却说："把偶送回乡，还言吾辛苦，让我何以堪，只能寄相思。"

再见，永安！再见，三明！感谢男同学 84 号和女同学 12 号点燃梦之火，感谢男同学 34 号和男同学 57 号热心促成，感谢女同学 12 号和女同学 18 号的"地主之谊"，感谢专程赶到永安的同学夫妻女同学 17 号和男同学 49 号的用心相陪，感谢一路相伴的老同学给予的快乐！

写于 2017 年 7 月

第一排左起：黄永健、黄瑞林、王宏璋、章凤举、陈国瑞、郑为志，第二排左起：翁建生、19 号、28 号、32 号、22 号、18 号、陈少坚，第三排左起：46 号、45 号、77 号、84 号、82 号（作者）、40 号、34 号

自豪醉思长安山

福建师大长安山，曾经遇见情相伴；
三十七年转眼间，自豪醉思终难忘。

时代骄子大学堂，激情洋溢闪荣光，
青春摇曳炫风采，梦想高扬挂云帆。

四载时光轻作别，情缘魂牵多眷恋；
偶尔走亲心澎湃，发展壮大难想象。

旗山新址庆百年，兴高采烈心向往；
百又十年续华章，祝福母校乐点赞。

写于 2017 年 11 月福建师大 110 周年华诞之际

遇见你 一生的美丽

——致我的小学同学

2018 首聚，不经意间告成。

一大桌满满的，座无虚席。

为了吃为了喝？不是的，不是的！

新年的脚步，刚刚作响，怀念的情思，悄然涌上心头。

你在他乡，依然笑脸灿烂吗？牵挂变成重逢的渴望！

隔桌凝视，左顾右望，百般熟悉的面庞，一一亲数。

曾经的稚嫩已经远去，如今，岁月的沧桑霜染鬓角。

母校的"奎光阁""月爿池"，那动人的传说还萦绕脑际。

从前的日子云烟梦幻，那孩提的情怀还汹涌澎湃。

你的倩影与风共舞，让记忆充满活力，遇见你，一生的美丽！

注：久久未见，甚是想念。一个许多年未见的同学从海外回来，因此长乐县城关小学 75 届(2)班照例的春天聚会显得特别的欢心。

写于 2018 年 1 月

180

公益情

于无声处渐闻名，近水远山皆有程。
君子兰开多绚烂，仁人志士赤心诚。

"诚"也思贤 "信"也思贤

我的文集《年轮圈圈道道情》出版发行座谈会暨赠书仪式于 2016 年 11 月 19 日在冰心文学馆举行，因香港思贤教育基金会是协办单位，所以会长郑存汉先生、副会长陈忠晃先生专程从香港返乡与会；因为为文集《年轮圈圈道道情》泼墨挥毫题写书名，长乐市政协原副主席、长乐市委统战部原部长、长乐市诚信促进会会长、长乐市文化艺术交流协会会长林道维应邀与会，老朋友相见格外开心。林道维会长正在主编《诚信那些事》一书，鉴于我对郑存汉、高学香两位先生以及香港思贤教育基金会其他爱心人士的"思贤情怀"比较了解，他盛情邀约我撰写一篇关于郑存汉、高学香两位先生以及香港思贤教育基金会其他爱心人士尊师重教诚信情操的文章，恭敬不如从命，于是我就说说郑存汉、高学香两位先生以及香港思贤教育基金会其他爱心人士心系教育、情牵侨中的"诚信那些事"——

情有独钟 尊师重教

2008 年 11 月，香港思贤教育基金会会长郑存汉先生在长乐华侨中学成立

50 周年庆典大会上饶有风趣地说："记得 23 年前，有一天，我问我的太太，如果想在家乡做一点公益事业，你认为做一些什么好，我太太不假思索地说：'当然做有关教育事业的事，其实你自己心中已有打算，还要问我？'套一句古老的说法，就是知我者，太太也。长乐华侨中学顾名思义是跟海外侨胞有所关系的，所以当时我就选中了长乐华侨中学。从 1985 年第一届教师节开始，我就跟长乐华侨中学结下了不解之缘，每年为长乐华侨中学做一点微不足道的事情，换一句话说，所做的只是任何人想做都可以做得到的平常事。我不是长乐华侨中学的学生，但我跟所有长乐华侨中学校友一样对学校充满感情和关爱，长乐华侨中学每一点的改变，每一点的进步，每一点的提升，我都感到高兴和欣慰。"

1985 年 1 月 21 日，第六届全国人大常委会第九次会议决议，将每年的 9 月 10 日定为教师节，社会上逐渐有了尊师重教的良好风气。郑存汉先生不失时机，迎着"科教兴国"的和煦春风，开始尊师重教的漫漫历程；2000 年 9 月，校友高学香先生怀着感恩之情也开始资助贫困学生和校园美化项目的捐建……从此，郑存汉、高学香等香港思贤教育基金会爱心人士坚持不懈、孜孜不倦地把大爱播撒在长乐华侨中学的校园。

以郑存汉、高学香两位先生为代表的"香港思贤教育基金会"长期以来一直关注支持着长乐华侨中学的发展，一个又一个"捐建奖教奖学助学"的善举，犹如一股暖流一阵又一阵地激励着"侨中人"。从 1985 年第一个教师节，郑存汉先生为每一位教师量身定做了一套西服，到 1999 年设立"存汉教学奖"；从 2000 年高学香先生资助贫困学生（高中），到 2002 年成立香港思贤教育基金会奖教奖学资助贫困学生（高中）；从 2007 年设立"香港思贤奖"，再到 2015 年设立"考入名牌大学奖"……从个人到团队，尊师重教的爱心人士队伍滚雪球似的不断壮大，不同凡响，声名鹊起，饮誉吴航神州。

设教学奖 激发干劲

1996年9月，调到长乐华侨中学工作不久的魏存诚校长惊奇地发现，香港竟然有一位十分倾心长乐华侨中学的侨领——郑存汉先生。他十分关注学校的发展，每一个教师节，都放下繁忙的商务，专程从香港回到家乡，与长乐华侨中学的老师们共度节日……随着对郑存汉先生的了解不断深入，郑存汉先生那宽厚的胸襟、崇高的品格、思贤的情怀深深地震撼魏存诚校长的心灵。学校的教育教学在起色，办学质量在提升，于是，魏存诚校长把握时机，酝酿着如何既能褒奖郑存汉先生爱国爱乡、尊师重教的奉献精神，又能激励广大教师在中考中夺冠、高考中争优而奋力拼搏。1999年12月，魏存诚校长建议设立"存汉教学奖"，得到郑存汉先生的积极同应和大力支持，郑存汉先生表示全部奖金由他负责提供。2000年11月，长乐华侨中学六届一次教代会通过"存汉教学奖"评选条例，条例规定获奖者的条件是：除了教学常规量化考评得满分外，任教学科的毕业班成绩，中考在长乐市排名要居第一名，高考在福州市排名要居前15名等。评选条例还规定：每学年度评选一次，每次评选人数不超过五名，获奖者将获得精美纪念牌及3000元奖金（2012年开始奖金提到4000元）。

当时中年教师的工资才1000元多一些，年轻教师工资不到1000元，重奖之下必有勇夫，长乐华侨中学崛起指日可待。"存汉教学奖"成为学校最高的教学奖，极大地激发了广大教师乐教勤教的热情，促进了学校教育教学质量的提升，中考综合评价从2001年开始至2015年连续15年位居长乐市第一名，高考成绩评估在福州市同类学校中名列前茅，而且年年创新高。至今"存汉教学奖"已评选16届，共有61人（次）获奖。

筹集基金 奖学助学

2000年9月，旅居香港的校友高学香先生专程返校资助品学兼优的贫困学生，从此开启香港乡亲资助长乐华侨中学品学兼优的贫困学生的大门。为了扩大贫困学生的资助面，郑存汉和高学香两位先生于2000年在香港发动成立"香港思贤教育基金会"，专门为长乐华侨中学筹集奖教奖学助学基金，侧重助学。

郑存汉和高学香两位先生以及香港思贤教育基金会其他爱心人士资助贫困学生是无条件的，只希望受资助的贫困学生能学有所成。为了让香港思贤教育基金会资助贫困学生工作更有导向性和实效性，从而产生良好的影响，2007年，学校从德育树人的愿望出发，在广泛听取各方面意见的基础上，对"思贤教育基金会"资助贫困学生（高中）的方法进行了改进，把过去不论学习成绩只看家庭贫困给予资助的做法，改为一看家庭贫困二看日常表现和学习成绩，并对接受资助的贫困学生作了这样一个规定：一、学习成绩必须在年段排名前一百五十名（后改为前二百名）；二、资助金每月定时发放，一年发放十个月（除寒假暑假两个月）；三、每个人每个学期至少要写一封信给香港思贤教育基金会的高学香先生或郑存汉先生，汇报思想、学习、生活等情况，做不到者将随时被取消资助资格。

自2006年开始每年受资助的贫困学生都有20个左右，那么贫困学生写的信每年至少有40封之多，但郑存汉、高学香两位先生做到了有信必回，有问必答，从来没有让贫困学生失望，贫困学生从中学到了许多做人的道理。郑存汉先生还广泛收集资料，为受资助的贫困学生编撰通俗易懂的读物《学习的取向与方法》，受资助的贫困学生从中深受启发感悟颇多。许多贫困学生在受到经济资助和谆谆教导后，努力学习，奋发图强，积极演绎"知识改变命运，学习成就未来"的佳话。

至今受香港思贤教育基金会资助的贫困学生合计 119 人，其中绝大部分受资助三年，小部分受资助或一年或二年；受到香港思贤教育基金会奖励的优秀学生合计 30 人。如今那些曾经受香港思贤教育基金会资助和奖励的学生都已大学毕业，正在祖国的大江南北的各条战线上，为实现"中国梦我的梦"而勇敢作为，积极担当。

又设新奖 推波助澜

2002 年，长乐华侨中学成为"省二级达标学校"，以魏存诚为首的学校领导班子继续运筹帷幄，努力保护广大教师再创辉煌的高涨热情，奋力维护学校"如日中天"的态势，积极规划创建"省一级达标高中"的蓝图。在"侨中人"自强不息、执着追求中，在各界人士的大力支持和众多校友的鼎力帮助下，特别是以时任福州市委常委、长乐市委书记林彬为代表的长乐市领导的远见卓识，有力举措，成就了"新侨中"，为学校创建"省一级达标高中"插上了凌空腾飞的翅膀。

学校于 2006 年 7 月乔迁长山湖畔，创建"省一级达标高中"的热潮一浪高过一浪……郑存汉和高学香等香港思贤教育基金会爱心人士看在眼里喜在心头，一边乐于新侨中的捐建，一边乐于采纳学校的建议，把奖励优秀学生改为奖励优秀班主任。郑存汉和高学香等香港思贤教育基金会爱心人士明白奖励优秀班主任比奖励优秀学生更具有现实意义：一、"存汉教学奖"是奖励教学能力强且成效好的老师，而奖励优秀班主任则能鼓励更多的老师争当班主任且努力把班主任工作做好。二、教育教学的整体效果如何，班主任的作用是非常关键，而且班主任是"铁打的营盘"，不是"流水的兵"。于是郑存汉和高学香等香港思贤教育基金会爱心人士和学校领导达成共识，经过商议决定设立"香港思贤奖"，每年奖励二十名优秀教职工各 1000 元，于 2007 年 9 月教师节开始实施，至今"香港思贤奖"已评选八届，共有 160 人（次）获奖。

"香港思贤奖"的设立，有力地促进"全员育人，全方位育人"的工作，极大地提高全体教职工"为人师表，教书育人，管理育人"的积极性和自觉性，为促进学校创建"福建省一级达标高中"发挥重要作用。

再设大奖 愿景成真

2010 年，长乐华侨中学成为"省一级达标高中"。新的起点，新的梦想，"侨中人"又豪情满怀地从新的起点出发，奔走在追求新的梦想的路上……2015 年新年之际，郑存汉先生向学校书信一封，表示从 2015 年开始，香港思贤教育基金会将设立"考入名牌大学奖"，即长乐华侨中学学生考入北京大学、清华大学和复旦大学，每人奖励 2 万元人民币。这锦上添花之举，寄托着郑存汉和高学香两位先生以及香港思贤教育基金会的其他爱心人士的美好愿景：长乐华侨中学能行，"侨中人"一定能行！

在学校晋升"福建省一级达标高中"以后，"侨中人"大胆地提出了"北大梦"和"清华梦"……时任校长魏存诚参加长乐市教师节座谈会时，向长乐市领导提出了改变长乐华侨中学高中生源的建议，希望能以学校晋升"福建省一级达标高中"为契机，改变长乐市"一花独放"的局面，时任福州市委常委、长乐市委书记林彬欣闻长乐华侨中学晋升"福建省一级达标高中"的喜讯后，觉得魏存诚校长提出的改变长乐华侨中学高中生源的建议很有道理，就指示长乐市教育局领导对魏存诚校长提出的改变我校高中生源的建议进行调研，遗憾的是结果不了了之，仍然是"一江春水向东流"，这样长乐华侨中学虽然是"福建省一级达标高中",但因为没有生源优势,所以名不副实,仅仅是一类高中学校中的二流学校,对此,"侨中人"很无奈,"北大梦"和"清华梦"好像也就成了痴心妄想。

山重水复疑无路,柳暗花明又一村。长乐华侨中学还是被各级党委和政府以及教育部门看好,2010年承办"内地新疆高中班"。天赐良机,天山脚下一批优秀的初中毕业生不远千里,到长乐华侨中学就读"内地新疆高中班"。学校领导审时度势,向全体教职工吹响了实现"北大梦"和"清华梦"的号角,希望"侨中人"能抓住难得的机遇,通过"内地新疆高中班"这个平台,向世人证明"侨中人"是有能力培养学生上"北大"和"清华"。功夫不负有心人,2015年8月,第二届"内地新疆高中班"的孜巴古丽同学以福建省"内地新疆高中班"高考第一名的成绩被北大录取,长乐华侨中学的史册有了浓墨重彩的辉煌一页。孜巴古丽不仅圆了自己的"北大梦",还圆了"侨中人"的"北大梦",郑存汉和高学香两位先生以及香港思贤教育基金会的其他爱心人士的美好愿景也变成现实。

思贤情怀 诚信如歌

时光如梭,飞速流逝,30多年过去了,漫漫长路艰辛跋涉,长乐华侨中学从当年的初级中学发展成为完全中学(即有初中部和高中部),直到被授予"福建省一级达标高中(学校)",再到承办"新疆内地高中班"圆梦北大,实现历史性的飞跃,与郑存汉和高学香两位先生以及香港思贤教育基金会的其他爱心人士的一往情深、一路相伴的赤诚奉献是分不开的。

思贤情怀数十载,诚信情操一路歌。从1985年首个教师节郑存汉先生捐款5000元为每一位教师量身定做一套西服,到1999至2001年三年间郑存汉先生出资邀请教师共计 13 人到香港参观考察；从为获得"存汉教学奖"的教师 61 人（次）颁发奖金共计 16 万多元；到为荣获"思贤奖"的教师 160 人（次）颁发奖金共计 16 万元；从捐赠人民币 2 万元支持校刊《太阳风》改版、捐资 10 万元建设新侨中"思贤径"、捐赠 20 万元建设新侨中南校门、捐赠 13 万元建设新侨中"磐石万载 苍榕新风"景观和绿化校园、捐赠 5 万元建设新侨中"乘风破浪"雕塑、捐赠 25 万元建设新侨中"爱心园"，到奖励中高考优秀生 30 名（奖学金每人 1000—3000 元）、资助贫困生 119 人（助学金每学年每人从开始时的 1200 元，到现在的 2000 元）……无不彰显郑存汉和高学香两位先生以及香港思贤教育基金会其他爱心人士那穿越高山大海和历史时空的思贤情怀。郑存汉、高学香两位先生以及香港思贤教育基金会的其他爱心人士最令人肃然起敬之处，就是"只讲奉献，不求回报"，所付出的财力也许可以计量，但所付出的精力是难以计量的，所产生的影响更是无法计量的，他们那高尚的"侨中情，思贤心"的情操和尊师重教"诚也思贤，信也思贤"的精神，已经永远载入长乐华侨中学菁菁校园的美丽画卷里。

写于 2016 年 11 月

走近"卧佛"

题记："卧佛"竣工已七年整，每逢佛诞或假日，成百上千的游客慕名前往游览朝拜。为了答谢各方信众并应各方信众的要求，"法王寺"拟定于2016年12月24日（农历十一月廿六日）举行"卧佛"佛像开光庆典，在此前夕，我应约又一次走近"卧佛"……有感于两位企业家和一位法师的杰作——全国最大最完美的青石岩石像"卧佛"，特撰文以表示对他们的由衷敬意。

长乐市潭头镇的一座山上有一尊很大的"卧佛"，我听说后就想去看个究竟。好像是2010年春天的一个周末，那一天，我和高中的几个同学自驾休闲游。当我站在"卧佛"面前，被"卧佛"那超想象的大和两个企业家花了130多万元雕刻"卧佛"的传说强烈地震撼了……后来还几次带友人去瞻仰"卧佛"，每每面对"卧佛"，心里居然都会有写篇文章的冲动，但却一直没有付诸行动。

在我应约为《诚信那些事》这本书赶写完文章《"诚"也思贤　"信"也思贤》后的一天晚上，长乐市诚信促进会会长、长乐市文化艺术交流协会会长林道维打来电话，希望我再赶写一篇文章。由于近来事情繁多感觉很疲惫，潜意识之中想推辞，但听说是写关于"卧佛"的文章，我便来了精神且立即脑筋急转弯——答应接受，以趁此机会了却一个心愿，尽管时间紧材料缺乏。为了让我能尽快掌握第一手材料和熟悉有关情况，林道维会长事先进行了沟通安排。第二天上午，林道维会长、陈明京副会长（长乐市文化艺术交流协会）特意陪同我前往"卧佛"所在地——长乐市潭头镇边兰村。

车行路上 道维会长激情洋溢对我说

汽车在闽江口南岸的公路上行驶，在半小时多的路程中，林道维会长激情洋溢滔滔不绝地述说着，我则十分认真地听着记着……

前不久，我去上海参加我市诚信促进会华东分会第三次会议，与企业家陈建明董事长交谈时，陈建明董事长谈起关于"卧佛"的下一个阶段的建设思路，他邀请我为"卧佛"题刻，盛情难却，我便答应了，并因此得到一些启发，对"卧佛"的建设有了思考："卧佛"如何与文化联系起来进一步扩大影响？我认为我们文化艺术交流协会可以做这方面的工作，那就是让文化融进到"卧佛"的建设之中。"卧佛"的魅力需要文化支持，通过文化注入正能量，让更多的人来游览，因此，我想请文化人特别是著名文化人走进"卧佛"景区，让"卧佛"的知名度不断提高，于是我首先邀请长乐市海滨诗社社长陈瑞志为"卧佛"撰写碑文，然后带着"卧佛"碑文，专程跑到省市书法家协会拜访著名书法家，恳请他们为"卧佛"景区题刻，省书法家协会陈奋武、柯云瀚、方松峰、余端照和福州市书法家协会陈章汉五个人欣然答应为"卧佛"景区题刻，福州市书法家协会郑述信也欣然答应为"卧佛"书写碑文。

省市六个著名书法家都是我的好朋友，很给我面子，非常给力，我很快就拿到他们的作品。紧接着我将省市六个著名书法家以及我的题刻作品，交给"法王寺"住持普度法师，请他安排人在岩石上雕刻，另外还特意将书法家的题刻原稿送给企业家收藏，其中陈奋武写的那一幅送给陈建明收藏，柯云瀚写的那一幅送给姜星栋收藏，做到雕刻和收藏两全其美。

我想到企业家热爱家乡，捐资雕刻"卧佛"，如今已经十来年，"卧佛"的名声越来越大，现在百度里号称全国最大，边兰村也因此名闻天下。我们编辑《诚信那些事》这本书，虽然开了好几场会议，征集解放以来值得记忆的诚信那些事，如延国和种木麻黄、陈竹办教育、莲柄港、18孔水闸、机场选址、海港空港等等，但总觉得题材还不够丰富。前不久叫你赶写的关于郑存汉先生的那篇文章就很好，"华侨"热爱家乡尊师重教做好事，企业家捐资雕刻"卧佛"也是做好事，于是我就联系安排人写，但时过个把月无法落实，而《诚信那些事》这本书即将要付梓，这几天，我想来想去最后还是想请你来写。因为时间很紧，你接受写这篇文章，我很高兴，所以今天，我特意放下其他工作陪你一起去边兰村见企业家陈建明和姜星栋等人，我要交接落实好才会放心。

身临其境 再次感受"卧佛"魅力

我们按照约定时间准时到达"卧佛"景区门口，经过介绍，我认识了捐款雕刻"卧佛"的两位企业家陈建明、姜星栋和"法王寺"的住持普度法师。

陈建明，长乐市首占镇珠湖村人，现任上海森林建材有限公司董事长、上海长乐商会常务副会长、上海福州商会副会长、长乐市诚信促进会副会长。

姜星栋，长乐市潭头镇边兰村人，曾经是原上海北桥轧钢厂总经理、原江苏武进新华钢厂总经理，现任四川新都钢结构厂董事长。

普度法师，长乐市玉田镇人，1989年出家邵武南源寺，1995年福建佛学院毕业，后去新加坡学习三年，学成归国修复祖庭，2000年住持"法王寺"。

陈建明、姜星栋和普度法师三个人十分热情地当起了导游……我们拾阶而上，当一块很大的天然青石岩映入眼帘时，普度法师介绍说，这块天然青石岩最长处26米多，最高处9米多，雕刻有表情丰富的18罗汉和"佛"字。中间的那个"佛"字是由著名的微雕艺术大师、书画家戈壁手书。

接着往上走，我们看到一块巨大的天然青石岩，上面雕刻有一尊巨大的"卧佛"和三尊"佛祖涅槃"以及"卧佛"头下面的一尊"大力金刚"。普度法师介绍说，"卧佛"长33米多、高12米多，呈侧身睡卧状，一臂曲肱而枕，体态安详，人们称这种姿势为"吉祥卧"。"卧佛"前面有三尊"佛祖涅槃"，传说这是"佛陀"在逝世前，向他的弟子们嘱托后事的情景。

走过"卧佛"前面那块非常宽阔略有一些坡度的草坪，从旁边绕到"卧佛"后面，我们看到一尊"大力金刚"（在"卧佛"的脚后面）和并排的九尊神态各异的"小佛像"，普度法师介绍说，那九尊"小佛像"象征常年跟随佛陀身边的弟子，那两尊"大力金刚"如同警卫员守护着"佛陀"。

两处活灵活现的佛像群连成一体，成为非常独特的石雕艺术珍品，与四周的参天古树和奇形岩石，交相辉映，相得益彰，令人称奇，遐想无限。

一见如故 细说"卧佛"文化渊源

相逢何必曾相识，我们一见如故，侃侃而谈，直奔主题。我有备而来，问这问那，而两位企业家陈建明、姜星栋和"法王寺"的住持普度法师则有问有答，话语间和脸庞上自豪满满。

"法王寺"住持普度法师说——

"卧佛"是由锦鲤岩雕刻而成的。锦鲤岩在唐朝"法王寺"的中轴线上，三面环山，四周自然风光秀丽，而且人文景观丰富，如唐朝的"法王寺"、明代的"文峰书院"都坐落在此，长乐明朝状元、"一日君"马铎曾经在"文峰书院"读书。

锦鲤岩四周枫林颇多，形成一道独特的风景。当地人有这么一说："夏时一片翠绿，冬来一片红云。"每到秋季，满山枫叶流丹，枫林似火，蔚为壮观，在朝晖晚霞的映照下，整座山岩如同锦鲤闪耀金光，锦鲤岩因此得名。

　　"卧佛"的设计和雕刻，2006年开始，历经三年多才告峻工，全部费用由企业家姜星栋和陈建明承担，由惠安崇武著名雕刻大师张保海等二十多位雕刻高手共同负责施工。目前这尊巨型"卧佛"已被认定为全国最大最完美的青石岩卧佛石像，可以说是中华之最。

　　姜星栋董事长说——

　　以前，"卧佛"的前面是一个庙，有一天，我去庙里烧香拜佛出来，走到锦鲤岩时，想起有一年去杭州游玩，看到一个"卧佛"的景象，便突发奇想，以后有钱了一定要花十来万元在锦鲤岩中间雕刻一尊"卧佛"。日有所思夜有所梦，我几次夜间做雕刻"卧佛"的梦。老天让我事业有成，于是我在2005年捐献32万元为"毗卢佛"塑像镀金，在2006年捐献10万元建造上山的水泥桥，同时想在锦鲤岩中间雕刻一尊"卧佛"，但普度师傅的宏大愿景是把整块锦鲤岩充分利用，这样雕刻巨型"卧佛"需要的资金就不是几十万元，而是要上百万元甚至更多，我一个人一时还不能独自承担，但我想到好朋友陈建明，于是我就打电话给陈建明，没想到我们俩一拍即合就干了起来。

　　陈建明董事长说——

　　当我接到姜星栋关于雕刻巨型"卧佛"的倡议，并知道了普度师傅的宏大愿景后，马上呼应并立即表态要和姜星栋一起干，花多少钱不管，反正要把事情做起来。那个时候，我也不知道怎么回事。按普度师傅的说法，以过去的工艺，起码要花二三十年的时间才能完成，"乐山大佛"经过三代人的努力才做好。普度师傅非常有本事，"卧佛"雕刻的具体工作安排都是普度师傅在做，普度师傅说没有钱了，我们就把钱汇回来。因为我和姜星栋说好，轮流支付每个月费用开支，就如"民间加会"一样保证经费不间断，"卧佛"雕刻没有因为经费问题而停工。"卧佛"雕刻成功，多亏普度师傅精心构想和悉心运作。我非常感谢普度师傅为边兰村做了一件大好事，一件功德无量的大好事。

　　我问陈建明董事长——

一个人不会无缘无故随便去做一件事，姜董想在锦鲤岩中间雕刻一尊"卧佛"，是源于梦想和承诺，那陈董你和姜董一起做雕刻"卧佛"这件事，又是基于什么情结？

陈建明董事长说——

我根本没有想到"卧佛"会有这么大影响，当初捐资雕刻"卧佛"，不是为了出名，也没有想到会出名，只是想为家乡做一件好事善事。因为我在十岁小学四年级时就随父母到边兰村，我的父亲是小学的校长，我在边兰村生活了20多年，因此，我对边兰村感情很深厚，边兰村是我的第二故乡，边兰村的公益活动，我会踊跃带头参加而且捐款数目远远地大于第一个故乡——珠湖村。我认为做公益事情是积德行善很有意义，为家乡的公益事业捐款是理所当然的。

林道维会长对两个企业家说——

实际上，你们两个外出创业，从根子里面、骨子里面一直有乡愁的情怀，捐款雕刻"卧佛"，提高家乡的知名度，对改变家乡环境和落后面貌会起很大的促进作用。刚才，我们在山脚下看到路两侧新建的古色古香的围廊墙，感觉特别的好。现在镇、村在美化"卧佛"周边的环境，说明你们的善举正在影响和推进当地的"美丽乡村"建设。

我对两个企业家说——

今天，林道维会长牵线让我来见你们，不仅要写你们创业致富不忘桑梓，乐捐行善雕刻"卧佛"的事迹，还要把你们和普度法师用心创意的杰作——"卧佛"提升到文化和历史这个层面来写，给未来留下一个真实的故事和一个美丽的传说。

我认为"卧佛"应该更多地从旅游的层面、文化的层面来宣传，以吸引更多的游客。一个地方的景点应该有历史有文化有故事，并充分地挖掘出来，才能吸引游客。现在外地客人来，只要时间许可，我都会带他们来看"卧佛"，让他们知道长乐有一个巨大的"卧佛"。通过一传十，十传百的过程，让"卧佛"的故事如林道维会长所题刻的那样"神游"八方，家喻户晓！

题字撰文 精美的石头会说话

我们漫步在"卧佛"景区，谈笑风生……岩石上的"题刻"由远及近，清新夺目，熠熠生辉，扑面而来的是那浓浓的文化风。福建省书法家协会主席陈奋武的题刻是"无量寿佛"，福建省书法家协会常务副主席秘书长柯云瀚的题刻是"福慧双修"，福建省书法家协会副主席余端照的题刻是"是心作佛"，福建省书法家协会副秘书长方松峰的题刻是"慈悲为怀"，福州市书法家协会前主席陈章汉的题刻是"无尘"，林道维的题刻是"神游"，陈瑞志撰写、福州市书法家协会副主席郑述信书写的"碑文"是——

邑之北隅，有乡曰边兰，古称枫林境。乡风纯朴，民众善良，笃信释教，聚居七百余户，超百龄者廿余人，为吾邑长寿之乡。

闾里有法王寺，前身乃唐文峰寺，广袤近3000亩，崇峦环抱，绿树甘泉，环境清幽，古枫一片，秋末流丹，比美香山，且邃洞峻岩，为礼佛旅游休憩胜地。

住持普度禅师，慈悲为怀，广结善缘，联乡中耆宿，群策群力，鼎建天王殿、放生池、罗汉壁、昆卢殿、观音阁等于林石间，错落有方，巍峨壮观。

锦鲤岩雄踞寺院中央，占一方之胜，岩前古有锦鲤书院，为明状元马铎读书处，现辟为草坪。壬申岁，信士姜星栋、陈建明二君，明慧眼，发善心，捐资鸠工镌刻卧佛于岩，功德堪褒。佛像法相庄严，硕冠国内，驰名海外。佛节之日，十方善信，顶礼膜拜，共沐鸿恩。长愿佛光普照，福惠大千。是为祷。

传奇故事 梦想和愿景完美结合

陈建明出生于书香门第，但从小就比较叛逆，初中毕业后就辍学外出闯天下，17 岁单枪匹马独闯上海滩，从打工仔到作坊的老板，先后投资石棉瓦制造行业、餐饮行业、钢铁行业、房地产行业等，创办了多家知名企业，成为年产值超过 20 亿元的大公司董事长。在公益慈善事业方面，无论是在第一故乡或第二故乡，还是在上海等其他地方，他总是走在前面，赢得很好的口碑！

姜星栋成为腰缠万贯的企业家，从梦想花十来万元在锦鲤岩中间雕刻一尊"卧佛"，到与陈建明合作捐款雕刻巨型"卧佛"，与其说是虔诚信佛使然，倒不如说是心怀家乡、情系故土的必然，因此，他深得家乡人的拥戴。

普度法师慈善睿智，以佛交友，开启佛心，广聚佛缘；独具慧眼，因地制宜，山水呈祥，终结硕果。

陈建明、姜星栋和普度法师三个人缘聚锦鲤岩，心有灵犀一点通，结成同心同德的铁三角，或慷慨解囊，或出谋献策，终于让一个虔诚的梦想和一个宏大的愿景完美地结合，千年吴航又多了一个"卧佛"圣地美景。

如果说捐款雕刻"卧佛"的两位企业家陈建明、姜星栋和"法王寺"的住持普度法师书写了"精美的石头会唱歌"的传奇故事，那么林道维会长为首的一班长乐文化达人，以大爱暖千秋的情怀，鼓动和感召那些省市著名书法家为"卧佛"景区挥毫泼墨，锦上添花，则是一个美丽故事。

"卧佛"从开工雕刻，到竣工，再到即将到来的开光庆典，足足历经十载春秋，凝聚着许多人的智慧之光，呈现着许多人的诚信之举，寄托着许多人的祈福之愿，如今"美丽乡村"建设如火如荼，"幸福家园"创建方兴未艾，"民富国强，众安道泰"是中国梦的主旋律。在长乐这片神奇的沃土上，有梦就会

无言浪花彩虹倩 *********

有故事，圆梦的故事动人心弦，传奇的故事引人入胜……

写于 2016 年 12 月

［附］

福慧双修任神游

——读林华的《走近"卧佛"》有感

翁祖兴

闽江水绕边兰村，佛祖侧卧锦鲤岩。

大唐一脉法王寺，普度法师又结缘。

明代书院号文峰，千古传颂一日君。

欣逢盛世宏愿景，姜陈信士献巨金。

星栋了却虔诚梦，建明总发慈善心。

道维邀约众书家，林林总总树碑林。

无量寿佛石上刻，礼佛无尘洗凡心。

枫叶流丹秋似火，福慧双修任神游。

写于 2018 年 3 月

诚信文化的又一次飞跃

——写在《诚信那些事》出版发行之际

　　因为缘分，因为情谊，因为感动，我从看客到作者，再到编审，书不经意间成为纽带。

　　去年也是这个秋高气爽的时节，我的文集《年轮圈圈道道情》首发式在冰心文学馆举行，长乐市诚信促进会会长、长乐市文化艺术交流协会会长林道维因为为我的文集《年轮圈圈道道情》题写书名而应邀与会，他在发言中希望我为他主编的《诚信那些事》这本书撰写一篇关于郑存汉和高学香等爱心人士几十年如一日尊师重教心系侨中的文章，我十分恭敬地从命了，但是在我撰写好文章《诚也思贤　信也思贤》交差后，他又要我紧接着撰写关于长乐域外企业家陈建明、姜星栋捐巨款雕刻"卧佛"的传奇故事的文章……因为《诚信那些事》这本书就要以内部资料交付印刷出版，因此我在工作之余，半个月时间赶写了两篇文章。

　　《诚信那些事》这本书立足于讲长乐故事、说长乐人文，她是长乐历史画卷的缩影。许南吉书记和蔡劲松市长在书的"序"中这样写道："这是一部着力宣传诚信，弘扬正能量的好书。"因此，我欣然被牵着走进《诚信那些事》

这本书，也就走进长乐的历史天空。在编审《诚信那些事》这本书的过程中，我从开篇《绿色长城耸海疆》到尾篇《走近"卧佛"》，认真地阅览了好几遍，透过那14篇佳作，看到了长乐人"敢叫山河换新装"的豪迈，看到了著名侨领"海角天涯中国心"的情怀，看到了香港乡亲"情系桑梓 尊师重教"的爱心，看到了企业家"能拼会赢勇争先"的闯劲，看到了长乐蒸蒸日上的景象……感动之余斗胆提了几点建议，几乎都被采纳，使《诚信那些事》这本书得以正式出版。

我虽然是后期才介入《诚信那些事》这本书的有关工作，但所经历的过程、所听说的情况感动多多。《诚信那些事》这本书中的许多故事，我或耳熟能详或亲历目睹，但把那些脍炙人口的故事跃然纸上并不是很容易的事情。林道维会长别具慧眼，立足诚信文化，多方位多领域，从历史文化的高度，策划主编《诚信那些事》这本书，其中艰辛不是三言两语能说得清楚。如今《诚信那些事》这本书以正式出版物面世，是诚信文化的又一次飞跃，书中所汇集的那些重大历史事件的碎片，将唤醒长乐人已经尘封已久的记忆。

《诚信那些事》这本书中那些熟悉的名字，让我想起了许多前辈深情讲述他们的故事的情景……延国和县长因为花了八年时间治理风沙造林绿化、改变恶劣生态环境，深得长乐人民的爱戴，树立了不朽的丰碑，因此梅花等海边乡镇都树立纪念的石碑，如今闽江口风景区也建造了"长乐绿化馆"和延国和的塑像以供后人缅怀纪念。陈竹校长用生命的音符弹奏出一首治学有方、敢闯敢试、声名鹊起的教育赞歌，至今那个时代的人们说起陈竹校长，仍然赞不绝口，特别是那些熟知陈竹校长的那些学生感伤中充满深深的自豪。

《诚信那些事》这本书凝聚着林道维会长等许多老干部的心血，他们老骥伏枥，酿就了一坛长乐历史文化的美酒。我感思其中，透过《福州长乐国际机场选址记忆》，仿佛看到林道维会长当年在乡镇任职忘我工作的场景；透过《遗爱——营前模范村再出发》，仿佛看到林道维会长退休后老当益壮，把"余热"化为动力，把乡愁情怀淋漓尽致地广泛传扬。更为可贵的是林道维会长始终与时俱进，站在时代的潮头，以特有的敏锐性，不失时机地大力宣传著名侨领陈荣华、郑存汉等爱国爱乡的事迹；以文化为载体，勤恳开拓长乐域内外企业的诚信建设，宣扬诚信在企业经营中的重要作用。

《诚信那些事》这本书让我联想到长乐市诚信促进会和长乐市文化艺术交流协会曾经出版发行的《诚信闯天下》（内部资料）三册丛书。《诚信闯天下》（内部资料）三册丛书共收录57篇文章，看似从"诚信"的角度生动地描述了57位长乐企业家商海潮头谱华章的故事，但实质上却是从文化的层面和精神的高度宣扬企业经营贵在诚信。《诚信闯天下》（内部资料）三册丛书的每篇文章立体地呈现了长乐企业家波澜壮阔的创业历程，已经震撼人心，配上别具一格的诗联和书法，散发着浓郁的文化艺术韵味，更是沁人心扉。阅读每一篇文章，欣赏每一幅诗联和书法，我的心海便泛起阵阵涟漪……因为长乐历史有了企业文化的绚丽篇章。 从《诚信闯天下》（内部资料）三册丛书到《诚信那些事》，从诚信文化到企业文化，再到历史文化，一步一个脚印，一次一个飞跃。文化也罢，历史也罢，都要靠书去传承。长乐市诚信促进会和长乐市文化艺术交流协会在短短的几年间，编撰出版四本书和一本纪念画册（《诚信漫道从头越——纪念长乐市诚信促进会成立五周年》），让书成为传承诚信文化、企业文化、历史文化的使者。

长乐市诚信促进会和长乐市文化艺术交流协会在林道维会长的领导下，红红火火，声名远扬，福建省诚信促进会会长陈伦多次点赞长乐市诚信促进会。林道维会长担任会长伊始，2008年，创立《诚信文化家园》彩刊，接着独具匠心地组织长乐市作家协会会员等写作好手一百多人分期分批采访长乐域内外企业家，主编反映企业家风采的《诚信闯天下》（内部资料）丛书。2009

年，《诚信闯天下》第一册出版发行；2011年，《诚信闯天下》第二册出版发行；2012年，《诚信闯天下》第三册出版发行。《诚信闯天下》（内部资料）三册丛书的出版发行，在长乐域内域外尤其在企业家中产生巨大反响，出现了企业家踊跃加入长乐市诚信促进会的热潮，如今长乐市诚信促进会有会员600多人。2013年，长乐市诚信促进会成立五周年之际，他主编《诚信漫道从头越》纪念画册并出版发行，又一次得到社会各界好评。2015年，他掀起诚信歌曲创作风，并出版发行《长乐市"诚信杯"获奖歌曲专辑》（共有12首歌），让诚信歌曲响彻吴航上空。2016年，他再次独具匠心地主编《诚信那些事》，让新中国成立后长乐大地那些可歌可泣的重大事件和重要人物辉耀千秋。历时两年多，《诚信那些事》这本书终于由海峡文艺出版社正式出版发行。

因为《诚信那些事》这本书，我有幸走进长乐市诚信促进会和长乐市文化艺术交流协会，目睹老干部们的工作情景，深受感动，因为他们曾经都是长乐的风云人物，但从领导岗位退下来后，不忘初心，秉性难改，工作态度仍然那么严谨，工作积极性仍然那么高涨。林道维、陈宝国、林木栋等老干部，他们不仅极大地促进了长乐诚信建设，而且让长乐诚信文化丰富多彩。

诚信漫道从头越！在长乐市诚信促进会即将走过十个年头之际，《诚信那些事》正式出版发行，是诚信文化花朵的又一次绚丽绽放；在长乐设区撤市挂牌之际，《诚信那些事》正式出版发行，将成为长乐历史的一个记忆。

写于2017年11月

福矛飘香慕名行

我素来不好喝酒，自然对酒的历史以及文化的了解就比较肤浅，但关于酒的趣事却时有耳闻目染。

酒壮人胆英气豪，举杯试问谁能敌！《水浒传》中武松"三碗不过岗"的经典故事，脍炙人口，妇孺皆知。醉意朦胧灵感来，诗歌绝句千古传！唐代诗人李白爱酒成狂，饮酒作诗是标配，其诗歌1000多首五分之一与酒有关，因此被世人称为"诗仙"，还被冠以"酒仙"。

我虽然不好喝酒，但"喝酒透脚"的感觉也曾有过，"醉酒乏力"的感受也曾体验过，那纯粹是因为十分向往"酒逢知己千杯少"、"人生难得几回醉"的意境，更是想探究沁人心脾的酒香魔力。

有一天，在微信中读罢《液体火焰》，脑海中"喝酒不好"的潜意识竟然被完全颠覆了，我似乎一下子读懂了"没有诗的人生是寂寞的，没有酒的诗歌是干涩的"。如今，我不再对酒设防了，特别是同学、朋友小聚，哪怕把车停在酒店走路回家（喝酒不开车），都会"把酒问青天，明月几时有"，倾力尽心共相陪。

"福矛飘香"慕名行，"千年酒城"桑梓情。我们"千年酒城"之行的缘由有二：一、福矛酒业集团董事长蒋国兴是长乐人，他盛情邀请家乡人前往品酒观花听音乐。二、"福矛窖酒"是金砖国宴用酒，"回家的感觉"传佳话。

周末天气难得的好，我们出行了！中巴经过两个多小时穿山越桥的高速行驶，把我们二十几人载到闽北武夷山下那山清水秀的"芝城"。"芝城"是建瓯的雅称，建瓯古名建州，是福建历史上最早设置的四个县之一，也是最早设置的府，"福建"就是由福州、建州各取第一个字而得名的。"芝城"不仅有"中国竹子之乡"、"中国锥栗之乡"、"中国根雕之都"等多张"国"字号名片，还是酒香飘万里的"千年酒城"，2016年被授予"中国东南白酒名城"，又多了一张"国"字号名片。

路边怎么有那么多的大酒坛？语惊四座。大家的目光齐刷刷地聚焦到路边那些摆放有序约一米六高且中间看似贴着"福矛"两个字的大酒坛，心里自然明白已经到了目的地——福矛酒业集团。中巴驶进洋溢古典情韵的大门，我们便看到福矛酒业集团大楼，只见福矛酒业集团的工作人员已经在热情迎候。也许福矛酒业集团董事长是长乐人的缘故，我们感觉很亲切，还真有"回家的感觉"！

我们在福矛酒业集团工作人员的引领下，步入偌大的产品展示厅，首先是品酒，然后带着酒香听讲解观陈列。讲解员的介绍，豁然打开我那尘封几十年的记忆。上个世纪80年代，电视上"黄华山米烧顶呱呱"的广告语在我耳畔回响。当年"黄华山米烧"驰名八闽，成为寻常百姓酒桌上的最爱。如今福矛酒业集团旗下生产"黄华山米烧"的建瓯黄华山酿酒有限公司被认定为"福建省老字号"企业。从讲解员的介绍中，可以看出"福矛窖酒"是福矛酒业集团重点打造的品牌。"福矛窖酒"先后获得"巴黎国际名优酒博览会金奖"、"中国驰名商标"等荣誉，成为2008年北京奥运会和2012年伦敦奥运会中国国家举重队庆功用酒，2010年上海世博会福建馆指定用酒；2011至2013年三度搭载神舟飞船（神八、神九和神十）遨游太空；2017年厦门金砖国家领导人宴会用酒，演绎了"回家的感觉"的传奇佳话。

"福矛窖酒"通过电视等媒体强力广而告之，但我由于不好喝酒，因此对"福矛窖酒"的强力广而告之，也就根本不在意，什么"酱香突出、酒质醇正、绵甜净爽、空杯留香"等等，全然当耳边风。至于亲近"福矛窖酒"，那是在今年的一个新春聚会，"福矛窖酒"成为午宴用酒。我很想好好地品尝一番福矛美酒，以识得"庐山真面目"，但碍于开车，不无遗憾地只好"错过"。

福矛酒业集团的工作人员把我们带到"酒城"。"酒城"即酒库，从前叫"酒窖"。"酒城"门口树立着一块牌子，详细地介绍了"酒城"的情况，不妨抄录若干如下："酒库的建筑面积 2200 多平方米，可贮存 28800 吨福矛基酒。放置特大型酒坛贮酒，每坛可装福矛基酒 1 吨（2000 斤），还有 7 个不锈钢贮酒罐（每个 58 吨）……福矛酒经过一段时间贮存，口味变得醇和柔顺。"

我们走进"酒城"，震撼感油然而生，因为"酒城"之大出乎想象。我们大都是第一次看到如此大的"酒城"，因此个个饶有兴趣地问这问那，并不停地拍照留影纪念。在原酒售卖寄存展示区，我们看到好多大小不一的酒坛上，贴有封条并写着客户姓名和买酒日期。

"福矛窖酒"酿造工序颇多且生产流水线车间连连，时间有限，不能一一细看，我只能走马观花，但对走廊实物展示区墙壁上的一版"建瓯福矛酒文化展厅之历史传承篇"和两版"建瓯福矛酒文化展厅之企业篇"还是比较认真地浏览一通，从中感受到历史的厚重和文化的清新，但如果"建瓯福矛酒文化展厅之企业篇"能加上"发展"两个字就更好了，即"建瓯福矛酒文化展厅之企业发展篇"。历史和文化是企业发展的两只翅膀，传承历史，使企业更有魅力；宣扬文化，让企业更有活力，福矛酒业集团很好地做到了！

朝阳彤彤，天空蓝蓝。从大门口路旁摆列的那么多大酒坛，到集团大门洋溢的古典情韵；从集团内随处可见的宣传栏，以及福矛酒产品展示厅，到绿树成荫、水池喷泉、曲径通幽的环境，无不彰显福矛集团以"打造绿色酒业领袖品牌"为愿景，秉承"为健康幸福酿造每一滴酒"的责任与使命，建设"酒文化——体验——观光"为一体的旅游链，具有强烈的历史感和现代感的浓郁气息，让八方来客在独特的感受中，留下"福矛飘香"的深刻印象。

福矛酒业集团董事长蒋国兴对我们如是说："2004 年，我抓住国营企业改制的契机,投资拿下建瓯黄华山酿酒有限公司的掌舵权,成立福矛酒业集团。在进行国营企业转为民营企业的过程中,我十分注意国营企业和民营企业优势互补,着力优化企业管理机制。我掌舵13年,历经白酒行业的起起落落,很不容易坚持到今天,承蒙当地党委和政府的大力支持,以及家乡亲朋好友的鼎力帮助。"他14岁出门闯荡经商,接触白酒行业就爱上了建瓯这座"千年酒城",并迷上了酿酒文化。1994年,他成为"黄华山"白酒的经销商,从此一发不可收……他蹄疾步稳,勇毅笃行,至真至诚地游历于酒的大千世界,从秀美建溪畔的闽国故都到八闽首府,从普通家酒到省级名酒乃至国宴用酒,从地球到浩瀚宇宙,思绪飞越高山大海穿越时空隧道,回味无穷的佳酿醇香……如今他是"福矛窖酒酿造技艺"的"非遗"传承人,是福建酒业的巨头,担任福建省酒业协会会长,立志将"福矛窖酒"打造成为中国三大酱香型白酒品牌之一,让福矛酒香飘世界。

游走"千年酒城",不喝"福矛窖酒",于情于理都说不过去,更何况"福矛窖酒"是福建省的顶级名酒、国宴用酒。我既然对酒已经不设防了,那就斟满酒杯潇洒爽快一回!中午,我只能品酒闻香找感觉,因为下午要游览观光。晚上,我终于豁出去,频频举杯尽欢颜,体会那幸福的"回家的感觉"——

"千年酒城" 情热的夜晚 / 那颗驿动的心 终于再次放下 / 举杯畅饮"福矛窖酒" / 找寻那"回家的感觉"

几声乡音 几缕乡情 几多乡亲 / 真真切切 迷迷幻幻 / 乡愁淡然 不再缠绵 / 全因为酒杯盛满醉人佳酿

厉害了 我的老乡 / 他乡创业酿美酒 / 名扬神州 不忘报桑梓 / 走南闯北的长乐人啊 / 最懂"回家的感觉"啥滋味

写于 2018 年 6 月

于无声处见深情

　　金秋时节，丹桂飘香。应福建省诚信促进会主办的《诚信》期刊约稿，我又一次走进郑存汉先生的家乡——福州市长乐区猴屿乡，探寻他爱国爱乡、尊师重教、乐善好施和弘扬中华民族优秀传统文化的人生轨迹。

　　大江东流，海纳百川。蜿蜒不息的闽江泛波起浪，奔向大海。在闽江口南岸，有一个闻名遐迩的风景名胜——猴屿岩。我拾阶而上，漫步于林中石道，曲径通幽的感觉油然而生……蓦然抬头，只见一块硕大的岩石缝中奇异地长出两株大树，在大树根须缠绕的石壁上刻有苍劲有力，红漆点染的"一岩两树，同根并茂"的大字，奇景佳句令人驻足观赏。哦，原来这是旅居香港深爱家乡的郑存汉先生巧借"一石两树"的奇景，亲自撰写佳句并请书法家沈觐寿先生题写后请人镌刻在岩石上，希望猴屿乡的郑村和张村的乡亲摒弃前嫌，团结和睦，共同发展。

　　"渴望知识勤学习，传统文化装心怀；于无声处见深情，执着前行献大爱"，这是郑存汉先生给我的深刻印象。郑存汉先生是伟中行有限公司、香港美达船务有限公司的董事长，担任香港十邑同乡会常务理事长、香港港东狮子会会长、香港思贤教育基金会会长。他不仅是一位成功的企业家，还是颇有文化理念和教育思想的社会活动家，几十年来一直热心公益事业，无数次慷慨解囊，支持家乡的文化教育事业的发展。他担任福州市政协委员、长乐市政协常务委员期间，总是放下手头繁忙的事务，从香港专程回到家乡参加会议，积极建言献策并撰写提案，为家乡的经济建设和文化教育事业的发展贡献力量。

诚信为人 酷爱传统文化

郑存汉先生可以说是诚信为人的典范。他事业有成蒸蒸日上，就是诚信为人的结果。他言出必行，有诺必践，对乡亲是如此，对朋友也是如此，深得众人拥戴。他十分热衷于弘扬中华民族传统优秀文化，热心促进公益文化事业的发展，因此他还应邀成为福州市长乐区诚信促进会的高级顾问、福州市长乐区文化艺术交流协会的名誉会长和福州市长乐区诚儒书院的名誉院长。他几次主动为福州市长乐区诚信促进会和福州市长乐区文化艺术交流协会以及诚儒书院组织的活动赞助捐款，有时还抽空专程参加活动。

郑存汉先生由于到处行善乐捐，热心公益事业，受到中央领导的接见并合影留念，但他从不张扬，总是以一颗平常心，默默地做着好事善事而且不图回报。他先后向冰心文学馆、长乐华侨博物馆建设捐资，从不谈起；他主动为我出版《年轮圈圈道道情》提供经费赞助，也从不声张，而且还专程参加出版首发式；还有很多鲜为人知捐款助力文化事业的感人事例，不胜枚举。面对众人的称赞，他总是面带微笑十分谦逊地回答说，这一点小事不足挂齿。

郑存汉先生特别喜欢《易经》中的两句话，即"天行健，君子以自强不息；地势坤，君子以厚德载物"，因此经人介绍特地请中国社科院语言研究所副所长董琨教授以楷、行、篆三种字体写了三个条幅，挂在内室以勉励、鞭策自己和家人。他被南宋时期名人高峰写的诗句所感动，特意通过福建省文联党组书记林德冠请著名书法家陈奋武先生书写：手把青秧插满田，低头便见水中天，心地清净方为道，退步原来是向前。他说"心地清静方为道"这诗句太感人了，应作为座右铭，中华民族优秀传统文化的魅力太大了。

郑存汉先生深知优秀传统文化是一个民族的历史脉络，因此他对中华民族传统优秀文化十分热爱，一往情深。他在繁忙地兴办实业的同时，却一直挤时间阅读关于人生修养的书法和中国文化典籍，背诵不少诗词和楹联中寓意深长、富有哲理的诗句和格言。只要听说哪里有什么好对联，他就会不顾旅途辛劳而去观赏，并用心地把它记录下来或背诵下来。

郑存汉先生每到新年之际，总是特别印制精美台历，并及时邮寄赠送给许多友人，已经坚持十几年。每年特别印制精美台历向友人恭贺新禧，虽然看似一件很小的事情，但从中却反映了他的为人之热诚，思想之追求。他精心选择确定台历的主题和内容，选用的都是富有哲理的经典格言语录等；台历设计不仅充满中国式的喜庆色彩，而且洋溢着浓郁的中华民族优秀传统文化气息。小小一本精美台历寄托了他崇尚文化的情怀，道出了他是一个极其重视文化教育的人。

心系桑梓 钟情教育事业

"振兴中华，最根本的是要振兴教育"这是郑存汉先生在 30 多年前参加"5·16"长乐专场招商会时对记者说的一句话。言为心声！郑存汉先生从第一个教师节开始钟情教育事业，便一发不可收，至今仍然迈步于教育事业的阳光大道上……

(一) 心系桑梓 兴建"猴屿华侨学校"

乡恋是郑存汉先生永远挥不去的情愁。郑存汉先生一直魂牵梦萦养育他成长的福州市长乐区猴屿乡，在那里他度过了童年和少年。上世纪 50 年代中期，他小学毕业尊重父母之意，停学在家务农，但深感没有文化难以自立自强，就向父母表白要继续求学的心愿。善解人意的父母明白他的心愿后就同意让他继续上学读初中和高中。60 年代初，一个机会来临，他不得已放弃高中学业赴香港定居，从此开始艰辛的创业人生……顽强打拼，终于事业有成，他身在异乡，却心系桑梓，为改变家乡的面貌添砖加瓦，如家乡修水库、装自来水、筑公路、建文化宫等出工出力出资，还致力于促进家乡教育事业的发展。

郑存汉先生带头捐款，兴建壮观靓丽的"猴屿华侨学校"。1985 年，郑存汉先生为了改变家乡教育落后的面貌，置香港和内地的生意于不顾，奔波于海外乡亲聚居的美国、新加坡等地方，经过一番努力，终于筹集到 120 万巨资，满载而归。不久后，一座布局理想、配套完整的现代化学校便在家乡——猴屿乡拔地而起。花园式的"猴屿华侨学校"校园中，有两座高四层宽敞明亮的教学楼，一座富丽堂皇的礼堂，一座教师套房公寓，一座厨房膳厅，还有一个长200 米跑道的运动场，总面积达到 17 亩多……"猴屿华侨学校"落成后，郑存汉先生还独资购买花草树木并聘请花匠在学校内部和周边种花、植树，以绿化、美化校园。这在当时是一件非常了不起的事情，福州市、福建省乃至国家教育部门的许多领导闻讯都抽空到校视察指导工作，并给予极大赞扬。

(二) 情牵侨中 一路相伴三十多载

郑存汉先生从 1985 年第一个教师节至今，30 多年间，情牵长乐华侨中学，不断地送温暖，支持学校的发展。第一个教师节，他为每一位教师量身定制一套青蓝色全毛西装，以后每逢教师节，或来函来电表示祝贺，或亲自光临学校送来慰问款并与老师共度佳节。学校要兴建科学馆，他带头慷慨解囊。学校创建"省普通高中三级达标学校"，他捐款赞助3万元人民币添置电脑设备。1999年学校在中、高考中取得辉煌成绩，他感到由衷的喜悦之余，邀请毕业班教师代表前往香港参观考察。据此学校前后共安排三批共14人赴港，每一次都受到郑存汉先生的热情款待。1999年，为了进一步激励教师在教学中取得更大成绩，他应学校要求同意设立"存汉教学奖"，每年评选一次，每次评选3至5人，每人奖励由开始的2000元人民币，后提高到3000元、4000元人民币。至今已评出16届，共有61人次获得此项殊荣，颁发奖金共计16万多元。

20世纪90年代创办的校刊《太阳风》，引起郑存汉先生的兴趣，他热情鼓励要把校刊继续办下去，而且要办好。2000年，为了提高档次和影响力，他提议《太阳风》从第11期开始改成精装版，并赞助人民币2万元。不久后《太阳风》就被评为全国"99佳校园优秀刊物"，如今《太阳风》已出版60多期，深受师生特别是文学爱好者的喜欢。

郑存汉先生还和香港的其他侨领一起为长乐华侨中学成立香港思贤教育基金会，筹集资金专门用于奖励优秀教师、优秀学生和资助家庭困难的学生，以及学校的建设。

从2001年开始，每年奖励中、高考成绩位列学校前3名的优秀学生，直到2006年为止，受到奖励的优秀学生合计30人，奖励金每人1000至3000元。2007年教师节前夕，郑存汉先生等香港的其他侨领提议再设"长乐华侨中学20佳教育教学奖（思贤奖）"，每人奖励1000元，奖金全部由香港思贤教育基金会提供，截至2014年，已评选出八届，共有160人次获奖，颁发奖金共计16万元。每年资助帮扶20位贫困学生，每生每年资助2000元左右，此后十多年期间，郑存汉先生经常与贫困学生保持书信联系，定期来校与贫困学生座谈或到贫困学生家里访问。至今受资助的贫困学生合计 119 人，其中绝大部分受资助 3 年，小部分受资助或 1 年或 2 年。

2006 年夏，学校由汾阳溪畔迁到长山湖旁。郑存汉先生捐款 13 万元建设一个景观，即在运动场南侧边移栽一棵大榕树和放置景观石，并在景观石上撰句题刻"磐石万载 苍榕新风"，同时联系校友高学香先生捐款 20 万元建设学校南大门，卢丽锋先生捐款 5 万元建设"乘风破浪"雕塑，还带领香港港东狮子会捐资 10 万元修建"思贤径"。2013 年底，他带领香港思贤教育基金会捐款 25 万元为学校"爱心园"捐建冰心雕塑 1 座。

2014 年底，郑存汉先生来函通知学校，香港思贤教育基金会将增设考上北京大学、清华大学和复旦大学奖学金。2015 年，新疆班学生孜巴古丽以优异的成绩考取北京大学，得到 2 万元的奖学金。

郑存汉先生最令人肃然起敬之处，就是"只讲奉献，不求回报"。30 多年来，郑存汉先生为长乐华侨中学以及广大师生做了许多善事，都是无条件地赤诚奉献，充分展现了一个爱国爱乡人士的博大胸怀，其所释放的能量是又正又纯，震撼力是何等的强大。

如今郑存汉先生已经快 80 岁高龄了，他仍然秉持诚信做人的精神，创业致富不忘报效家乡故土；他仍然神游于精深博大的中华民族传统优秀文化之中，汲取那丰厚的营养，并身体力行地传扬中华民族优秀传统文化；他仍然热情行走于吴航大地，用尊师重教的实际行动，捐款捐物捐建，推进长乐教育事业的发展和振兴！

写于 2018 年 10 月

"金盛兰"是怎样绚丽绽放的

2018 年纪念改革开放 40 周年的礼炮声还未远去，时光的车轮已经驶进 2019 年，喜迎猪年春节和新中国成立 70 周年的气氛一天比一天浓烈……元月中旬的一天上午九点多，寒意袭人，我们一行四人应邀与湖北"金盛兰"企业王总经理同机飞往武汉天河国际机场。

福州市长乐区诚信促进会几次安排我走访长乐人在域外他乡创办的企业，但都因故没有成行，实感遗憾，这一次湖北"金盛兰"企业之旅终于成行！关于"金盛兰"企业的传说，我时有耳闻，也多次听过福州市长乐区诚信促进会的林会长等领导讲"金盛兰"企业诚信创业的故事。

在前往福州长乐国际机场的途中，林会长告诉我湖北"金盛兰"企业是一个规模很大的钢铁厂，于是一个多小时的空中飞行，关于钢铁的记忆纷至沓来，我想起少儿时代小学老师教识字时对"钢铁"二字的解释；还想起父辈们讲述的"1958 年为了赶英超美全民大炼钢铁，甚至急于求成土法炼钢"的"大跃进"；还想起因为"钢铁"二字而阅读《钢铁是怎样炼成的》这本书，从而知道了苏联作家尼古拉·奥斯特洛夫斯基塑造的"保尔·柯察金"这个人物……直到小学毕业的那一年，我观看了钢铁题材的电影《火红的年代》，才对钢铁有了直观的认识，也才明白钢铁在国家建设发展中的重要性，尤其是国防建设需要大量的钢铁，如钢枪、坦克、舰艇、战斗机等兵器制造都需要好钢优质钢……如今钢铁为中国梦插上飞翔的翅膀，大江南北，长城内外，高楼大厦如大树般参天矗立，立交桥如彩虹般空中高悬，无不彰显中国翻天覆地的巨变，钢铁人特别是民营企业的钢铁人无疑功不可没，应该得到浓墨重彩的礼赞！

"飞机即将降落武汉天河国际机场……"机舱里响起空姐悦耳的播音声，把我从回忆的海洋中拉回到现实的彼岸。中午时分天色依然是那么阴沉，室外温度很低，我们赶紧穿上羽绒衣走出机场，湖北"金盛兰"企业的两辆专车立马把我们接走。专车开了一个多小时，进入咸宁市嘉鱼县，我们入住宾馆。

下午三点，天色仍然不见好转，室外能见度很低，到处弥漫的像雾像霾说不清，寒风凛冽刺骨，专车又来接我们。约半小时，专车开进湖北"金盛兰"企业大门，我看见一座大楼屋顶上竖立着五个醒目大字"金盛兰集团"。我们走进"金盛兰集团"大楼，一层大厅扑面而来的巨幅屏幕，正播放着介绍湖北金盛兰冶金科技有限公司的宣传片。我驻足观看，宣传片分"凝聚之力"、"敬业之心"和"超越之势"三个篇章，虽然仅十多分钟，但高度浓缩而具体详实的大量信息，却让人应接不暇。

在王总经理办公室，湖北金盛兰冶金科技有限公司的宣传画册，引起我浓厚的兴趣，我一边翻览宣传画册，一边向王总经理打听一位姓蒋的学生。我的记忆中，好像有一位姓蒋的学生就在湖北金盛兰冶金科技有限公司工作，果然是也，王总经理即刻打电话叫姓蒋的学生到他的办公室面见老师。我1984年大学毕业直接分配到福建省长乐师范学校任教，就教姓蒋的学生，而姓蒋的学生则是中师招生改革后，于1982年被福建省长乐师范学校录取的第一届初中毕业生，学制四年。那一年，福建省长乐师范学校仅向长乐、福清和平潭三个县招收总共两个班 80 人，可以说他们都是中考成绩佼佼者。

学生在异地他乡见到老师甚感意外，师生相见甚是欢喜，我首先感谢他积极响应，为《留住时光的脚步——福建省长乐师范学校的记忆》（上下册）文集撰写《忆长乐师范》：

> 星月心语绵群山，蛙蝉情声对愁眠，
>
> 昨夜黄花比人瘦，朝日黄楼少年心。
>
> 浣纱溪涧炊烟起，极目远眺彩云间，
>
> 白塔斜阳拍稚影，西子湖畔荡秋舟。
>
> 蓦然回首梦依稀，江潭流水不复回，
>
> 红砖青瓦今犹在，不见人面相映红。
>
> 师恩难忘友难别，鸿雁知我寄思情，
>
> 酸甜苦辣忆长师，留得桃李满乾坤。

其次向他通报了《留住时光的脚步——福建省长乐师范学校的记忆》（上下册）文集首发式的盛况，并对他未能抽空参加表示遗憾。

喝茶暖身后，王总经理带我们去见湖北金盛兰冶金科技有限公司的陈董事长。2018 年底，福州市长乐区诚信促进会为了纪念成立十周年，在福州滨海新城——东湖小镇数字智慧中心举行《诚信遇见文化》纪念画册首发式，参加首发式的领导和企业家等嘉宾众多，陈董事长作为福州市长乐区域外的长乐优秀企业家代表上台发言，他的侃侃而言引起我的注意，给我留下深刻的印象。

陈董事长对家乡来人十分欢迎，他和王总经理热情带领我们参观厂区车间生产线。我们六个人分乘两辆专车，首先参观与厂区隔路相望年吞吐量近千万吨的专属码头。我迎风站在码头上，观望四台大吊车在轨道上移动，吊装着各种材料货物，还有架设在空中几百米长的原材料输送带跨过公路直接到厂区，做到全自动卸货分流，原材料一站式运输……眺望厂区以及醒目林立的高炉，红白相间的烟囱，横七竖八大小不同的管道，以及凌空飞架的原材料输送带等生产设备，我禁不住脱口而出：真壮观，真了不起！

那么大的厂区，个把小时是无法全部参观，尽管还是乘坐专车，因此陈董事长和王总经理选择主要的两三个厂区车间生产线供我们参观。我身临其境，终于亲眼目睹电影《火红的年代》中，那难忘的场面：铁水沸腾钢花飞溅，钢条火红徐徐滑过，钢丝圈红艳缓缓流出……"120吨转炉兑铁"格外惊艳。

陈董事长和王总经理在陪同我们参观的过程中，一边回答我们的问询，一边不无自豪地述说着湖北金盛兰冶金科技有限公司的昨天、今天和明天。他们说二期建设还将扩大厂区至万亩，增加两台高炉，年生产钢铁要翻一倍。虽然只是走马观花，但厂区车间生产线高科技和现代化程度以及公司的远景规划却是十分震撼人心的。

一程参观一程感动！一个多小时的参观问询，我想要了解的还未尽兴，于是便有了另找时间向姓蒋的学生进一步了解情况的想法。无独有偶，晚餐饭桌上，我又见到一位姓林的学生，他是福建省长乐师范学校1996届毕业生，学制三年。我虽然没有教过他，但那时我担任政治处主任，主要负责学生日常管理工作，因此对学生情况相当熟悉，特别是"头尾两类学生"印象深刻，他在校表现上乘给我留下比较好的印象。

姓蒋和姓林的两位学生毕业后都被分配到学校从教，但因为校外的世界更精彩，于是先后跳槽转行，如今一起在湖北金盛兰冶金科技有限公司工作，姓林的学生担任公司党委书记、总经理助理和办公室主任，姓蒋的学生担任公司党委副书记、办公室副主任，从任职来看，他们无疑是公司的得力干将。

从宣传片和宣传画册，到陈董事长和工总经理陪同参观介绍，再到我的学生答疑，我基本了解了湖北金盛兰冶金科技有限公司的概况：湖北金盛兰冶金科技有限公司是湖北省大型民营钢铁企业之一，于 2013 年初签约落户长江中游——享有"鱼米之乡"的咸宁市嘉鱼县，2015 年 9 月高炉点火生产，现占地 5000 多亩，投资 70 多亿元，年生产钢铁 300 多万吨。公司由炼铁厂、炼钢厂、轧钢厂、烧结厂、石灰厂、原料厂和能源动力厂（包括 220 千伏总降压变电站和余气余热余压发电厂）等组成，还拥有规模 4 个 5000 吨级泊位、年吞吐量 960 万吨的码头，有大型货运车 200 多辆的运输车队和加油站，有配备 2 辆消防车的专职消防队。公司有员工 5000 多人，其中 200 多长乐人作为骨干担任管理工作，其余的多是嘉鱼县当地人，还有一些人是来自全国各地。公司是"中国民营企业制造业 500 强"、"全国节能减排先锋企业"、"湖北省百强企业"、"咸宁市十佳（强）纳税大户"、"福州市长乐区域外诚信金牌企业"、"嘉鱼县十星级文明企业"等。

　　湖北金盛兰冶金科技有限公司，一个民营企业发展到如此大的规模，而且成为当地经济发展的支柱企业，无论是资金筹集、设备购置，还是公司经营，从工人招聘，到技术人员队伍培养；从生产管理，到产品销往全国各地；从年产值 100 多亿元，到年税收 6 亿多元……，充分显示了陈董事长和王总经理等一班人对公司发展、生产和营销，具有高瞻远瞩、运筹帷幄的非凡"弄潮"才能。

　　在公司大楼一层大厅值班的一个女保安如是回答，她是本村人，村里的土地都被公司征用建钢铁厂，她被公司招聘做保安，每月工资四五千元，还是挺不错的，我们村很多人都在厂里打工，生活比过去好多了。从她的笑脸和说话的语气，可以感觉到她说的都是心里话。

　　当年的嘉鱼县县委副书记、政法委书记如是说，当时湖北金盛兰冶金科技有限公司来嘉鱼县洽谈投资几十亿元建设钢铁厂的项目，要征用很多土地，不少领导疑虑担心重重，而他却坚决支持并主动请缨立下军令状，亲自负责湖北金盛兰冶金科技有限公司投资项目的征地等有关工作。在嘉鱼县主要领导和各方有识人士的支持下，两年多后，一个现代化的钢铁厂拔地而起，高炉点火生产。如今湖北金盛兰冶金科技有限公司成为嘉鱼县的龙头企业，极大地带动了嘉鱼县的经济发展，年税收六七亿元，改变了嘉鱼县财政捉襟见肘的尴尬。

改革开放让民营企业像雨后春笋般破土而出，"金盛兰"在咸宁市嘉鱼县绚丽绽放！面对湖北金盛兰冶金科技有限公司做大做强的态势，我赞叹敬佩之余，深为长乐企业家敢为人先、"诚信闯天下"、爱拼会赢的精神喝彩，深为民营企业星火燎原、蓬勃发展点赞！

改革开放泥沙俱下，大浪淘尽沉者为金。站在长江的堤坝上，瞭望滚滚东去的长江水，我想到长乐曾经十分风光的国营企业如机器厂、糖纸厂、闽江糖厂等纷纷倒闭，工人下岗失业，"回家与爹娘一起吃"的惨淡景象，而民营企业却遍地开花，蒸蒸日上……那么多国营企业"败"了，而那么多民营企业却"兴"了，真是"风云变幻无奈何，几家忧愁几家乐"！

"金盛兰"是怎样绚丽绽放？陈董事长和王总经理率领优秀团队靓丽一片蓝天，富裕一方百姓，已经作出响亮的回答！带着百般的感动和思考，怀着长乐人的豪情和骄傲，告别湖北金盛兰冶金科技有限公司，但其宣传片中的铿锵话语却还在我的耳旁强烈地回响：

凝聚之力。大海因为每一滴水的凝聚而形成，音乐因为每一个音符的凝聚而谱写，成功因为每一天努力的凝聚而铸就。在金盛兰，凝聚是最重要的开始。

敬业之心。有一种态度，是敬业者对专业的认真；有一种奉献，是敬业者对工作的专注；有一种火热，是敬业者对岗位的热爱。在金盛兰，敬业是最亮眼的风采。

超越之势。永不停止的挑战，是对自我的超越；永不怯弱的追赶，是对强者的超越；永不放弃的创新，是对科技的超越。在金盛兰，超越是我们共同的方向！

超越是一种力量，它引导我们勇往直前；超越是一种决心，它召唤我们改变历史；超越是一种气势，它推动我们创造未来！

［相关链接］

① 第二天下午，我们在湖北金盛兰冶金科技有限公司体育馆观看"嘉鱼县红色文艺轻骑兵走进民营企业文艺演出"，嘉鱼县领导作新年慰问讲话，林会长也应邀作了热情洋溢的新年祝福讲话，并向湖北金盛兰冶金科技有限公司赠送《诚信遇见文化》，还现场挥毫书写新年"福"联送给员工。

② 第三天下午，我们走访了长乐企业家、湖北宏城海达实业有限公司陈董事长。

③ 第四天晚上，我们应邀在武汉市参加湖北省福建商会新春团拜会。2018年6月，湖北省福建商会举行第3届第一次会员大会，湖北金盛兰冶金科技有限公司陈董事长被授予湖北省福建商会名誉会长，湖北金盛兰冶金科技有限公司王总经理当选湖北省福建商会第3届理事会会长，湖北宏城海达实业有限公司陈董事长当选湖北省福建商会第3届监事长。

写于 2019 年 1 月

手挥琵琶观瑰宝

——"八闽太极大调研"永安市和连城县之行纪实

　　福建省太极拳协会已经走过五年历程，在 2018 年底换届前夕，我终于应允参加福建省太极拳协会，拟任秘书长，因为我即将退居二线。新一届的福建省太极拳协会有一个宏愿，即编撰《福建太极》丛书。陈金夏会长希望我能承接这项具有历史意义的"差事"，基于我是"体育人"和"作家协会会员"。我诚惶诚恐不敢接受，只能以"试试看"的态度面对，因为太极拳我并不十分熟悉，仅仅是有些喜欢会一两下而已。太极拳是中华武术的瑰宝，习练太极拳的人越来越多，尤其中老年人居多，在福建省太极拳协会注册的全省各地的太极拳高手和爱好者，已经有一万多人，为了编撰《福建太极》丛书，也为了进一步了解福建太极拳的推广和普及情况，促进福建太极拳的发展和提高，"八闽太极大调研"于今年夏天拉开帷幕。"八闽太极大调研"的第一站是宁德市区、福安市和周宁县，我因故没有成行，实感遗憾；第二站是永安市和连城县，我和曾建凯副会长、林清常务副秘书长在陈金夏会长的率领下，顶着炎炎烈日乘坐路虎越野车前往。

燕城江畔话今昔

2019 年 8 月 14 日中午，我们到达永安市。36 年了，我时常梦回永安城，忆想燕江畔的岁月……

1983 年秋，永安一中热情欢迎福建师范大学体育系 80 级的一支实习队，我和其他 12 位同学有幸在永安城、燕江畔度过近一个半月刻骨铭心的实习时光。初上讲台永安城，摇曳青春燕江畔。因为风华正茂，激情燃烧，白天实习上课备课，夜晚体育场"扒托"、"拔草"；因为"落花有意，流水无情"，于是便有了"少年维特之烦恼"……总之，许多的"因为"留下许多美丽的故事，成为同学聚会调侃的永恒话题。

福建师范大学体育系 80 级三个班 90 位学生，仅有吴晓敏是来自永安县。她篮球技术高超，曾代表福建师范大学参加各级各类篮球比赛。大三专业选修时，我和她等九位同学组成 80 级篮球选修(2)班，由陈国瑞老师执教，我们在篮球场馆愉快地度过了一年半的光阴。

转眼间到了毕业季挥手离别，同学们互写赠言鼓励祝福，毕业前夕留下了珍贵的合影。吴晓敏毕业后分配永安一中任教，后调永安县教育局工作，现旅居匈牙利布达佩斯。

2017 年夏天，惠安县崇武古城同学聚会三天，但我等一些同学意犹未尽，于是曾经在永安一中实习的几个同学结伴驱车几百里，奔赴永安一中寻梦……那简陋的校园，那"扒托"、"拔草"的体育场，都已经物非景换；那言传身教的指导老师，几乎都告老退休，还好有吴晓敏随行陪同帮助打听，我们找到了体育组当年最年轻的黄永健老师，黄老师带领我们参观校园并回答了我们的问询，几多牵挂几多祝福终于有了着落。因为实习因为她，永安成为我的牵挂，我来到永安市自然而然就会想起她。傍晚时分，我打开微信与吴晓敏联系，哦！她回国探亲刚返回匈牙利布达佩斯。我告诉她永安市之行"八闽太极大调研"的事宜，她立马向我提供一个信息，即永安一中的翁建生老师对太极拳有专攻且参加各级各类比赛屡屡获奖，是永安市太极拳领军人物。她说翁老师我认识，当年那张实习合影照片，我和翁老师都在里面。我绞尽脑汁地想着当年实习结束时的那张合影照片，但就是想不起来翁老师的模样，也许因为翁老师当年不是我的指导老师，接触甚少而印象不是很深。当年永安一中体育组有五位老师，组长王宏彰老师和指导我的郑为志老师在我尘封的记忆中，印象还比较清晰。

为了激发我的记忆和让我进一步了解翁建生老师，吴晓敏把翁老师的资料发给我。翁老师1978年7月毕业于福建师范大学体育系（武术专修），现为退休中学高级体育教师，中国武术七段，国家级武术段位考评员，陈氏第19代太极拳掌门人陈小旺大师入室弟子，福建省社会武术准特级教练员，国家武术一级裁判员，福建省武术协会常务理事，福建省老体协太极拳专项委员会副主任，福建华夏武术发展中心副秘书长。翁老师近年八次参加国际性武术大赛及全国性武术比赛，共获得了13金7银1铜的优异成绩。在2017年全国太极拳公开赛总决赛中获男子E组规定套路第二名（亚军）。翁老师是我学兄，又是当年我实习学校的体育老师，再加上他在太极拳方面取得骄人成绩，因此，我很想与他见面。晚上六点多，我和翁老师联系上了，但见面要到晚上九点以后，因为翁老师晚上七点要为卫生系统的学员上健身课。翁老师穿着运动装，风尘仆仆地来到我们下榻的酒店，但我的脑海中还没有浮现出翁老师当年的模样。我认真端详翁老师许久，才隐隐约约地找回翁老师当年帅气英姿的模样。岁月让翁老师满头花白，如果在街上，我恐怕认不出他。翁老师向我们介绍了永安市太极拳发展的大概情况，他曾经是永安市太极拳协会的创始人之一，后因故到其他机构任职。从翁老师的话语里，可以感受到他的快乐太极人生：矢志不移太极拳，风雨无阻传授忙。由于事先联系误会的原因，我们没有见到永安市太极拳协会会长（出差在外，第二天晚上才返回永安市）等一班人，不无遗憾。尽管如此，第二天早晨，我们还是到酒店附近的公园溜达一圈，欣赏永安市民健身晨练的风景……

冠豸山下太极风

我未曾到过连城县，但知道连城县"地瓜干"闻名遐迩。新近两个原因让连城县在我的脑际印象渐深，一是电视上关于"冠豸山"秀丽风景的宣传广告，二是福建省太极拳协会龙岩市分会的于爱华会长（还担任省太极拳协会副会长）两次对我谈起连城县推广和普及太极拳做得很好，建议我去走走看看。这次我去连城县前，和于会长通了电话，她知道我们去连城县调研很高兴，但一时走不开无法陪同，她说连城县会给我们"八闽太极大调研"满满的惊喜。

2019年8月15日上午，我们从永安市出发，一个多小时车程，午时到达连城县，连城县太极拳协会热情欢迎。下午四点，召开"八闽太极大调研"座谈会，连城县太极拳协会参加人员有会长罗远雪、常务副会长温小云、副会长林联锋、秘书长黄耀明，以及李庆豪、蒋继林等太极豪杰。

座谈会上，我一边听取连城县太极拳协会的罗会长、黄秘书长以及李庆豪、蒋继林等太极豪杰介绍情况，一边翻阅《冠豸山下太极扬——连城县太极拳发展简史》、《连城县申报"全国老年人太极拳之乡"情况汇报》和连城客家文化丛书之第11辑《连城客家武艺文化》等资料，对连城县太极拳推广和普及工作有了比较全面的了解。《冠豸山下太极扬——连城县太极拳发展简史》十分清晰地呈现了冠豸山下太极拳推广和普及的历史和理念以及取得的成绩。连城县太极拳传授发起于 20 世纪 70 年代中期，1999 年上半年，连城县太极拳联谊会成立，会员有 100 余人，沈君煌当选第一任会长；2003 年，会员有 150 余人，蒋继林当选第二任会长；2007 年换届，会员有 160 余人，罗培章任会长。2010 年，连城县太极拳俱乐部成立，会员有 230 余人，罗先明任主任。2014 年 12 月，连城县太极拳协会成立，罗远雪任会长，会歌《舞动太极》由秘书长黄耀明作词作曲，至 2018 年会员有 400 余人。

连城县太极拳发展理念主要体现在三种推广模式的实践中，即"合作式"推广模式、"服务式"推广模式、"生活太极化"与"太极生活化"推广模式，促进了太极拳的普及和提高。经过 30 年的坚持努力，连城县现有 17 个太极拳队，参加全国、省、市各种赛事成绩颇丰，多次成功承办市级太极拳赛事。

我从连城县太极拳协会的诸位介绍中，深刻地感受到冠豸山下常年涌动着习练太极拳健身的热潮……我对连城县太极拳协会开展工作给予充分肯定，特别指出难能可贵的闪亮点，即政府部门领导重视太极拳的普及和推广，教育局、文化体育和旅游局的局长身先士卒参加太极拳健身，无形之中起了垂范影响作用。我还就省协会拟编撰《福建太极》丛书的有关事宜作了通报，希望连城县太极拳协会积极提供资料，为《福建太极》丛书的编撰贡献一份力量。

我还从连城县太极拳协会的众口皆碑中，强烈地感受到连城县太极拳推广和普及成绩斐然，蒋继林老先生功不可没，因此我很认真拜读《连城客家武艺文化》的人物篇之《莫道桑榆晚 为霞尚满天——记连城县太极拳艺人蒋继林》，文章以"感悟太极 武德修身"、"精益求精 志者竟成"和"春华秋实 硕果累累"三个方面，生动地叙述了蒋继林从知天命开始学练太极拳，到改变"一年有半年住院"的困苦，展示了太极拳健身"采得百花成蜜后，为谁辛苦为谁甜"的独特魅力；从不惜花费时间金钱参加全国各地太极拳培训并拜师学艺，到修得正果，义务传授，体现了"落红不是无情物，化作春泥更护花"的高尚品格；从发起成立"连城县太极拳联谊会"，到太极拳爱好者云集麾下，共享太极拳带来的健身快乐，谱写了"奉献丹心积善德，助人为乐众称羡"的绚丽赞歌。如今 77 岁高龄的他身体各项指标正常，气色红润，精神饱满，步伐矫健，不是年轻人胜似年轻人，每天或驾驶小轿车或骑电动车，奔波于太极拳各个晨练点，悉心指导太极拳爱好者习练。一分耕耘一分收获，他是中国武术协会会员、中国武术六段、国家一级社会体育指导员，多次参加全省、全国以及国际太极拳比赛，荣获金牌 9 块、银牌铜牌 6 块。鉴于他在推广和普及太极拳的突出贡献，2006 年福建省体育局授予他"福建省百名优秀社会体育指导员"称号。

陈金夏会长在座谈会上，就"八闽太极大调研"的目的意义作了说明：一、调查各县市太极拳发展和太极拳协会工作情况。二、调查各县市参与打太极拳的人数和协会会员登记情况。三、调查各县市太极拳拳种以及习练人数情况。陈金夏会长在总结讲话时，全面肯定连城县太极拳发展良好态势，希望连城县太极拳协会继续努力，进一步推进太极拳"六进"活动，争取成为全省示范单位。连城县太极拳协会罗远雪会长感谢省太极拳协会的指导和肯定，并十分郑重地向陈金夏会长提出申请，希望明年能承办省级太极拳赛事。连城冠豸山管委会杨晓春主任、连城县文化体育和旅游局傅晓冬局长等领导参加"八闽太极大调研"活动，并陪同参观"连城县太极馆"。

第二天早晨，在蒋继林老先生的引导下，我们先后在冠豸山游客中心广场和冠豸山石门湖景区售票处广场观看三个太极拳队的晨练。这两个晨练点学打太极拳者众多，冠豸山游客中心广场有四五十人，集体展示了 24 式太极拳；冠豸山石门湖景区售票处广场两个队有六七十人，分别展示了 24 式太极拳和 85 式太极拳。

连城县"八闽太极大调研"，虽然时间短暂，但座谈会实事实说可喜，现场展示群情昂扬可赞。连城县太极拳如火如荼的态势，那么多的男女老少自发抱团习练太极拳，让我看到太极拳推广和普及的现实意义，太极拳不愧为中华武术的瑰宝！

名胜美食任品赏

"八闽太极大调研"永安市和连城县之行纪实写到这里，似乎应该收笔了，但永安市的桃源洞和连城县的地瓜干、冠豸山、客家美食给我太多的遐想，不得不继续表几句！

(一) 再游永安桃源洞

永安市的桃源洞风景区成为我国首批的重点风景名胜区，不仅在于其"一线天"之独一无二，被授予"大世界吉尼斯之最"，还在于许多历史名人如李白、陶渊明、徐霞客等都曾来游览赏景，并留下佳作名篇。桃源洞风景区的"一线天"奇特景观是"福建三绝"之一，永安市也因为有桃源洞风景区的"一线天"奇特景观而名气远扬。这次永安市之行，我们在陈会长的两位同学热情安排陪同下，抽空游览了桃源洞，这是我第三次游览桃源洞。

没有游览过桃源洞风景区的人臆想很多，如桃源洞有多大、多深、多长等等，但游览过以后，曾经的臆想都被颠覆了。桃源洞风景区其实没有什么"洞"可供游览，是因为风景区内的桃花洞而得名。

走进桃源洞风景区，首先映入眼帘的是岩石峭壁上的题刻，即陈源湛题写的"桃源洞口"四个醒目大字和一首七律："介破巉岩一洞流，探奇乘涨弄扁舟。悬岩高削千寻玉，幽壑寒生六月秋。点岫烟云闲去住，忘机鸥鸟自沉浮。

武陵人远桃空在，临眺踌躇意未休。"导游向我们讲解了这首七律的意境以及陈源湛是何许人也。

走过锁洞桥，便可看见山脚路旁处有一块石碑，上面刻着《徐霞客游记》（节选），我以前两次经过都是一目十行快速浏览而已，并没有很认真品读，而这一次却在导游讲解过后驻足认真品读，力图透过《徐霞客游记》，捕捉历史名人的一些情思……《徐霞客游记》记载："缝隙一线，上劈山巅，还透山北，中不容肩。所见一线天数处，武夷、黄山、浮盖，曾未见若此大而逼、远而整者。"

拾阶而上，临近"一线天"入口处，抬头看见岩石上的题刻，"全国之冠 一线天"七个大字还比较清楚，而旁边的小字却很模糊，我照例不在意地上行，但导游的讲解，却让我停步仰望。哦！这题刻原来是空军前司令员张廷发写的，我肃然起敬加以观赏，尽管书法很一般。据说当年开发桃源洞风景区时，为了提高宣传的影响力，永安县领导特意邀请张廷发为"一线天"题字，因为张廷发是三明地区走出去名气最大的高官。

在"一线天"入口处的岩石上有一块"上海大世界吉尼斯总部"立的牌子，写着这么一些字："大世界吉尼斯之最，最狭长的一线天，全长 127 米，高 68 米，阶梯 206 个……两边巨石紧压左右。前 80 米平均宽度约为 0.5 米，最窄处仅 0.4 米，仅容一人侧身而过；后 47 米一人可正身而过。"桃源洞风景区因为这块不寻常的牌子而更加闻名于世！

我时而慢步攀登，时而仰望"一线天"……一边感叹大自然的鬼斧神工，一边幻觉顿生强烈撞击心房。很奇怪，不知咋的，身处在"一线天"之中，我每次都会有莫名的恐惧感，万一的想法总会在脑海闪现，也许是"一线天"的狭长和窄陡给人过大的精神压力。克制，再克制，我不断地暗示自己不要胡思乱想，不就是一条山逢，有何惧怕？据说，每当午时，晴空丽日，阳光直射，翘首仰望，只见天光一线，壮丽无比。我三次都不是午时游览"一线天"，也就没有看到"壮丽无比"的景色，因此只能是到此一游，拍照留念！

（二）初到连城感触多

连城县福农食品有限公司的董事长罗远雪因为热心助力太极拳的推广和普及，赢得众人拥戴而当选连城县太极拳协会新一届的会长，因此"八闽太极大调研"座谈会地点就安排在连城县福农食品有限公司。座谈会前，我们参观了连城县福农食品有限公司。连城县福农食品有限公司成立于2006年10月，其前身为1996年成立的连城县金土地食品厂，是一家由家庭作坊成长起来的民营独资企业，主营地瓜干系列产品，热销全国各地。公司十分重视企业文化建设，如"福农质量方针"、"福农使命"、"福农愿景"和"地瓜文化"等等，醒目张挂，引领着全体员工"爱岗敬业·求精创新"，"追求卓越·爱拼会赢"，"服务至上·文明和谐"，"诚信共享·团结友善"，因此获得"福建省农业产业化重点龙头企业"和"福建省科技小巨人领军企业"等殊荣。

在连城县福农食品有限公司展示厅，看到琳琅满目的"地瓜干"产品和关于番薯及其历史记载等"地瓜文化"，我的记忆像脱缰的野马，驰骋在历史的烟尘漫道……

我想起小时候吃怕的"番薯米"、"番薯饼"、"番薯糕"和"番薯丸"，以及见过的福清县"番薯钱"，如今我向女儿讲起吃"番薯米"、"番薯饼"和"番薯糕"的故事，她瞪大眼睛觉得不可思议，认为是"天方夜谭"，甚至还诙谐地说"番薯很好吃"。我想起父亲60岁时患肾炎病，长期坚持吃番薯煮上排，身体康复强健，活到91岁高龄。

我想起长辈给我讲的"番薯"典故，以及郑和事迹陈列馆关于"番薯"的历史资料。"番薯"原名"甘薯",原产地是菲律宾。从前长乐人下"南洋"到菲律宾做生意,觉得菲律宾的"甘薯"可以作为粮食的补充,于是瞒天过海把它带回来,栽种推广。那时长乐人称菲律宾一带为"番",因此也就把"甘薯"改称为"番薯","番薯"的叫法就这样流传至今。

"番薯"是个宝,其果和叶都是上等的绿色食物。以"番薯果"为食材制成的"连城地瓜干",色泽红润、质地松软、口感香甜,男女老少都喜欢吃。"番薯叶"翠绿清嫩、悦心可口,已经成为许多人的桌上菜。现在长乐人到酒店用餐,都很喜欢点"八宝粥"(其中有"地瓜干")和"番薯叶"这两道菜。

连城县让"番薯"成为"地瓜干"美食佳肴,是对中华饮食文化的贡献。现在"连城地瓜干"不仅畅销全国各地,还远销东南亚和北美洲等国家和地区。

民以食为天。没有品尝客家风味美食,就不好说到过连城县。盘点连城县的客家美食,也许会让你馋涎欲滴。"黑丫头白鸭"与"地瓜干"一样驰名中外,是"鸭中国粹"、"全国唯一药用鸭"。"九门头"别名"焖九品",已列入全国名菜谱,食材是牛身体九个部位的肉,故有"一餐吃了一头牛"之说。还有"捆饭"亦称"米粉板"、"卷板",用大米磨粉制皮代替春卷的一大创造,北风南味,别具特色;"芋子饺"也有"赶烧"之说,是传统名食,已有数百年历史,内包猪肉、香菇、大葱等原料调制的馅心,食之皮嫩馅香,润滑适口;雪花鱼糕又称雪花银片、烊鱼,是宴席的上等菜肴,制作精细、造型新颖、鲜嫩可口;四堡漾豆腐是特色佳肴,已有300余年的历史,以四堡当地特产的一种"五月黄"豆为原料制成的豆腐,嫩白滑爽,滋味香鲜。这些客家美食,热情好客的连城人让我们尽数品尝,我们大饱口福,点赞不断。

连城冠豸山因为电视的宣传广告,给人留下山清水秀风景美的印象。冠豸山是"福建十佳风景区"、"国家重点风景名胜区"、"全国首批 AAAA 级旅游区"等等,面对如此多的名号,我也就有了游览冠豸山的念头。

无言浪花彩虹情 *********

车在连城县城中穿行……虽然冠豸山位于县城东郊，但给我的感觉却是山在城中，城在山中，第二天在冠豸山风景区周边看到许多人晨练，无形之中佐证了我的感觉。我终于有机会来到连城县，但因为行程紧张，止步冠豸山游客中心广场和冠豸山石门湖景区售票处广场，观看三个太极拳队的晨练，不能如愿游览冠豸山，有些遗憾。

注："手挥琵琶"是太极拳的一个动作名称。

写于 2019 年 8 月

歌声情

高山流水荡长空，吹笛弄箫绕殿中。
新曲作词泉涌起，讴歌时代主人翁。

请记住这一天

（为长乐撤市设区而作）

林 华 词
武建生 曲

1=♭B 2/4

稍慢 舒展地

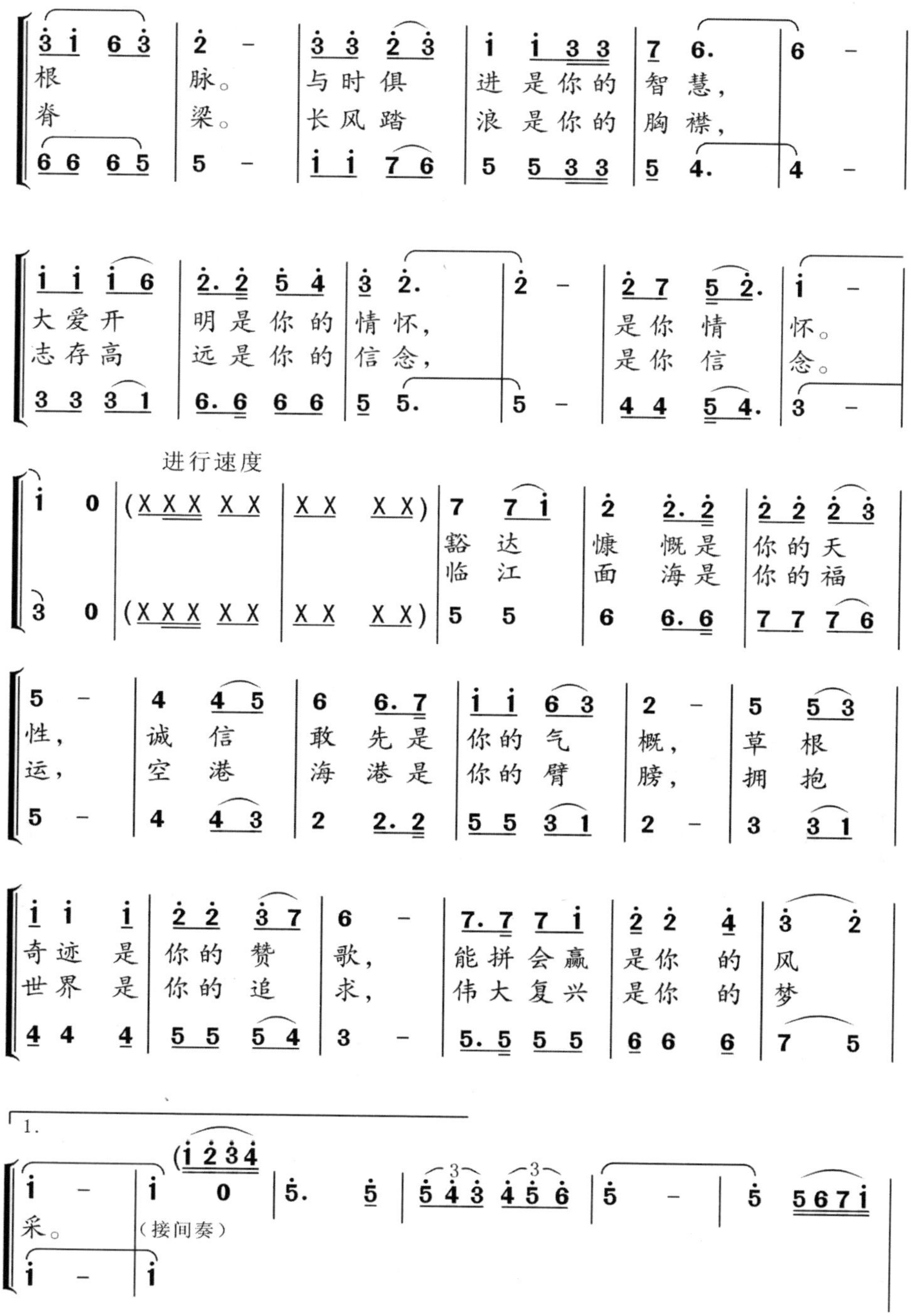

根 脉。与时俱 进是你的 智慧，
脊 梁。长风踏 浪是你的 胸襟，
大爱开 明是你的 情怀， 是你 情 怀。
志存高 远是你的 信念， 是你 信 念。
进行速度
豁 达 慷 慨是 你的天 性， 诚 信 敢 先是 你的 气 概， 草 根
临 江 面 海是 你的福 运， 空 港 海 港是 你的 臂 膀， 拥 抱
奇迹 是 你的 赞 歌， 能拼会赢 是你 的 风
世界 是 你的 追 求， 伟大复兴 是你 的 梦
1.
采。 （接间奏）

无言浪花彩蚌情 *********

稍快地

```
| i -  7 7 i | 3̇ 3̇i | 2̇ - 2̇ - | 3̇ 3̇ |
  天,  请 记 住 这 一   天,        不 忘
| 6 -  5 5 5 | i i̇6 | 7 - 5 - | i i |
```

```
| 3̇ i | 2̇ 2̇3̇ | 6 - | i̇.i̇7̇i̇ | 3̇ 2̇ | 5̇ - |
  初 心  千 秋   暖,  阳 光 路 上 自 信  扬,
| i 5 | 6 6̇5 | 4 - | 5.5 5 5 | 6 #4 | 5 - |
```

```
| 5̇ - | 6. 6 | 6 3 | 7 7 7 5 | 6 - | i̇ i̇ 7̇ |
        中 华  锦 绣  进 入 新 时  代,  海 丝
| 5 - | 3. 3 | 3 1 | 5 5 5 3 | 6 - | 5 5. |
```

```
| 6 i̇ | 4̇ 4̇ 4̇ 3̇ | 2̇ - | 4̇. 3̇ | 2̇ i̇ | 5̇ - |
  云 帆 长 乐 又 起  航,   长 乐 又 起  航。
| 4 4 | 6 6 6 6 | 5 - | i̇. i̇ | 6 6 | 7 - |
```

rit

```
| 5̇ - | 5̇ 5̇. | 5̇ - | 5̇ 5̇. | 5̇ - | 5̇ 6̇ ∨ |
        起 航!      起 航!      又 起
| 2̇ - | 3̇ 3̇. | 3̇ - | ♭3̇ ♭3̇. | 3̇ - | 2̇ 4̇ ∨ |
| 7 - | i̇ i̇. | i̇ - | ♭7̇ ♭7̇. | 7̇ - | 5̇ 5̇ ∨ |
```

```
| i̇ - | i̇ - | i̇ i̇ | i̇ - | i̇ 0 |
  航!
| 5̇ - | 5̇ - | 5̇ - | 5̇ - | 5̇ 0 |
| 3̇ - | 3̇ - | 3̇ - | 3̇ - | 3̇ 0 |
| i - | i - | i i | i - | i 0 |
```

无言浪花彩好情 ＊＊＊＊＊＊＊＊＊

缘之情 心之恋
（纪念福建省长乐师范学校办学25周年）

林　华 词
林钦云 曲

1=G 4/4

（3. 55. 6｜1－－－｜3. 55. 6｜2－－－｜3. 55. 6｜1. 52－｜

3. 55. 616｜1－－－）｜3. 320 23｜5－－03｜1. 75 6733｜3－－0｜
　　　　　　　　　那年遇 见 你，　就深深地恋上了你。

3. 32. 23｜6－07 7｜6625505｜6122 2322｜35－616｜
恋上六平 山，恋上汾阳 溪，恋上了学高为 师 身正为

（转1=D 前1=后4）
1－－－｜5. 56. 3 4｜22 35－｜6605611.｜2201233 12｜
范。　 你是一个 精神 家园，学子 引以为荣，园丁 引以为豪，那

3. 1233 0 55｜64. 403｜2. 357.｜65 7 1－｜
如 酒的情怀 浓郁醇香，　那往事记忆 历久 弥新；

1－(31234234)｜5. 56. 3｜55 676. i｜6. 56753｜
　　　　　　　　你是一 座 历史 丰 碑，把那 美丽遇见的

2. 3567. 67｜53. 323｜5. 3765｜6. i22｜77. 7656｜
时 光脚步深 情 留住，把那 波 澜壮阔的 长 师青史，永远 镌

（转1=G 前5=后2）
5－－－｜3. 2315｜1－－7｜6. 7672｜5－－－｜6. 32311｜
刻。　啊！　　　　啊　　　　　　你轻轻地走了，

07651. 765｜07656. 6#43｜0561. 23｜21. 123｜
带走 岁月芳华，带走 心中愿景；你 渐行 渐远，留

5. 5676｜5. 232－｜37. 7232｜1－－－｜3. 5236｜5－－2｜
下 那无尽的 缘之 情，心 之 恋。 啊！　　　啊

3. 5236｜5－－05｜6. 3231｜1－7. 3｜23 51－｜023553｜
　　　　　　你捧着一颗心来，不带 半根草去，　却 留下那

渐慢
6－－76｜5. 232－｜35－432｜1－－－‖
无 尽的 缘之 情，心 之 恋。

236

我们是快乐的歌者

(福州长乐激情之声合唱团团歌)

林 华 词
陈久麟 曲

1=F (G) 4/4 ♩=100
轻松愉快地

237

无言浪花彩虹情 *********

海滨 邹鲁 钟灵毓秀, 文献 名邦 源远流长。

云帆 逐浪 海丝文化, 银鹰 展翅 蓝天翱翔。啦啦

啦! 啦啦啦! 啦啦 啦啦 啦啦 啦啦! 我 们是 快乐的歌者,歌唱东方 升起的太阳;

啦啦啦! 啦啦啦! 啦啦 啦啦 啦啦!

我们是 快乐的歌者, 憧憬诗和 梦想 的远 方。

啦 啦啦啦 啦啦 啦啦啦啦 啦啦 我 们是 快乐的歌者,

啦啦啦 啦啦啦 啦啦啦啦 啦啦啦啦

向往音乐 艺术的殿堂; 我 们是 快乐的歌者,憧憬诗和 梦想 的远

方, 憧憬 诗和 梦想 的远 方。

岚韵霞光翰墨香

（平潭岚城小学校歌）

1 =♭B $\frac{2}{4}$

林　华 词
武建生 曲

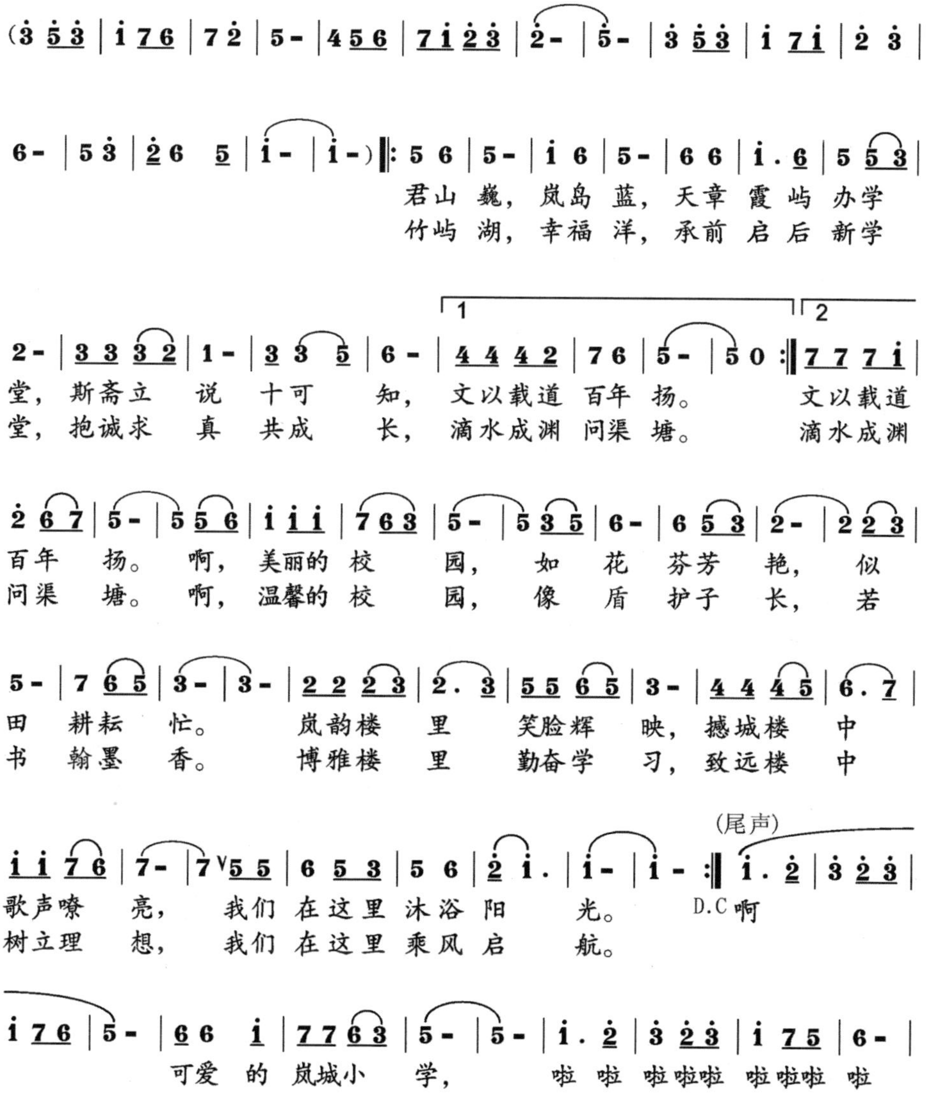

无言浪花彩虹情 *********

$\underline{7\ 7}\ \dot{1}\ |\ \dot{2}\ \dot{1}\ |\ \dot{2}\ -\ |\ \dot{2}\ -\ |\ 5\ 5\ |\ 5\ 3\ |\ \underline{\dot{1}\ 7\ 6}\ |\ 5\ -\ |\ 6\ 6\ |\ \underline{6\ 5}\ \underline{4\ 3}\ |\ 2\ -\ |\ 2\ 0\ |$
源 远　流 长。　　我们 众志 成　城，穿越 历史 桥　廊，

$4\ 4\ |\ 4\ 5\ |\ \underline{6\ \dot{1}}\ 7\ |\ 6\ -\ |\ 7\ 7\ |\ \underline{6\ 7}\ \underline{7\ 6}\ |\ 5\ -\ |\ 5\ 0\ |\ \underline{6\ .\ 6}\ |\ 6\ 5\ |\ 4\ |\ 6\ -\ |$
追求 岚韵 博　雅，憧憬 致远 撼　城。　　迎着 灿烂 朝　阳，

$6\ -\ |\ \underline{6\ .\ 6}\ |\ \underline{6\ 4}\ \dot{1}\ |\ 6\ -\ |\ 6\ -\ |\ \underline{5\ .\ 5}\ |\ 6\ 5\ |\ 6\ 6\ |\ 7\ \dot{1}\ |\ 6\ \dot{2}\ |\ -\ |\ \dot{2}\ 5\ 5\ |$
　　迎 着 灿烂 朝阳。　　走 向 诗和 梦想 的 远　方，　走向

rit　　　　　　　　　　回原速
$6\ \dot{1}\ |\ \dot{2}\ \dot{2}\ |\ \dot{2}\ 5\ |\ 3\ -\ |\ \dot{2}\ -\ \vee\ |\ \dot{1}\ -\ |\ \dot{1}\ -\ |\ \dot{1}\ -\ |\ \dot{1}\ 0\ \|$
诗和 梦想　的 远　　方。

240

番客故事听我讲

（福州语歌曲）

林　华　词
林书文　曲

1 = F　4/4

5 5 6 6 6 5 - | 6.5 5 1 3 - | 1 1 1 2 6.6 | 2. 5 3 - |

有一个乡间　名号猴屿，这里的人啊都丫本事，
有一个侨乡　名号猴屿，这里的人啊都丫本事，

5 6 5 6 1. | 3. 5 6 - | 2 3 2 1 3 5 1 6 | 5 6 - - - |

闽江　行船讨生活，洲田　垦荒做世事。
络绎　不绝出国门，飘洋　过海做世事。

3.3 2 3 2 2 - | 6 5 0 3 3 5 | 3 2 2 3 2 3 2 3 | 2 - |

洞天奇岩　是名片，风景秀甲传丫远；
异国他乡　夜宁静，不想桑梓都丫难；

3 1 6 5 1 6 1 6 5 | 6 5 0 6 1 - | 2 3 3 6 1 2.6 5 - - 3 5 |

一岩　两树啊难寻见，同根并茂寄希望。啊
游子　心曲啊是乡愁，思亲念祖举头望。啊

6 1 1 - - | 3 5 5 - - | 3 6 6 - 6 5 | 6 3 2 - - |

猴屿　猴屿　猴屿　啊猴屿
猴屿　猴屿　猴屿　啊猴屿

3 5 3 6 1 | 3 3 7 6 - | 6.5 5 6 1 3 5 3 3 6 |

钟灵毓秀的乡间啊　沧海桑田换新
人杰地灵的侨乡啊　英才辈出名声

5 - - - | 3 2 2 3 2 3 2 | 5 6 - - - ‖

颜　　　环境优美胜桃源。
扬　　　番客故事听我讲。

雪人之歌

（第一段）

我们是千禧年的雪人，亲吻黄河，拥抱长江。

我们晶莹玉洁，飘洒迎春，遇见首石山，流连闽江畔。

蔚蓝天空是我们的舞台，银花素裹是我们的盛装，

轻盈婆娑是我们的身姿，冰爽清凉是我们的梦想。

啊……同样的梦想，让我们共一曲雪人之歌，

铿锵激荡在绿水青山。

（第二段）

我们是爱拼搏的雪人，砥砺前行，创新发展。

我们崇尚科学，专心致志，崛起新时代，赶超世界先。

湛蓝海洋是我们的胸怀，潮流波涛是我们的灵感，

浪遏飞舟是我们的风采，远方彼岸是我们的向往。

啊……同样的向往，让我们共一曲雪人之歌，

嘹亮回响在美丽家园。

（结尾）

啊……同样的梦想，让我们共一曲雪人之歌；

啊……同样的向往，让我们共一曲雪人之歌！

创作于 2019 年 3 月

附 录

　　附录两篇文章，作者曾寅春系林华的妻子，1984 年毕业于福建师范大学教育系，现任福州市长乐区教师进修学校高级教育心理教师。她于 2018 年 4 月撰写《点赞！独特而优秀的两个群体》参加福州市长乐区纪念改革开放 40 周年"劳动最光荣"主题征文比赛，2019 年 9 月撰写《梦耀长乐 沧海桑田》参加福州市长乐区庆祝新中国成立 70 周年"我和我的祖国"主题征文比赛（荣获成人组三等奖）。

点赞！独特而优秀的两个群体

曾寅春

五月的情，泉水叮咚，浪花奔腾；五月的心，梦想狂欢，记忆穿越！

在少年时代，览读《十万个为什么》就想当科学家，生死诀别感受悲伤就想当医生，博古通今激扬文字就想当老师……梦想五花八门，绚丽而多变，但为了让梦想照进现实，我选择了当老师。

上世纪 80 年代初的那一年，我如愿以偿，成为高考的幸运儿，满怀"时代骄子"的自豪，醉思在长安山"师者"的圣堂，从此开始求索"师说"……

师范大学初成长，为师梦想挂云帆；

青葱无悔牛犊劲，不惑岁月风变幻；

教育漫道从头越，一路山水歌声亮；

青丝霜染鬓发雪，转眼从教卅五年。

我大学毕业，先是到福建省长乐师范学校任教 20 年，然后调到福州市长乐教师进修学校工作至今 15 年。无论在福建省长乐师范学校任教，还是在福州市长乐教师进修学校工作，我都见证了独特而优秀的两个群体的成长，更见证了他们为共和国的基础教育撑起一片蓝天。这两个群体之所以独特而优秀，是因为当年他们或以优异的中考成绩报考中等师范学校，或以民办老师、代课老师的身份考上中等师范学校；这独特而优秀的两个群体献身教育无怨无悔的园丁风采，令人肃然起敬。

优秀的初中毕业生报考中等师范学校当小学教师，已然成为共和国教育史上空前绝后的一道风景线！那是独领风骚的一群初中毕业生，他们个个中考成绩名列前茅，面试过五关斩六将拨得头筹，成为中等师范学校的学生。这一群中等师范学校学生可以说是"佼佼者"中的"佼佼者"，他们年龄小，可塑性强，通过三年"一专多能，全面发展"的严格培养，以及中等师范学校毕业后的文凭提升自考，成为教师队伍中发展最全面、素质最高、业务最强的人。

民办老师、代课老师是特殊年代和特别环境造就的一群人，他们当年先行奋斗在共和国的基础教育战线上，有力地缓解了特殊年代和特别环境教师严重缺乏的矛盾。他们几多无奈，几多艰辛，带着最底层教育工作者低工资高付出、遭歧视被看轻的委屈尴尬经历，终于考上中等师范学校，如释重负地走进梦寐以求的天地；他们从教学实践中来，学然后知不足，非常珍惜来之不易的机会，两年的中等师范学校的学习，为他们继续放飞教育梦想插上强有力的翅膀。

改革开放 40 年，这独特而优秀的两个群体，在平凡的三尺讲台上教书育人，孜孜不倦地舞动着教育强国的梦想。他们起早摸黑，勤奋劳作，不遗余力地夯实共和国的基础教育；他们至今还绝对是共和国基础教育的中坚力量，心无旁骛地支撑着共和国基础教育的大厦。

我当年与独特而优秀的两个群体共成长，如同喝了陈年的佳酿，一直豪醉到如今，尽管中等师范教育已经成为远去的云彩；我目睹独特而优秀的两个群体，在教书育人的平凡岗位上默默耕耘，待遇不高，很难评上"高级职称"，但却"俯首甘为孺子牛"，撒给大地千秋大爱，留下无数"衣带渐宽终不悔，为伊消得人憔悴"的追梦故事。

在改革开放 40 周年的"五一劳动节"之际，我们应该为独特而优秀的两个群体点赞，因为他们是培养人才的主力军，是共和国最光荣的劳动者！

写于 2018 年 5 月

梦耀长乐 沧海桑田

曾寅春

我在学生时代，向往的地方很多，但长乐从未走进梦里头，想不到大学毕业后，竟一生缘定长乐。从 35 周年国庆节阅兵那一年开始，我在长乐不知不觉已度过 35 个春秋……如今新中国成立 70 周年，伟大的祖国业已实现毛泽东在诗词《水调歌头·重上井冈山》中，"谈笑凯歌还"的宏愿："可上九天揽月，可下五洋捉鳖"；在改革开放、振兴中华的追梦大潮中，长乐也业已先后完成撤县设市和撤市设区的华丽蜕变，化蛹成蝶！

从前长乐 印象难忘

1984 年毕业季，我在福建师范大学被直接分配到福建省长乐师范学校任教，几多无奈几多忧愁。无奈是因为我这个"福州人"要背井离乡去外地工作，福建省长乐师范学校虽然是省属中专学校，但地点却在长乐县城；忧愁是因为我从此要远离父母自个儿生活，那时交通不发达，我感觉长乐县离福州的家似乎很远。

告别福建师大，挥手握别同学，福建省长乐师范学校在长乐县城什么地方？我迫切的想知道，于是，那一天上午，太阳露出山头，我便从家里出发，转了一次公交车，在南公园长途汽车站乘车前往长乐县。我从汽车站的告示牌上得知，福州到长乐33公里。汽车驶过峡南乌龙江大桥后，左转进入一条两车道的沙土路，车后扬起的尘土不时随风涌进车窗，让人睁不开眼睛，驾驶员能否看清前方的路，我好担心……汽车时而在乡村田野间行驶，时而翻山越岭，哦！那个山坡好陡（后来才知道叫"下洋岭"，如今已降了十几米）……又过了一个山坡（后来才知道叫"长限岭"，如今已不复存在），眼前便出现了一块很大的盆地，隔壁座的人告诉我说，长乐县城马上就要到了，我看了一下手表，汽车已经行驶了约一个半小时。越过辽阔的稻田，我依稀看到了长乐县城，远处不太高的山上耸立着一座塔。

船到码头车到站。我步出长乐县长途汽车站，走过西关桥，直奔福建省长乐师范学校，穿街走巷，一路问询，终于找到了学校。学校在和平街北侧，"太平桥"的东头，依山而建，这哪里像一所学校？没有校门和围墙，没有一条平坦的路，山坡上倒是有几座坐北朝南、四五层高的楼房，给我的印象学校是建在荒山野岭上……这就是我今后工作的地方？荒芜萧瑟令人瘆得慌，我思忖着打起心鼓，但又能怎样？心情很是郁闷！

长乐县城很小，就围绕塔坪山（简称"塔山"）一圈，由胜利路、解放路、无名路（胜利路环岛至奎桥）和河下街相连形似矩状，外加西关街、东关街、和平街，花个把小时就可以走遍，有人这样对我说，既然如此，我就漫不经心地沿着路街瞎逛。胜利路、解放路和无名路都是水泥路，河下街、西关街、东关街和和平街都是石板路，除了东关街和和平街比较小不能通行汽车以外，其他路街都可以两辆大车相向而行。

县政府在胜利路和解放路的交汇处，也是坐北朝南，其背后青山可见。胜利路商店甚少，但挂牌的单位比较多，如路的西侧有长乐县总工会、长乐县妇幼保健院、长乐县广播站、长乐县人民礼堂、长乐县交通局、长乐县水利水产局和长乐县干部招待所等，路的东侧有长乐县城关小学（现在称"福建省长乐师范学校附属小学"）、长乐县酒厂、长乐县机器厂和长乐县交通监督管理所等，除了长乐县交通局、长乐县水利水产局是四五层高的楼房，其他都是一两层高的房子。解放路两侧一律是两层高、白砖外墙、统一风格的房子，商店比胜利路多一些，挂牌的单位有新华书店、长乐县粮食局、长乐县电影院等，往东延伸先是和平街（中间有"太平桥"），然后是东关街，东关街和和平街两侧大都是一层高木质结构、风格相近的房子，似乎历史悠久；往西经一座八角亭和一棵榕树（因旧城拆迁改造，如今八角亭不复存在，但榕树还在），过"西关桥"到长途汽车站，可乘车前往福州。河下街有市场和许多商店，繁华热闹，车水马龙，往北延伸是西关街，连接处就是一座八角亭和一棵榕树，往南经"奎桥"（即现在南北走向重建的那一座，而东西走向的那一座是后来新建的）前往郊区乡下；西关街的西侧有码头，停泊着许多客运、货运和渔民的船只，客运航线有长乐至营前、长乐至福州台江等，街的东侧多为一二层高的民宅。无名路东至胜利路环岛，西至奎桥，路得北侧仅有长乐县人民医院，路的南侧是一片田园风光，稻浪起伏，蔬菜青绿，河道蜿蜒，水流清澈……这就是长乐留给我的最初印象。

天翻地覆 耳闻目睹

35年转眼过去！如今长乐城区到处高楼林立，完全是一派城市风范，那是我当年做梦也想不到的！从1984年分配到福建省长乐师范学校工作，踏上长乐这块沃土，到1994年长乐撤县设市，再到2017年长乐撤市设区，我耳闻目睹了长乐天翻地覆的巨变。

长乐城区的显著变化应该说是从河下街旧城拆迁改造开始的。20世纪80

年代初的一把大火烧毁了河下街西侧的十几间木质结构的老店铺，促使长乐旧城拆迁改造起步。据说当年河下街旧城拆迁改造是请一个著名建筑设计院规划设计的，疑似模仿厦门老街风格，风光了几年，成为长乐旧城拆迁改造浓墨重彩的一页。

20世纪80年代末，单位集资建房盛行，于是在县城西区便兴建了颇有古典风格的三峰街及三峰社区，也曾风光了几年。特别是南山脚下兴建体育场馆成为一个亮点后，周边的房地产开发越发的红火，城区因此成倍地扩大，长乐也就令人刮目相看。

1994年长乐撤县设市，为城区的发展变化带来了新的契机，旧城区拆迁改造被市政府摆上"为民办实事"的议程。20世纪末，以胜利路旧城拆迁改造为龙头，全面拉开旧城拆迁改造的大幕，特别是21世纪初，人民会堂拔地而起，气势恢宏；胜利路大街以及步行街建设竣工，闪亮面世；南山公园等许多主题公园如雨后春笋般涌现，点缀吴航大地；还有长乐大量的历史文化被充分挖掘，如以"大爱暖千秋"为突出代表的名人故事，以及11名状元和955名进士等史实被广泛的挖掘传扬，盛大的"纪念郑和下西洋600周年元宵文艺晚会"通过中央电视台播出，许多著名学者专家参加闽江口"郑和开洋节"大型活动，都极大地提高了城市的品位和声誉，长乐城区变得越来越好！

21世纪的曙光让许多梦想变成现实，长乐城区发展建设日新月异，名胜古迹修复重放光芒。近20年的建设发展，长乐城区的吴航、航城两个街道屋前房后的小桥流水、田园青翠的风景已变为曾经；城区道路四通八达，主干道几乎都是四车道，高楼大厦比比皆是，购物广场星罗棋布。长乐城区在迅速扩展，首占镇、营前街道也即将完全城区化，福州外语外贸学院和长乐一中分校先后落户首占镇，长乐新区体育中心坐落营前街道，都有力地推动了周边土地开发。高速公路和地铁穿城而过，现代化立体发达快捷的交通网，让长乐城区无论是与省会闽都中心，还是与空港、海港，都给人以近在咫尺的幻觉。

沧海桑田 心潮澎湃

35 年如梦而过！我因为福建省长乐师范学校而缘定长乐，但福建省长乐师范学校已经在教育改革的"浪潮"中，于 21 世纪初以新的载体走向未来，我也因此改弦易辙调动新的工作单位。

漫过 35 载光阴，我已经脱胎换骨，从"福州人"变为地道的"长乐人"，每每回到娘家，邻里乡亲都说我"长乐腔"和"长乐味"十足。35 载星移斗转，"大爱暖千秋"的长乐已经根植于我的心田；35 载春秋轮回，长乐成为福州市的第六个区，历史给我开了一个天大的玩笑，我再度成为"福州人"。

青春摇曳在长乐，安居乐业在长乐。我视长乐为最适合宜居的地方，而且这种观念还深刻地影响着我的女儿。我的女儿在上大学期间，旅游走过许多地方以后，也认为长乐真是一个绝佳的宜居宝地，于是大学毕业也和她的父亲一样毅然决然地回归长乐。

圣寿宝塔（也称"三峰寺塔"）耸立于山巅千年本色依然，轮船和飞机造型的市标矗立在十字路口环岛 25 年风采依旧，城区的巨大变化为长乐的灿烂历史增光添色，正在修复建设中的和平街特色历史文化街区将是长乐城区发展变化又一张非常靓丽的名片。

中国梦，长乐情。我盘点长乐的沧海桑田，无限感叹！久远的往事记忆犹新，巨大的变化历历在目……长乐，跨越变化，持续发展，势不可挡！长乐，千年古邑，滨海新城，前程锦绣！

写于 2019 年 9 月

谁持彩练当空舞

我这个人仪式感特别强，总喜欢在特别的时间节点做一些特别的事情！

2008年，我策划组织长乐华侨中学50周年校庆盛典，主编《五秩华章》纪念画册，并创作歌词《崛起在大爱的怀抱》。

2009年，为了纪念长乐一中79届高中毕业30周年，我组织全年段14个班级的同学聚会，并创作主题歌《同学 你好》，还撰写若干篇文章。

2014年，为了纪念郑存汉情系长乐华侨中学30年和香港思贤教育基金会成立15年，我应邀主编《侨中情·思贤心》。

2016年，为了纪念第55个生日，我出版文集《年轮圈圈道道情》。

2018年，为了追忆福建省长乐师范学校办学25周年，落幕15周年，我主编《留住时光的脚步——福建省长乐师范学校的记忆》，并组织盛大而隆重的首发仪式。

今年，为了纪念担任副校长20周年，我出版文集《无言浪花彩虹情》。

廿载漫道云和月

1999年8月中旬的一天，我十分意外地接到通知，马上填写校级干部考核登记表。时过一周，我被任命担任福建省长乐师范学校（简称"长乐师范"）副校长，这完全得益于许多领导的关爱和培养以及同事的支持与帮助，还得益于学校是（福建）省（福州）市属的中专学校。

2000 年，我更加勤奋作为，力求工作完美卓越。我协助陈震旦校长把长乐师范创建成为"福建省文明学校"，入编 2000 年国家优秀企事业年鉴，列选原国家教委副主任柳斌为主编的《百年百校》，《人民日报》点赞，《中国教育报》褒扬，中央教育电视台拍摄《一片丹心许未来》专题片向全国展播。

2001 年，长乐师范在教育改革的浪潮中，转轨办学下放长乐市，我兼任长乐高级中学副校长，两块"牌子"一个班子历时两年多。

2003 年，长乐师范悄然落幕，退出历史，办学 25 周年为福州地区培养中小学教师 6000 多人。长乐师范完成蜕变，以新的载体走向未来。

2005 年 9 月底，我接到调任长乐华侨中学副校长的通知……几多郁闷几多沮丧，吟唱《从头再来》自我安慰，走向新平台，开始新人生。2005 至 2013 年，我协助魏存诚校长先后顺利完成学校搬迁新址、建校 50 周年庆典、"福建省一级达标高中"创建、三届"福建省文明学校"创建和承办新疆班等重大事务，让学校实现了"共同发展，追求卓越"的目标，成为福州市、福建省乃至全国的一所名校。

1999 至 2019 年，特别是 2005 年至今，每当云和月交织，我的耳畔便会响起《在路上》的歌声，更多的是淡然面对"风吹草动"……时光流过 20 载，蓦然回首，我还在"灯火阑珊处"，心里百感交集，五味杂陈，略有遗憾，但更多的是问心无愧地笑看云蒸霞蔚的从容自信！

年届半百从头越

我担任长乐师范副校长三年后，2002 年四十而不惑，曾经许下诺言：有时间方便之时，参加长乐市文学协会的活动。转眼又三年过去，2005 年"长乐市文学协会"已华丽蜕变成"长乐市作家协会"，我调任福建省长乐华侨中学副校长，于是一壶不开换一壶，重拾喜欢之事，继续未竟之梦。

2005 年 9 月底，我挥别福建省长乐高级中学，恰逢母校——福建省长乐师范学校附属小学百年华诞，便正儿八经地写了《十年树木 百年树人》，聊表祝福之愿，从此笔耕不辍……2006年初，全国中学99佳文学社刊——福建省长乐华侨中学的《太阳风》成为我发表拙作的第一个平台，即《太阳风》总第35期刊登了我的文章《亮丽这片天地》；2008年秋，郑振铎、冰心故乡的文学期刊——长乐市作家协会期刊《春水》成为我发表拙作的第二个平台，即《春水》总第23期刊登了我为福建省长乐华侨中学50周年校庆而创作的歌词《盛世崛起 弘歌回荡》（谱曲时改为《崛起在大爱的怀抱》）；2012年10月，我成为长乐市作家协会会员；2018年初，我注册"无言浪花"微信公众号发表文章，9月成为福建省作家协会会员，12月成为福州市作家协会会员。

春华秋实感恩心

感谢命运之神，让我移情别恋，飞扬文学梦想，笑看风花雪月。

感谢文坛长辈和友人的指教和鞭策，以及提供机会和平台，使我在学校工作之余，闲庭信步，静心笔耕，感悟人生，把"由衷情感"、"至亲情爱"、"学堂情缘"、"师苑情梦"、"侨中情结"、"思贤情怀"和"心弦情声"浓缩成一圈圈"年轮"，即《年轮圈圈道道情》；把"天地情"、"山水情"、"长师情"、"同窗情"、"公益情"和"歌声情"化作一道道"彩虹"，即《无言浪花彩虹情》。其中《年轮圈圈道道情》有41篇诗文和3首歌词（时间跨度2005至2016年），《无言浪花彩虹情》有36篇诗文和6首歌词（时间跨度2017至2019年），均发表在"无言浪花"微信公众号。不少作品散见于《吴航乡情报》、《福州日报》、《香港文学报》和《春水》、《长乐文艺》、《青云山》、《福建歌声》等报刊。

感谢你，我的妻子，曾寅春老师！她与我同时从福建师范大学毕业，直接分配到长乐师范任教，我能在37岁就担任长乐师范副校长以及年届半百开始笔耕撰文出版文集，与她的默默支持和辛苦付出是分不开了，正如有一首歌唱的那样，"军功章"有她的一半。当年，我初出茅庐，一心扑在工作上，陪伴女儿、日常家务多靠她担当。我笔耕撰文，她常常是第一位读者，不时指出我的文章不足之处并提出改进建议，让我感觉到她有相当好的语文基础和文学素养，因此，我的文集《无言浪花彩虹情》特意收录了她的两篇文章，以表敬意。她撰写的《梦耀长乐 沧海桑田》参加福州市长乐区庆祝新中国成立 70 周年"我和我的祖国"主题征文比赛，荣获成人组三等奖。《梦耀长乐 沧海桑田》发表在"无言浪花"微信公众号，不到一个星期，就有 2000 多人点击阅览。

感谢您，我的老朋友，郑存汉先生！我十分敬佩他 30 多年一直心系长乐华侨中学，并带领众多爱心人士为长乐华侨中学的发展添砖加瓦；感谢您一直鼓励、帮助和支持我创作以及文集出版发行。

感谢你，我的老同学，陈时儆主任！我和他是长乐县城关小学（今为"长乐师范附属小学"）(2)班同学、排球队友。我这一届长乐一中初中有 20 个班级 1000 多位同学，高中有 14 个班级 700 多位同学，在当年高考录取率仅有 6%的情况下，他考入厦门大学经济学院就读。我的小学(2)班同学从 2000 年开始聚会，而且一发不可收，因此我和他有了比较密切的联系，对他的文学修养有所了解直至钦佩，在我的第一本文集《年轮圈圈道道情》出版之际，他时任国家发展和改革委员会西部开发司副司长，特意在北京书写了《情暖我心——致林华同学》寄予我，从中我再次感受到他那深厚的文学功底和同学情意。如今我出版第二本文集，他虽然正履新百忙，但仍然抽空为我的文集《无言浪花彩虹情》写序《人间正道是沧桑》，真情实感，言简意赅，意味深长。

感谢您，我的老师，张诗剑和陈娟伉俪！陈娟老师曾经是我这一届长乐一中初、高中的语文老师，她虽然仅在我班代过几节语文课，但给我留下深刻的印象，这也许是因为我喜欢文学的缘故吧。再次走近陈娟老师，那是 2009 年，我组织 14 个班级同学纪念高中毕业 30 周年聚会，她应邀特意从香港乘飞机回家乡参加我们的同学聚会，我代表筹备会负责迎接远道而来的老师和同学。时隔 30 多年，她的容貌没有太大的变化，我一眼就认出她，但已经不再叫"陈秀娟"。我从旅居香港的同学的介绍中，知道她因为以父亲为原型创作了长篇小说《昙花梦》而成为著名作家，自然心中又多了几分敬意！时过境迁，我开始心田笔耕，与文友交谈，常听说张诗剑老师热心帮助家乡的文学新秀出版专著。我又一次走近陈娟老师，并认识了张诗剑老师，那是因为我校的新疆班。张诗剑老师怀着深厚的新疆情结，西行采风写下了 300 多行的长诗《香妃梦回》，再次饮誉文坛，我也因此与陈娟和张诗剑两位老师有了关于文学的心灵交流，受益匪浅。因为陈娟和张诗剑两位老师是文坛大师，所以我由衷敬佩，于是萌生了请他们为我的文集《无言浪花彩虹情》写序的想法……但心里又有些忐忑不安，因为他们毕竟已经 80 岁高龄，但他们知道我的想法后，很快就发给我《妙笔圆梦雕龙心》，让我惊喜感叹不已！

感谢你，我的老同事，翁祖兴校长！我与他同事 20 多年，鲜于关注他的文章，直到他退休，特别是我为了主编《留住时光的脚步——福建省长乐师范学校的记忆》而建立"长师缘•一生情"的微信群后，他在微信群中是最活跃者之一，时常即兴发表诗文，深受众多群友点赞，不愧为"高级语文讲师"和"高级语文教师"。《留住时光的脚步——福建省长乐师范学校的记忆》收录了他的 18 篇（首）佳作，我十分欣赏他文采飞扬，文思泉涌，于是便热忱地向他发出邀请，希望他能为我的文集《无言浪花彩虹情》写序，他立即应允并于第二天就把《有心•有恒•有情》发予我，再次展现才子信手拈来佳作即出的风采。

感谢你，我的文友，张善应主席！我与他成为文友，有点相见恨晚。他与我有一样的长乐师范情怀，他于 1980 年春长乐师范毕业，而我于 1984 年夏大学毕业分配到长乐师范工作。我与他偶有接触，平淡交往，因为我是长乐师范副校长，他是长乐市教育工会主席。去年我主编《留住时光的脚步——福建省长乐师范学校的记忆》，他撰写了 4 篇（首）佳作，给我的冲击力相当强烈。他才思敏锐，文笔流畅，诗文富有灵性和风趣，鉴于此，我诚邀他为我的文集《无言浪花彩虹情》写序，他欣然接受并立马写下《情似彩虹 根植大地》，似乎把彩虹天象诠释的淋漓尽致。

感谢你，我的文友，吴忠平老师！我主编《留住时光的脚步——福建省长乐师范学校的记忆》，认识了许多文友，吴忠平老师便是其中一位。我们两人同年成为时代的骄子，他读中等师范，我读高等师范，但他比我早两年成为传道授业解惑的师者。他为《留住时光的脚步——福建省长乐师范学校的记忆》不仅撰写了 3 篇诗文，还撰写了编章词，从中我感觉他创作诗词颇有造诣，因此我邀请他为我的文集《无言浪花彩虹情》撰写编章词，他的《浪花朵朵情依依》想必会让我的文集更加的赏心悦目。

感谢你们，两位文采斐然的才女陈腊梅和杨雪萍！她们两位都是长乐师范优秀毕业生，陈腊梅现在福州市长乐区委宣传部工作，系福州市作家协会会员；杨雪萍是福州市长乐区实验小学的语文组组长、高级语文教师、福州市学科带头人、福州市骨干教师。她们分别撰写的佳作《最美》和《岁月知味 流年沉香》为我主编的《留住时光的脚步——福建省长乐师范学校的记忆》增光添彩。她们悉心毕力校对我的拙作，使我的文集质量大为提高。

感谢你们，福建美术出版社的陈艳社长助理和海峡文艺出版社的余明建主任，因为你们的用心编辑、辛苦劳作，《无言浪花彩虹情》得以正式出版。

最后，感谢激励我飞扬梦想的所有人，因为你们的鼎力帮衬，我在特别的时间节点把特别的事情做得尽善尽美；因为你们的厚爱支持，我悠然信步地走向诗和远方！

在"后记"就要收笔的时候，我的脑际蓦然闪现一位伟人的诗句：赤橙黄绿青蓝紫，谁持彩练当空舞？

写于 2019 年 12 月